날마다 만우절

윤성희
소설

날마다 만우절

문학동네

차례

여름방학

*

퇴직을 하던 날, 나는 이름을 바꾸기로 결심했다. 이병자. 그게 내 본명이었다. 마지막 근무를 마치고 남은 명함을 쓰레기통에 버렸다. 도장을 버리려다 따로 챙겨두었다. 한자로 새긴 도장도 하나 있었던 것 같은데 책상 서랍을 뒤져도 나오지 않았다. 칫솔과 슬리퍼도 버렸다. 이만하면 오래 다녔지. 오십이 넘은 뒤로는 언제든 그만둘 수 있다는 생각을 해왔으므로 퇴직을 담담하게 받아들였다. 다만, 내 의지로 그만두지 못한 것이 아쉬웠다. 붓고 있는 적금이 만기가 되면 사표를 쓸 계획이었다. 목표 금액까지는 몇 달 남지 않았다. 퇴직하고 무얼 할 계획이냐고 묻는다면 세계 여행을 다닐 것이라고 말할 생각이었다. 하지만 아무도 퇴직 후의 계획에 대해 묻지 않았다. 여행이라고는 제주도에 두 번 갔다 온 게 전부였고, 그마저도 한 번은 출장을 겸한 것이었다. 나는 한 번도 어디론가 가고 싶다는 생각을 해본 적이 없었다. 가고 싶은 나라는 텔레비전에 다 나왔다. 선풍기를 틀고 소파에 누워 사람들이 낯선 나라를 돌아다니는 모습을 구경하는 것이 내겐 여행이었다. 솔직히 고백하자면, 트렁크를 끌고 공항에 서 있는 내 모습을 상상하기만 해도 무서웠다. 아버지가 목을 매 죽은 이후로 내겐 두려울 게 없었다. 그때 나는 열아홉 살이었고, 말린 단풍잎을 책갈피로 쓰던 여고생이었고, 오 남매 중 막내였지만, 침착하게 부엌칼을 가지고 와서 아버지의 목을 죄고 있는 끈을 잘랐다. 시체가 된 아버지의 머리가 마룻바닥에 부딪치는 순간 이제 가족은 뿔뿔이 흩어질 것이라는 예감이 들었다. 그때부터 나는 겁나는 일이 없었다. 그보다 더한 일은 없을 테니까. 그렇지만, 공항만은 달랐다. 그게 뭐라고. 그 환한 건물이, 수많은 사람들이, 트렁크 바퀴 돌아가는 소리가, 나는 무서웠다.

버스 정류장 근처 꽃집에서 나를 위해 꽃다발을 샀다. 그 정도 선물은 받을 자격이 있다는 생각이 들자 작별 선물 하나 없던 동료들이 야속하게 느껴졌다. 축의금이나 조의금도 섭섭지 않게 냈는데. 아버지가 돌아가신 뒤 오빠들은 집을 떠났고, 나는 어머니와 둘이 남았다. 사정을 알게 된 담임선생님이 근처 중학교의 행정실에 사무 보조 자리를 하나 구해주었다. 고등학교를 졸업하기 세 달 전이었는데, 수업에 들어가지 않아도 졸업을 할 수 있게 처리도 해주었다. 중학교 행정실에서 일을 하면서 야간 대학교를 다녔다. 더 좋은 대학을 갈 수도 있었지만 일을 그만두는 게 쉽지 않았다. 하루에 한끼를 겨우 삼키던 어머니가 돌아가신 뒤 나는 고향을 떠나기로 결심했다. 그래서 여기저기에 이력서를 제출했고 운좋게 중학교와 인문계 고등학교와 상업계 여자고등학교를 소유하고 있는 제법 큰 재단의 학교로 이직을 하게 되었다. 그게 이십오 년 전의 일이었다.

집으로 돌아오자마자 꽃병으로 쓸 만한 것을 찾기 위해 찬장을 뒤졌다. 안쪽에서 맥주잔이 나왔다. 호프집에서 흔히 볼 수 있는 오백 시시 맥주잔이었는데, 어디서 난 것인지 도통 기억이 나지 않았다. 잔에 꽃을 꽂고 나니 맥주가 한잔 먹고 싶어져서 상가 안에 있는 치킨집에 갔다. 가끔 들러 맥주를 마시는 집이었는데, 배달을 전문으로 하는 곳이라 홀에는 손님이 거의 없어서 혼자 마시기가 좋았다. 늘 그렇듯 나는 생맥주 한 잔과 골뱅이무침을 시켰다. 나는 프라이드치킨을 그다지 좋아하지 않았다. 입술에 기름이 묻는 게 싫었다. 그래도 주방에서 기름에 닭을 튀길 때 나는 소리를 듣는 것은 좋았다. 기름 냄새를 맡는 것도 좋았다. 나는 맥주를 마시면서 벽에 달려 있는 텔레비전을 보았다. 연예인들이 의자 뺏기 게임을 하고 있었다. 음악이 끝날 듯 끝날 듯 하다 계속되는 바람에 연예인들이 의자에 엉덩이를 댔다가 다시 춤을 췄다를 반복했다. 그 장면이 꽤나 우스꽝스러웠다. 의자 뺏기 게임을 보다보니 어릴 적에 했던 짝짓기 게임이 생각났다. 끔찍하게도 싫어했던 게임이었다. 소풍 전날이면 나는 짝짓기 게임에서 첫번째로 탈락하는 아이가 되는 악몽을 꾸곤 했다. 넌 저리로 가. 짝을 이룬 아이들이 나를 밀쳐내는 꿈. 그렇다고 외톨이로 학교생활을 했던 것은 아니다. 친한 친구들도 꽤 있었다. 나는 안주를 내온 가게 주인에게 오늘 회사를 그만두었다고 말했다. 가게 주인이 축하주예요, 위로주예요? 하고 물었다. 둘 다예요. 내가 대답했다. 나도 한때는 짝짓기 게임을 무서워하던 시절이 있었는데. 나는 술을 마시며 생각했다. 짝짓기 게임. 그까짓 게 뭐라고. 그렇게 중얼거려보자 여행은 안 가더라도 여권은 가져보고 싶다는 생각이 들었다. 의자 뺏기 게임은 이제 두 사람만 남았다. 하얀색 의자 하나가 잔디밭 위에 놓여 있었다. 나는 외국인이 내 이름을 부르는 것을 상상해보았다. 리 병자. 나도 모르게 고개가 저어졌다. 병자 리. 그것도 싫었다. 여권에는 다른 이름이 적혔으면. 나는 포크로 소면을 동그랗게 말았다. 그러자 어떤 생각이 번쩍하고 떠올랐다. 이름을 바꾸면 되잖아! 이름을 바꾸면 여권에도 다른 이름이 새겨질 테니까. 나는 가게 주인에게 맥주 한 잔을 더 달라고 말했다. 이름을 바꾼다고 생각하니까 마시고 있는 술이 위로주가 아니라 축하주 같았다. 나는 맥주잔을 들어 허공에 대고 건배를 했다.

나는 어머니가 서른여섯에 낳은 딸이었는데, 가족 중 유일하게 병원에서 태어났다. 어머니는 스물둘에 첫아들을 낳은 뒤로 이 년 간격으로 아들 셋을 더 보았다. 그러다 팔 년 뒤, 원치 않은 임신을 했다. 다섯 남매의 이름에는 모두 '병' 자가 들어갔다. 병철, 병곤, 병만, 병준, 그리고 병자. 내가 태어났을 때, 병철 오빠는 백 점을 맞은 수학 시험지를 어머니에게 선물로 주어 어머니를 울게 만들었다. 어머니 대신 태몽을 꾼 사람도 큰오빠였다. 어렸을 적에 큰오빠는 마루에 앉아 태몽 이야기를 들려주곤 했다. 내가 논두렁을 걷고 있었어. 잠자리가 하늘에 가득했지. 길을 걷다보니 개울이 나와서 거기에 발을 담그고 있었는데, 글쎄 건너편에서 소 한 마리가 물을 마시고 있지 뭐야? 거기까지 말을 하면 어린 나는 그래서? 그래서? 하고 추임새를 넣곤 했다. 개울을 건너갔더니 소가 나를 빤히 쳐다보더라고. 내가 소 목덜미를 쓰다듬어주었어. 그러고 집으로 돌아오는데 소가 자꾸 따라오는 거야. 가라고 돌을 던져도 자꾸 따라왔어. 그러면 나는 또 이렇게 묻곤 했다. 돌을 던졌어? 소가 맞았어? 아니 안 맞았어. 그냥 바닥에다 던졌어. 그랬는데도 집까지 소가 따라오더라고. 이 마당 한가운데로. 나는 오빠가 해준 태몽 이야기가 좋았다. 오빠를 따라 마당으로 들어온 소라니. 둘째인 병곤 오빠는 학교에 갔다 돌아오면 자고 있는 나를 하염없이 바라보곤 했다. 잠든 아기의 얼굴을 보니 동시 몇 편이 저절로 떠올랐고, 글짓기 대회에 나가 상도 받았다. 둘째 오빠는 검지손가락으로 아기인 내 볼을 톡톡 치는 것을 좋아했다. 나를 낳고 건강이 나빠진 어머니를 대신해 나를 업어준 사람은 넷째인 병준 오빠였다. 학교에 들어가기 전에 한글을 가르쳐준 사람도, 방학 때마다 탐구생활 숙제를 해준 사람도, 그림일기를 대신 써준 사람도 넷째 오빠였다. 마지막으로 셋째 오빠. 가족사진에서 오래전 잘려나간 병만 오빠. 나는 셋째 오빠를 생각하면 등목을 하던 장면만 떠올랐다. 뭐가 그리 열이 나는지 셋째 오빠는 자주 등목을 했다. 학교에 갔다 돌아오면 책가방을 마당에 던지고는 웃통을 벗었다. 그러고는 내게 소리쳤다. 이리 와 물 좀 끼얹어! 마당 수도꼭지에는 녹색 호스가 달려 있었는데, 나는 그 호스의 끝을 잡고 오빠 등에 물을 뿌렸다. 어떤 날에는 오빠 등에 물로 바보 등신 따위의 글자를 쓰기도 했다. 그럴 때면 오빠는 이렇게 말했다. 똑바로 해. 팬티에 물 들어가. 한겨울에도, 눈이 내리는 날에도 셋째 오빠는 등목을 했다. 군대에 갔다 휴가를 나온 큰오빠가 등목을 하는 셋째 오빠를 보면서 농담처럼 말했다. 너라면 얼음을 깨고 계곡에 들어가는 훈련 따위는 아무것도 아니겠다. 큰오빠의 말처럼 셋째 오빠는 혹한기에도 입수를 가장 잘하는 병사가 되었다. 셋째 오빠의 생활기록부에는 참을성이 있는 아이라는 평이 적혀 있었다. 그랬던 오빠였는데. 오빠가 감옥에 간 뒤로 어머니는 멍하니 천장만 바라보았다. 소파의 손잡이를 검지 손톱으로 뜯어가면서 어머니는 말했다. 그래, 거기서부터 잘못된 거야. 셋째를 낳고 나니 이상하게 모유가 안 나오더라고. 어머니는 같은 말을 하고 또 했다. 애는 배고파 우는데 젖은 나오지 않고. 나는 그 말을 십 년 동안 들었다. 미치지 않기 위해 나는 어머니가 같은 말을 반복할 때마다 혼자서 끝말잇기를 했다. 그때부터였나. 일 년에 고작 한두 번 찾아와서는 어머니에게 짜증을 내는 오빠들이 우습게 여겨지기 시작한 게. 이름을 바꾼다고 생각하니 이제야 오빠들에게 복수를 하는 느낌이 들었다. 만약 누군가가 왜 이름을 바꾸냐고 물어본다면 오빠들과 돌림자를 쓰는 게 평생 짐이었다고 대답하리라.

*

마음에 드는 이름을 찾기 위해 드라마를 봤다. 드라마 주인공의 이름과 그 배우의 이름을 노트에 적어가면서. 나는 사주에 맞춰 이름을 짓고 싶지 않았다. 장손이라며 작명소에 쌀 두 가마니 값을 주고 이름을 지었던 병철 오빠의 삶도 평탄한 것은 아니었다. 생명선이 길었던 병준 오빠는 마흔을 넘기지 못했다. 내 운명에 맞는 이름보다는 드라마 주인공의 이름에서 고르는 게 더 나았다. 케이블 채널을 뒤져 종영된 지 몇 년이 지난 드라마까지 보았는데, 재미있는 드라마가 생각보다 많아서 밥 먹는 시간도 잊곤 했다. 점심시간이 되면 다 같이 식당으로 몰려가는 게 징그럽다는 생각을 종종 했었으므로 아무때나 밥을 먹는 생활도 나쁘지 않게 느껴졌다. 그래도 밤 열한시가 되면 졸린 건 어쩔 수 없었다. 노트에 이름을 적다보니 잊고 있던 기억들이 소소하게 떠올랐다. 정미는 중학교 1학년 때 전학을 온 아이의 이름이었다. 드라마에서도 깍쟁이 캐릭터였는데, 실제의 정미도 그랬다. 내 옆자리가 비어 있어서 정미와 자연스럽게 짝이 되었다. 그전에 짝이었던 아이는 방학 때 외할머니 댁에 갔다가 물에 빠져 죽었다. 같은 반 친구가 죽었다는 사실을 개학 날이 되어서야 알게 된 아이들은 눈이 퉁퉁 붓도록 울었고, 모두가 죽은 아이에게 부치지 못할 편지를 썼다. 반장과 부반장 그리고 짝인 내가 죽은 아이의 집에 찾아가 부모님께 편지를 전했다. 그날, 돌아오는 길에 경운기에 깔려 죽은 뱀을 보았다. 납작해진 뱀을 향해 반장이 침을 뱉었다. 부반장도 침을 뱉었다. 나도 침을 뱉었다. 우리 잊지 말자. 십대 여자아이들은 그렇게 다짐했지만, 슬픔은 며칠 가지 않았고 죽은 아이는 기억에서 잊혔다. 그 아이 이름이 뭐였더라. 영으로 시작되는 이름이었다. 나는 노트에 영희라고 적었다. 영주라고도 적었다가 가위표를 그었다. 새 짝이 된 정미는 물에 빠져 죽은 아이가 앉았던 의자에는 앉고 싶지 않다고 했다. 차가운 년. 나는 자리를 바꾸어주었다. 죽은 짝이 공부했던 책상에는 '수학 싫다!'라는 낙서가 되어 있었는데, 그걸 보고 난 다음부터 나도 수학이 싫어졌다. 정미는 도시락을 먹을 때 내 반찬에는 손도 대지 않았지. 나는 정미라는 이름에도 가위표를 그었다. 은영이란 주인공은 드라마 속에서 끝없이 행운을 맞이했다. 타려던 버스를 눈앞에서 놓쳤는데 십 분 후 그 버스가 마주 오던 트럭과 정면충돌을 하거나, 전화를 받으려고 잠깐 걸음을 멈췄는데 베란다에 올려놓은 화분이 한 걸음 앞쪽으로 떨어진다거나 하는 일들이 일어났다. 주인 잃은 개를 찾아주었는데 알고 보니 개 주인이 오랫동안 짝사랑하던 남자이기도 했다. 나는 그 드라마가 좋았다. 은영의 주변에는 세 명의 귀신이 있었다. 엄마와 아빠 그리고 언니. 그 귀신들은 사랑하는 딸의 곁을, 사랑하는 동생의 곁을 지키고 있었다. 그렇다고 귀신들이 은영에게 엄청난 행운을 주는 건 아니었다. 이를테면 복권에 당첨된다거나 하는 일들. 은영은 여전히 힘든 아르바이트를 하며 학교를 다녔다. 나는 노트에 은영이라고 적고 동그라미를 두 번 그렸다. 일주일이 지나자 노트 한 장에 이름이 가득찼다. 고등학교 때 전교 회장을 했던 아이의 이름이 뭐였더라? 나중에 딸을 낳으면 그런 이름을 지어줘야겠다고 생각한 적이 있었다. 듣기만 해도 똑똑해 보이는 이름이었다는 기억만 나고 이름은 전혀 생각나지 않았다. 그런 이름들이 있다. 듣기만 해도 공부를 잘했을 것만 같은 이름. 듣기만 해도 부모님에게 사랑받았을 것만 같은 이름. 나는 노트에 적은 이름들을 하나씩 중얼거려보았다. 내가 원하는 이름은 뭘까? 듣기만 해도…… 청춘

같은 이름. 듣기만 해도…… 운이 좋을 것 같은 이름. 듣기만 해도…… 긴 머리가 어울릴 것 같은 이름. 아니, 그런 이름들은 아니었다. 그래, 듣기만 해도…… 달리기를 잘할 것 같은 이름! 나는 그런 이름을 가지고 싶었다. 그런데 달리기를 잘할 것 같은 이름이란 과연 뭘까? 나는 열 개의 이름 후보를 포스트잇에 각각 적어 냉장고 문에 붙여놓았다. 냉장고 문을 열고 닫을 때마다 노란색 포스트잇이 펄럭였다. 나는 일부러 냉장고 문을 세게 열고 닫았다. 떨어질 놈들은 떨어져라. 그런 심정으로. 달리기를 잘할 이름이라면 악착같이 붙어 있을 테니까.

나는 하루 세 번씩 열 개의 이름 후보를 중얼거려보았다. 며칠을 그렇게 중얼거려보니 혜정이라는 이름이 별로라는 생각이 들었다. 달리기를 잘할 것 같지 않았다. 하루종일 비가 오던 날, 김치전을 부쳐 막걸리와 먹고 나서 나는 우선이라는 이름도 뗴었다. 우선은 드라마에서 방우선이라는 이름으로 등장했는데, 긍정적인 에너지로 가득찬 이십대 대학생이었다. 주변 사람들을 좋은 쪽으로 변화시킬 것만 같은 사람이었다. 그런데 이우선이라고 발음해보니 전혀 그렇게 느껴지지 않았다. 우산이라고 놀림을 받을 수도 있을 것 같았다. 그렇게 하루나 이틀에 하나씩 이름 후보들을 탈락시켰다.

갑자기 여름이 찾아왔다. 이제 곧 학교는 방학을 하겠구나, 하는 생각이 들었다. 방학 기간에는 점심을 먹고 난 뒤 혼자 교실 복도를 걷곤 했다. 아무도 없는 복도. 아무 소리도 들려오지 않는 빈 교실. 그게 좋았다. 학생 때도 나는 빈 교실에 앉아 있는 것을 좋아했다. 일을 그만둔 건 섭섭하지 않은데 그 복도는 그리웠다. 중학교 건물에는 삼층 계단 끝에서 왼쪽으로 꺾으면 갑자기 서늘해지는 지점이 있었다. 한 발짝을 디디는 순간 지하실에 들어선 것처럼 오싹해졌다가 다시 한 발짝을 디디면 언제 그랬냐는 듯이 그 기분이 사라졌다. 나는 중요한 일을 결정해야 할 때마다 그곳을 찾아갔다. 거기 서서 심호흡을 서너 번 하면 내가 꽤 이성적인 사람인 것처럼 느껴졌기 때문이었다. 오늘부터 방학이라고 생각해볼까? 나는 학생 때 그랬던 것처럼 생활계획표를 만들어보고 싶어졌다. 어머니는 방학 첫날이면 우리들에게 생활계획표를 그리게 했다. 그게 이름이 뭐였더라. 가위처럼 생긴 도구였는데. 그걸로 동그라미를 그리면 정중앙에 바늘구멍이 생겼다. 큰오빠는 생활계획표라고 적고는 그 옆에 눈동자 두 개를 그려놓곤 했다. 약속을 지키는지 누군가 지켜보고 있다는 뜻이라고 했다. 넷째 오빠의 생활계획표에는 '가만히 있기'라는 칸이 있었다. 하루에 한 시간, 오후 네시에서 다섯시 사이였다. 부엌 뒤쪽에 있는 쪽문으로 나가면 오래된 의자가 하나 있었는데 넷째 오빠는 주로 거기 앉아서 '가만히 있기' 계획을 실천했다. 내가 태어나기 전에 돌아가신 할아버지가 앉아서 해바라기를 하던 장소라고 했다. 나는 거실을 둘러보았다. 베란다에 의자와 탁자를 들여놓으면 어떨까? 거기 앉아서 책도 읽고, 해가 지는 것도 구경하고, 또 꾸뻑꾸뻑 졸기도 하는 장면을 상상해보았다. 직장 동료들과 장난으로 봤던 인터넷 사주에서 나는 그렇게 노년을 보낸다고 했다. 말년에는 화초를 키우거나 서예를 하면서 보낼 운입니다, 라고. 나는 이내 고개를 저었다. 노년이라니. 그건 십 년 후, 아니 이십 년 후의 일이었다. 나는 내일 당장이라도 복싱이나 암벽등반 같은 운동을 시작할 자신이 있었다. 한국어 강사 자격증을 따서 외국인 노동자들에게 한글을 가르치는 자원봉사도 하고 싶었다. 중국어도 배울 것이고, 상대성이론이나 양자역학이 도대체 뭔지 책도 찾아볼 것이다. 스케치를 배우는 것도 꿈이었다. 이미 노트와 연필도 사두었다. 물론 근사한 필통도. 바꾼 이름으로 학원에 등록할 것이고 바꾼 이름으로 자격증을 딸 것이다. 나는 오늘이 방학 첫날이라고 생각해보았다. 나는 맨바닥에 누웠다. 여름방학이라고 생각하니 마루에 누워 구름이 지나가는 것을 구경해야만 할 것 같았다. 구름은 보이지 않았지만 그래도 구름이 하늘에 있다고 상상해보았다. 그만 뒹굴거려. 누군가 내게 그런 잔소리를 해주었으면. 방학이 끝날 때까지만 이대로 있고 싶어. 나는 부러 투정을 부리는 말투로 말해보았다. 늦잠을 자는 나를 깨우던 어머니에게 하던 것처럼.

*

매주 월요일은 아파트 단지에 장이 서는 날이었다. 나는 월요일이면 장터에 나가 떡볶이와 순대를 사 먹었다. 그리고 노각을 서너 개씩 샀다. 가게에서 일하는 청년은 노각을 물외라고 불렀다. 어느 지역 말인지는 모르겠지만 노각보다 물외가 더 예쁘게 들렸다. 새콤달콤하게 노각을 무쳐 밥에 비벼 먹으면 여름을 여름답게 보내는 것처럼 느껴졌다. 노각무침을 비빔국수 위에 올려 먹는 것도 좋았다. 냉국을 해먹는 것도 좋았다. 나는 남은 후보 중에서 은영이란 이름을 떼어냈다. 은영의 행운은 드라마에서나 어울리는 것이었다. 지원과 진명 두 이름만 남았다. 거울을 보고 지원아, 하고 불러보았다. 진명아, 하고도 불러보았다. 설명할 수는 없지만 둘 다 달리기를 잘할 것 같았다. 나는 냉장고 앞에 서서 입바람을 불어보았다. 힘껏 불었다. 진명이라고 적힌 포스트잇이 펄럭이다가 바닥으로 떨어졌다. 이제부터 내 이름은 지원이야. 나는 남은 한 장의 포스트잇을 바라보며 중얼거렸다.

그 순간이었다. 낯선 번호로 전화가 온 것은. 이병자씨 전화인가요? 전화를 건 사람이 물었다. 이병자. 이름을 바꾸겠다고 생각한 뒤 다른 사람 입으로 처음 듣는 이름이었다. 나는 그렇다고 말했다. 그러자 상대방이 자신의 이름을 말했다. 나예요, 박우석. 너무 오래간만에 듣는 이름이라 나는 그가 누구인지 단번에 떠올리지 못했다. 나예요, 박우석. 그가 다시 한번 말했다. 얼마 전에 결혼식장에 갔다가 우연히 작은아버지를 알고 있는 지인을 만났다고, 그 사람을 통해 내가 일한다는 학교 이름을 알게 되었다고, 학교에 전화해서 사정을 이야기했더니 연락처를 알려주었다고, 연락처를 받고 전화를 할까 말까 며칠은 망설였다고, 그는 구구절절하게 설명했다. 목소리는 쉬이 있었다. 조금만 당황하면 얼굴이 붉어지는 버릇 때문에 고민하던 이십대 시절의 그의 목소리가 남아 있지 않았다. 혹시, 한번 볼 수 있을까요? 그가 물었다. 목소리가 늙었다고 생각하니 이제 와서 얼굴을 보는 게 무슨 의미가 있을까 싶었다. 그런데도 싫다는 말이 나오지 않았다. 내가 대답을 하지 않자 그가 내일 다시 전화를 걸겠다고 말했다. 혹시 싫으면 전화를 안 받아도 돼요. 그가 덧붙였다. 그를 소개시켜준 사람은 내가 처음으로 일했던 학교의 교감선생님이었다. 나를 예뻐해서 아들만 있으면 며느리 삼고 싶다는 말을 농담처럼 하던 분이셨는데, 그와 헤어지게 된 일을 두고 오랫동안 미안해했다. 그와 파혼을 하고 몇 년 뒤, 교감선생님은 지리산 등반을 갔다가 실종되어 보름이 지나서야 시체로 발견되었다. 방학 때면 전국의 산을 다니는 게 취미였다. 교감선생님의 장례식장에서 그를 마지막으로 보았다. 부인이 옆에 있어서 나는 그에게 인사를 하지 않았다. 그를 처음 만난 날, 로마경양식집이라는 곳에 가서 햄버그스테이크를 먹었다. 세상에, 아직까지 그 경양식집 이름이 생각나다니. 가게 이름과 달리 벽에 걸린 대형 액자에는 베네치아의 풍경이 그려진 그림이 담겨 있었다. 그가 자기가 다녔던 대학 앞에는 베네치아라는 이름의 경양식집이 있는데 거기에 이런 문구가 적혀 있었다고 말해주었다. 감탄사를 아껴라. 베니스에 가기 전까지는. 그러면서 자기는 베네치아와 베니스가 같은 곳인 줄 그때까지 몰랐다고 고백했다. 나는 그에게 오스트리아와 오스트레일리아가 늘 헷갈린다고 말해주었다. 햄버그스테이크를 먹고 우리는 〈쾌찬차〉라는 영화를 보았다. 그는 원표라는 배우를 좋아했다. 그해 우리는 많은 영화를 보았다. 〈그렘린〉이란 영화를 보고 그가 내게 영화 캐릭터 인형을 사준 적도 있었다. 그는 내가 조금이라도 화를 낼 기미가 보이면 이렇게 말했다. 그러지 마요. 길을 걷다가 꽃을 꺾는 아이라도 보게 되면 그 말을 했다. 그러지 마요. 그는 자기보다 어린 사람에게도 늘 존댓말을 했다. 우리는 꼬깔콘을 먹으면서 가장 예쁜 고깔 찾기 놀이를 하곤 했다. 구부러지지 않은 고깔. 허리가 반듯한 고깔. 끝이 뾰족한 고깔. 그와 헤어지고 난 뒤에 나는 주차 금지 구역에 세워진 라바콘만 봐도 화가 났다. 어떤 날은 그 주황색 원뿔들을 발로 걷어차기도 했다. 내겐 화풀이를 할 상대가 없었다. 그에게서 다시 전화가 오면 받지 않으리라. 나는 휴대폰 벨소리를 진동으로 바꾸어놓았다.

그는 전화를 하지 않았다. 대신 문자메시지를 남겼다. 종이에 카페 이름을 적고 약도를 그려서 그걸 사진으로 찍어 전송한 것이었다. 두시에 봐요. 다섯시까지만 기다릴게요. 약도 아래에는 그렇게 적혀 있었다. 내가 사는 곳이 어디인지 아는 것일까? 카페는 집에서 그리 멀지 않은 곳에 있었다. 혹시 맞은편에 다른 카페가 있을지도 모른다는 생각이 들었고 그래서 나는 일찍 집을 나섰다. 맞은편 카페에 앉아서 그가 오는 모습을 구경만 할 생각이었다. 걸어갈 수 있는 거리였지만 날이 더워서 마을버스를 탔다. 두 정거장 후에 내려 카페가 있는 골목길로 들어갔다. '점심 한식 뷔페 오천원'이라고 적힌 식당이 보였다. 그러고 보니 아직 한끼도 먹지 않았다. 입에 맞는다면 집에서 밥을 해먹는 것보다 여기서 끼니를 해결하는 게 더 경제적일 것 같았다. 언젠가 토크 쇼를 보다 어느 여배우가 남편이 죽은 후로 집에서 밥을 하지 않는다고 말하는 것을 들은 적이 있었다. 그때 나도 은퇴를 하게 되면 밥 따위는 하지 않으리라고 다짐했었다. 달걀찜이 좀 따뜻했으면 좋았을 텐데. 그런 생각이 들었지만 그럭저럭 먹을 만했다. 밥을 반쯤 먹었을 때 할아버지 할머니들이 단체로 들어왔다. 지팡이를 짚은 할아버지 할머니들이 많아서 부엌에서 직원 두 명이 나와 음식 뜨는 걸 도와주었다. 지난번에 파래무침 맛있던데, 그거 없어? 대화를 들어보니 인근 경로당에서 단체로 온 듯했다. 나는 오이무침이 새 반찬으로 나오는 것을 보았지만 줄이 너무 길어서 먹는 걸 포기했다. 마지막 두 숟가락이 남았는데 갑자기 배가 불러왔다. 그릇을 반납하는데 직원이 맛있게 드셨어요? 하고 물었다. 나는 그렇다고 대답했지만 또 올 것 같지는 않았다. 여기서 조금만 더 걸어가면 대학이 하나 있는데 다음에는 거기 구내식당을 가봐야겠다고 생각했다. 젊은 아이들 사이에서 밥을 먹는 게 더 나을 듯싶었다. 밥을 먹고 나니 그를 만나는 게 뭐가 문제냐, 하는 생각이 들었다. 차 한잔 마시고 헤어지면 그만이지. 그래서 나는 카페를 찾아갔다.

두시가 되려면 삼십 분이나 남았는데 이미 그가 와 있었다. 나는 따뜻한 커피를, 그는 아이스커피를 주문했다. 주문을 하러 카운터로 걸어갈 때 보니 그는 다리를 살짝 절었다. 염색을 했는지 흰머리가 하나도 보이지 않았다. 그는 내게 어머니의 안부를 물었다. 나는 돌아가신 지 오래되었다고 대답했다. 어머니는 그를 좋아했다. 나는 어머니에게 그를 이렇게 소개했다. 엄마, 그 사람은 내 이야기를 끝까지 들어줘요. 아버지처럼 중간에 말을 자르지 않아요. 나는 그에게 부모님의 안부를 물었다. 어머니는 요양원에 계시고 아버지는 작년에 돌아가셨어요. 그가 말했다. 요양원에 계신 지 팔 년이 넘었는데 이제는 자식들 얼굴을 전혀 알아보지 못한다고 그가 덧붙였다. 아버지가 돌아가시고야 고향집을 부쉈어요. 거의 폐가가 되었는데 아버지가 건드리지 못하게 하셔서. 그 집터에 형제들이 돈을 모아 사층 건물을 짓기로 했거든요. 그런데…… 포클레인으로 집을 허무는 걸 보는데 그런 생각이 들더라고요. 병자씨를 한번 만나야겠다고. 왜 그런 마음이 들었는지 모르겠어요. 그의 어머니는 내게 살인자의 동생은 절대 안 된다고 했다. 그의 아버지는 내게 자살한 아버지 때문에 얼마나 마음고생이 많았느냐고 했다. 불쌍한 것. 불쌍한 것. 그러면서 막내며느리는 발랄하고 구김 없는 사람으로 얻고 싶다고 말했다. 나는 알았습니다, 하고 대답했다. 그리고 뒤도 돌아보지 않고 그 집에서 나왔다. 그의 할아버지가 전국에서 가장 솜씨가 좋은 목수를 데려다가 지었다는 집이었다. 터가 좋아서 아들 셋 모두 좋은 대학을 갈 수 있었다는 집이었다. 나는 그때 그의 집을 나오면서 기도했다. 그가 나를 따라 나오길. 따라 나와 내게 그건 내 잘못이 아니라고 말해주길. 그날, 나는 한 번도 뒤돌아보지 않았다. 앞만 보고 걸었다. 나는 커피를 한 모금 마셨다. 그리고 그에게 말했다. 이제 제 이름은 병자가 아니에요. 지원으로 바꾸었어요. 그는 냅킨으로 유리잔에 맺힌 이슬을 닦았다. 테이블의 물기도 닦았다. 병자씨. 예쁜 이름이었는데. 그가 혼잣말을 했다. 카페에는 커피보다는 팥빙수를 사 먹는 사람들이 더 많았다. 나는 화장실에 가다가 팥빙수의 팥은 직접 집에서 만든다는 안내 문구를 보았다. 그래서 카운터에 들러 팥빙수를 주문했다. 단것이 먹고 싶어서요. 팥빙수를 테이블에 올려놓으면서 내가 말했다. 그는 말없이 팥빙수를 먹었다. 나는 팥빙수를 먹으면서 어머니가 돌아가시자 고향집을 팔아서 미국으로 이민을 가버린 큰오빠 욕을 했다. 간암으로 죽어버린 막내 오빠 욕도 했다. 창원에서 쌀국숫집을 하면서 그럭저럭 살고 있는 둘째 오빠 욕도 했다. 작년에 손녀 돌잔치를 했는데 나를 초대하지도 않았다고. 그는 내게 부인이 죽은 이야기를 해주었다. 교통사고였는데 부인은 죽고 자기는 살아남았다고. 나는 그가 다리를 저는 것이 사고 후유증은 아닐까 짐작해보았다. 아들이 하나 있는데 한국이 지긋지긋하다며 스페인으로 떠나버렸다고. 거기서 결혼식을 올렸다는데 자기는 아직 며느리 얼굴도 못 봤다고. 그는 아내가 죽은 뒤로 편의점 전문가가 되었다고 했다. 병자씨도, 아니 이제 지원씨라고 했나요, 암튼, 밥하기 지겨울 텐데 편의점 도시락 먹어봐요. 생각보다 맛있어요. 그러다 그가 갑자기 떨리는 목소리로 말했다. 선선해지거든 우리 도시락 싸가지고 공원에 가요. 나는 팥빙수에 들어 있는 인절미를 골라먹었다. 그러고는 테이블 위에 올려져 있는 그의 손에 내 손을 가볍게 올려놓으며 말했다. 그러지 마요.

*

비가 온다는 일기예보가 일곱 번이나 틀렸다. 태풍이 온다 그래서 나는 소파의 위치까지 바꾸었다. 거실 창 바로 앞으로. 아로마 향초도 하나 사두었다. 소파에 앉아 비를 실컷 구경할 마음으로. 그랬는데 태풍은 오지 않았다. 소나기 예보도 번번이 빗나갔다. 후드득. 비가 떨어지는 것 같아 소파에 앉아 창밖을 보면 이내 비가 그쳤다. 장터의 야채 가게 주인이 바뀌었는지 더이상 노각을 가져오지 않았다. 물외라고 말하던 청년도 보이지 않았다. 그는 가끔 문자메시지를 보냈는데, 끓였던 물을 또다시 끓이면 안 된다거나 특정 번호로 전화가 오면 절대 받아서는 안 된다거나 하는 내용이었다. 나는 답장을 하지 않았다. 나보다 좋은 대학을 나온 사람인데 그런 말을 믿다니.

천장에서 물이 떨어진다며 아래층 남자가 찾아왔다. 남자는 늘어진 메리야스를 입고 있었다. 가슴이 훤히 들여다보일 정도로 늘어난 메리야스를 보니 난닝구라는 말이 저절로 떠올랐다. 난닝구. 사전에 들어가지 못하는 단어들을 보면 왠지 슬퍼졌다. 아파트 현관을 들고 날 때면 메리야스만 입은 채 담배를 피우는 남자들을 종종 보게 되는데, 그때마다 나는 속으로 그들을 비웃곤 했다. 부끄러운 줄도 모르고. 나는 맨발에 슬리퍼를 신고 음식을 나르는 식당에는 가지 않았다. 야구모자를 쓰고 운전을 하는 택시 기사들도 싫어했다. 아무래도 원인이 이 집에 있는 것 같아서. 아래층 남자가 말했다. 나는 남자를 따라 아래층으로 내려갔다. 남자는 내가 보는 앞에서 아무렇지 않게 현관 비밀번호를 눌렀다. 2468. 숫자를 외우고 싶지 않았지만 너무나 쉬운 조합이어서 잊는 게 더 어려울 것 같았다. 내가 남의 집 비밀번호를 알게 되었다는 사실이 갑자기 불쾌하게 느껴졌다. 거실에는 텔레비전 두 대가 나란히 놓여 있었는데, 둘 다 화면이 켜져 있었다. 한 곳에는 드라마가, 다른 한 곳에는 배구 중계가 틀어져 있었다. 얼핏 보니 지난 주말에 했던 드라마의 재방송 같았다. 내 기억이 맞는다면 약 이십 분 후 여자 주인공이 뺑소니차에 치일 것이었다. 남자가 천장을 손으로 가리켰다. 처음에는 여기가 갈색으로 변하더라고. 그러더니 점점 갈색이 이쪽으로 번지다가 어제부터 물이 떨어지기 시작했어요. 물은 거실 형광등 근처에서 떨어지고 있었다. 그 아래 양은 냄비가 놓여 있었다. 어제는 일 분에 한 방울씩, 오늘은 삼십 초에 한 방울씩. 남자가 말했다. 나는 냄비에 떨어지는 물을 바라보았다. 남자가 냄비를 발로 건드리며 말했다. 냄비가 하나라 라면도 못 끓여먹고 점심엔 사발면을 먹어야겠네. 내가 놀란 눈으로 바라보자 남자가 농담이라며 웃었다. 그러니 빨리 고쳐달란 말이에요. 그때 작은방에서 누군가 애비야, 하고 남자를 부르는 소리가 들렸다. 잠깐만요. 남자가 내게 말하고는 방으로 들어갔다. 그러고는 이내 나와 부엌으로 가서는 물을 한 잔 들고 다시 방으로 들어갔다. 이번에는 한참 걸렸다. 나는 거실을 둘러보았다. 텔레비전 옆 장식장에 아이의 사진이 담긴 액자가 서너 개 놓여 있었다. 모두 같은 아이였다. 남자의 얼굴과 비슷한 것도 같고 아닌 것도 같았다. 똑. 물이 떨어졌다. 냄비를 들여다보니 꼭 오줌이 고인 것 같았다. 나는 작은방을 향해 소리쳤다. 당장 고쳐드릴게요. 걱정 마세요.

관리 사무소에 가서 사정을 말했더니 누수 탐지 전문 업체를 소개해주었다. 직원이 설명하길 오래된 아파트라 그런지 한 달에 한 번꼴로 누수 사고가 발생한다고 했다. 꼭 여기서 안 해도 상관없어요. 알아보고 더 저렴한 곳이 있으면 거기서 하세요. 나는 알았다고 대답했다. 직원이 일러준 번호로 전화를 했더니 내일 아침에 방문하겠다고 했다. 나는 아파트 단지를 한 바퀴 걸어보았다. 총 이천사백 세대가 있는 아파트 단지였다. 구조는 모두 똑같았다. 방 두 개에 화장실 하나. 내 이름으로 된 첫 집이었다. 빚을 다 갚는 데 십 년이 넘게 걸렸다. 나는 이 많은 집들에 파묻혀 있는 파이프들을 생각해보았다. 아파트가 지어지고 삼십 년 동안, 막히지 않고 터지지 않은 파이프들. 나는 암에 걸려 죽는 건 두렵지 않았다. 하지만 제발 뇌졸중으로 쓰러지는 일만은 없었으면. 갑자기 오메가 3가 생각났다. 이 년 전인가, 이사장이 전 직원에게 추석 선물로 비타민 C와 오메가 3를 선물로 준 적이 있었는데. 그때 비타민만 먹고 오메가 3는 어딘가에 넣어두었던 기억이 났다. 당장 찾아봐야지. 오늘부터 하루에 한 알씩 오메가 3를 먹을 것이다. 혈관이 막히거나 터지지 않도록. 그나저나 인간처럼 CT를 찍을 수 있는 것도 아닌데 어떻게 이 시멘트 덩어리 안에서 물이 새는 곳을 찾아낼까?

아파트 정문 옆에 있는 공원에서 아이 하나가 분수 물줄기를 피해가며 강아지와 놀고 있는 것을 보았다. 바닥에서 물줄기를 뿜어

내는 분수였는데 물줄기가 약해졌다가 세졌다가를 반복했다. 부모는 어디 있나? 주변을 둘러봐도 어른은 보이지 않았다. 몇 년 전부터 나는 편백나무 욕조를 가지고 싶었다. 작년에 편백나무 욕조를 전문으로 제작한다는 회사의 홈페이지에 견적을 문의하는 글을 남기기도 했다. 엄두가 안 날 정도는 아니었지만 쉽사리 결정할 수 있는 금액도 아니었다. 편백나무 욕조를 생각하니 누수 공사비와 아래층 도배비가 아까웠다. 나는 발소리가 날까봐 집에서는 늘 슬리퍼를 신었다. 식탁 의자도 끌지 않았다. 그랬는데 내 의지와 상관없이 파이프가 터진 게 억울했다. 분수대에서 노는 아이를 보니까 얼마 전에 본 뉴스가 생각났다. 동물원에서 코끼리가 돌을 던져 구경하던 아이가 죽었다는 기사였다. 아버지가 돌아가시고 나는 이런 꿈을 되풀이해서 꾸었다. 아버지와 네 명의 오빠가 낚시터에 앉아 있었다. 매미가 요란하게 울었다. 꿈속에서도 귀가 아프다는 생각이 들 정도로. 어머니는 해먹에 누워 있었다. 이게 이름이 뭐라고? 어머니가 내게 물었다. 해먹이라고요. 나는 어머니에게 말했다. 어머니는 젊고 예뻤다. 내가 태어나기 전, 큰오빠를 낳기도 전, 스무 살의 얼굴 같았다. 해먹에 누워 어머니가 낚시를 하고 있는 남자들에게 소리쳤다. 많이 잡아. 다섯 남자가 동시에 뒤를 돌아보았다. 아버지도 젊고 예뻤다. 오빠들도. 모두들 이십대의 얼굴을 하고 있었다. 나는 내가 몇 살의 얼굴을 하고 있는지 확인해보고 싶어 저수지로 달려갔다. 하지만 한 번도 내 얼굴을 보지 못했다. 물에 비친 얼굴을 확인하려는 순간 늘 꿈에서 깨어났다. 나는 신발을 벗고 분수대로 걸어가보았다. 물줄기에 발바닥을 대보았다. 간지러웠다. 개와 같이 놀던 아이가 내게 다가와 여긴 아이들이 노는 데예요, 하고 말했다. 나는 그런 법이 어디 있느냐고 물었다. 여긴 애완동물 출입금지 구역이야. 하지만 어른이 나밖에 없으니 내가 모른 척해줄게. 나는 아이에게 말했다. 아이가 젖은 티셔츠를 벗어서 물기를 짜내더니 다시 입었다. 방학인데 어디 안 가니? 내가 물었다. 아이가 방학이라 할머니 집에 온 거라고 말했다. 원래는 아빠랑 둘이 살아요. 그래서 방학 시작하면 할머니 집에 왔다가 방학 끝나면 아빠한테 가요. 나는 아이의 젖은 머리를 쓰다듬어주었다. 그랬는데 개가 나를 보고 사납게 짖기 시작했다. 넌 든든한 친구가 있구나. 내가 말했다. 이제 곧 아빠한테 가겠네. 방학이 끝나가잖아. 내 말을 들은 아이가 울먹이는 표정을 지었다. 방학이 끝나면 우리 할머니 슬퍼서 어떻게 해요. 그러더니 갑자기 112동 쪽으로 달려갔다. 강아지가 아이를 따라 뛰었다. 나는 달려가는 아이의 뒷모습을 바라보았다. 물이 나오는 시간이 끝났는지 분수대는 작동을 멈추었다. 지금 누군가 날 본다면 비도 오지 않았는데 옷이 젖은 걸 이상하게 여길 것만 같았다. 젖은 옷이 몸에 달라붙었다. 속옷이 비칠 것이다. 누가 보면 어때. 나는 창피해하지 말자고 생각했다. 여름방학 때는 누구나 물놀이를 하는 법이니까.

여섯 번의 깁스

*

고등학교 2학년 때 테니스 라켓에 맞아 손가락이 부러진 걸 시작으로 나는 지금까지 다섯 번이나 뼈가 부러졌다. 윤정은 그때마다 깁스에 자신의 사인을 가장 먼저 남긴 친구였다. 처음 깁스를 한 날, 돌아가는 차 안에서 나는 윤정에게 버스 정류장에서 만난 이상한 여자 이야기를 들려주었다. 그날 아침에 있었던 일이었다. 늦봄인데도 두툼한 겨울 외투를 입고 있어서 여자에게 눈길이 갔다. 여자는 양쪽 콧구멍을 휴지로 막은 채 고개를 흔들면서 무슨 말인가를 중얼거리고 있었다. 나는 두어 발 떨어진 곳에 서서 여자가 중얼거리는 말을 들어보려고 애썼다. 겨우 몇 개의 단어가 들렸다. 미안해, 목성, 축축해, 볼펜, 발바닥, 장갑, 낙엽, 배고파…… 이런 말들이었다. 나는 그 단어들로 문장을 만들어보려 했지만 단어들은 잘 연결되지 않았다. 이런저런 말도 안 되는 문장들을 만들다가 나는 버스를 놓쳤다. 버스가 지나가고 나서야 뒤늦게 내가 타야 할 버스라는 걸 알아차린 것이다. "지각하겠네." 나도 모르게 중얼거렸다. 그러자 여자가 말했다. "가지 마. 가서 뭐해." 나는 여자 쪽으로 고개를 돌렸다. 여자가 피식 웃었다. "까짓것, 가지 말까?" 나도 모르게 반말이 나왔다. "그 여자가 학교 가지 말라고 말했을 때 정말로 오늘 땡땡이를 칠까 생각했어. 그랬다면 체육 수업도 안 했을 테고, 또 그랬다면 손가락도 안 부러졌을 거야." 내 말에 윤정이 미안하다고 말했다. 나는 윤정이 휘두른 테니스 라켓에 맞아 손가락이 부러졌다. 나는 부러지지 않은 다른 쪽 검지손가락을 윤정의 눈앞에 대고 흔들었다. "괜찮아. 음악 시간에 리코더 부는 거 정말 싫었는데, 당분간 그거 안 해도 되고." 운전을 하던 양호선생님이 음악선생님한테 이른다, 하고 말했다. "선생님, 저 머리도 아픈 것 같아요." 내 말에 양호선생님이 고개를 빼고는 룸 미러로 뒷자리에 앉은 우리를 보았다. 룸 미러 속에서 나는 선생님과 눈이 마주쳤다. 양호선생님의 별명은 두통약이었다. 머리가 아프다고만 하면 무조건 한 시간 잠을 자게 해주었기 때문이었다. 푹 자면 낫는단다. 약을 달라고 하면 선생님은 그렇게 말했다. "그건 푹 자도 안 나아." 선생님이 웃으며 말했다. 이 년 전인가 삼 년 전에 나는 양호선생님을 우연히 찜질방에서 보았다. 손녀로 보이는 아이와 삶은 달걀을 먹고 있었다. 오랜 시간이 흘렀지만 눈썹 옆에 난 사마귀 때문에 단번에 알아볼 수 있었다. 아이를 보며 나는 꾀병을 부리면 푹 자라고 말해줄 할머니가 있어서 좋겠다는 생각을 했다. 하지만 선생님에게 다가가 인사를 하지는 않았다.

손가락에 깁스를 한 다음날, 나는 버스 정류장에서 윤정을 만났다. "니가 걱정돼서 온 게 아니라 어제 말한 그 여자가 궁금해서 온 거야." 윤정이 말했다. 우리는 다섯 대의 버스를 그냥 보냈는데 여자는 그때까지 나타나지 않았다. 여섯번째로 버스가 왔을 때 윤정이 말했다. "어차피 지각이야." 그래서 우리는 정류장에 앉아서 여자를 더 기다려보았다. 여자를 기다리는 동안 윤정은 그 여자가 혹시 고모일지도 모른다는 이야기를 해주었다. "다섯 살 때인가, 잃어버렸대." 윤정이 말했다. 윤정의 아버지가 호떡을 사 먹는 동안 동생을 잃어버렸다고. 감쪽같이 사라졌다고. 지금이라도 고모를 찾는다면 술을 마시고 허공에 욕을 하는 아버지가 달라질지 모른다고 윤정은 말했다. "그때 아버지는 몇 살이었대?" 내가 묻자 윤정이 여덟 살이라고 대답했다. "여덟 살이면 너네 아빠도 아이였네." 나는 동생을 잃어버린 꼬마 아이가 겁에 질려 시장통 귀퉁이에서 우는 모습을 상상해보았다. 윤정은 동생을 잃어버린 죄책감을 안고 평생을 살아가야 하는 아버지가 가엽지만 그렇다고 술

아지지는 않는다고 말했다. 우리가 타야 할 버스는 계속 지나갔다. "1교시 수업 시작했겠네." "2교시 수업 시작했겠네." 버스가 올 때마다 윤정이 말했다. "그 여자가 니 고모일 리는 없어. 누가 봐도 정상이 아니었거든." 그러자 윤정이 손가락으로 자신의 관자놀이를 가리키며 말했다. "우리 고모도 여기가 약간 모자랐대." 나는 그 여자가 중얼거렸던 단어 중에 목성이라는 말을 떠올려봤다. 그런 말을 쓰는 걸 봐서는 젊었을 때 똑똑했던 여자가 어떤 일을 겪고 나서 미쳐버린 것일지도 모른다는 생각이 들었다. 하지만 그 말은 윤정에게 하지 않았다. 대신 이렇게 말했다. "그 여자 되게 못생겼어. 너네 고모 아닌 것 같아." 윤정의 할머니는 잃어버린 딸을 이렇게 불렀다고 했다. 박꽃같이 예쁜 아가. 나는 박꽃이 무슨 꽃인지 몰랐지만 윤정에게는 그렇다면 정말 예쁜 아이였을 거라고 말해주었다. 그날, 우리는 학교에 가지 않았다. 근처 공원 벤치에 앉아 도시락을 먹고, 만화방에 가서 종일 만화책을 보았다. 나는 윤정의 도시락 반찬이 입에 맞았고, 윤정은 우리집 반찬을 좋아했다. 밥을 다 먹은 다음 나는 윤정에게 깁스한 손가락에 사인을 해달라고 말했다. 윤정이 볼펜을 꺼내 한참을 생각하다가 미안해, 라고 적었다. "재미없어. 이런 말." 내가 말했다. 윤정이 제, 라고 한 글자를 적어놓고는 또 한참을 생각했다. "제길이라고 적을까? 제기랄이라고 적을까? 젠장이라고 적을까?" 나는 젠장이라고 적어달라고 했다. 그 단어는 내가 좋아하는 둘째 이모부가 즐겨 쓰던 말이었다. "젠장. 좋은데." 윤정은 뭐가 기분이 좋은지 깁스한 내 손가락을 보고 웃었다. 앞으로 네 번이나 더 사인을 할 줄은 상상도 못한 채.

내가 두번째로 깁스를 하게 된 곳은 오른쪽 발이었다. 고등학교를 졸업하고 윤정과 나는 재수를 했는데, 재수 학원 앞에 있는 포장마차에서 군것질을 하다 사고를 당했다. 어묵꼬치를 막 먹으려는 순간 옆에 세워져 있던 오토바이가 넘어지면서 내 오른쪽 발 위를 덮친 것이다. 오토바이에는 금고가 실려 있었고, 나는 발등뼈 두 개와 새끼발가락이 부러졌다. 구급차를 기다리는 동안 윤정은 우리가 먹은 떡볶이 2인분과 내가 먹지 못하고 바닥에 떨어뜨린 어묵꼬치 하나 값을 계산했다. 학원 건물에는 엘리베이터가 없어서 나는 다 나을 때까지 집에서 공부를 했다. 윤정은 강의 노트를 복사해 일주일에 한 번씩 내게 가져다주었다. 윤정은 나를 위해 집중해서 강의를 듣고 꼼꼼하게 노트를 정리했다. 그 덕에 윤정은 성적이 좋아졌고 원하는 대학에 합격할 수 있었다. 세번째 사고는 버스에서 내리다 넘어져 팔목이 부러진 거였다. 나는 급출발을 한 버스 회사를 상대로 소송을 해서 치료비와 위자료를 받아냈다. 그 돈으로 윤정과 나는 태어나서 처음으로 해외여행을 갔다왔다. 네번째 사고가 가장 컸는데, 욕실에서 미끄러지면서 오른쪽 팔꿈치뼈가 부러졌다. 욕실 슬리퍼 밑창에 비누 조각이 박혀 있었던 것이다. 나는 수술을 두 번 하고, 보름 넘게 입원을 하고, 여섯 달 넘게 재활 치료를 받았다. 그리고 두 달 후로 예정되어 있던 결혼식을 미뤘다. 나를 못마땅해했던 남자친구의 어머니가 마지막 기회라고 생각했는지, 내가 입원한 사이에 아들 몰래 맞선 자리를 만들었다. 그날 비가 왔고 남자친구는 내가 좋아하는 김치수제비를 사다주었다. 그리고 저녁에 막내 이모의 환갑 모임인 줄 알고 간 자리에서 운명의 여자를 만났다. 다섯번째 사고는 윤정과 윤정의 아들과 함께 눈썰매를 타러 갔다가 썰매 방향을 잘못 잡아 나무 펜스를 들이받는 바람에 일어났다. 윤정의 아들은 이마가 찢어져 세 바늘을 꿰맸고 나는 정강이가 부러졌다. 그래서 윤정은 깁스에 이런 글을 적어두었다. '나중에 내 아들 이마 성형수술 시켜줄 거지?' 내가 입원한 6인용 병실에는 코를 심하게 고는 아주머니가 있었다. 마당에 묻어둔 항아리에서 김장김치를 꺼내려다가 넘어져 엉치뼈가 부러졌다고 했다. 나는 아주머니가 코를 골기 시작하면 휠체어를 타고 밖으로 나왔다. 딱히 갈 곳이 있는 것은 아니어서 병원 복도를 밤새 돌아다녔다. 병실 문 옆에 적힌 이름들을 찬찬히 읽어가며 복도를 거닐다보면 눈물이 났는데, 그렇게 울다 아침해가 뜨는 걸 보면 마음이 편안해졌다. 윤정과 나는 깁스를 풀면 늘 뼈다귀해장국집에 가서 낮술을 했다. 술값은 윤정이 냈다. 내 잔에 술을 따라주면서 윤정은 이렇게 말하곤 했다. "니 파란만장한 뼈들을 위하여!"

*

윤정은 서른네 살에 심장마비로 죽었다. 침대 회사의 영업부에서 일하는 윤정의 남편은 그날 주문서에 적힌 물건과 납품한 물건이 일치하지 않아서 종일 바빴다. 일이 원만하게 수습되지 않아 여기저기에 전화를 해야 했다. 스트레스에 점심도 걸렀다. 입에서 단내가 나는 것 같았고 그래서 윤정의 남편은 낯선 번호로 전화가 왔을 때 받지 않았다. 같은 번호로 두 번 더 전화가 온 다음 문자메시지가 왔다. 어린이집 선생님이었는데, 아이를 데리러 와야 할 엄마가 세 시간이 지나도록 오지 않는다는 내용이었다. 윤정의 남편은 경찰에게 아내가 바지를 다 입지도 못한 채 침대에 쓰러져 있었다고 말했다. 경찰은 사망 시간을 오후 한시 오십분에서 두시 사이로 추정했는데, 윤정이 아들을 데리러 어린이집에 가는 시간이 두시였기 때문이었다. 그 시각에 나는 김치찌개로 연매출 사억을 달성한다는 어느 식당에서 늦은 점심을 먹고 있었다. 지방의 소문난 식당들을 찾아다니며 즉석식품으로 개발할 수 있을지를 검토하는 게 내 일이었다. 윤정의 어머니는 친구들과 제주도 여행을 갔다가 사위의 전화를 받았다. 어머니의 친구들은 남은 여행을 접고 장례식장으로 달려왔다. 봄맞이 여행을 위해 화사하게 옷을 입은 아주머니들이 대성통곡을 했다.

윤정이 죽은 뒤 나는 가끔씩 환청을 들었다. 처음으로 그 소리를 들은 날은 윤정의 생일이었다. 그날 아침, 휴대폰에서 윤정의 생일을 알리는 알람이 울렸다. 생일 축하해. 서른다섯 살이 되었네. 나는 허공에 대고 말했다. 그날 우연히도 구내식당 점심 메뉴로 미역국과 잡채가 나왔고, 생일상 같은 점심을 먹다보니 윤정을 보러 납골당에 갔다 와야겠다는 생각이 들었다. 반차를 내고 납골당에 갔더니 윤정의 남편과 아들이 다녀간 듯 시들지 않은 꽃다발이 놓여 있었다. 나는 엄마, 생일 축하해, 라고 적힌 카드 옆에 오리온 밀크카라멜 하나를 올려놓았다. 단걸 먹어야 덜 긴장된다며 윤정은 시험 보기 전에 카라멜을 하나씩 먹었다. 사탕도 있고 초콜릿도 있지만 윤정은 꼭 오리온 밀크카라멜만 먹었다. 윤정의 말에 의하면 그게 엿하고 가장 비슷하다나. 그렇다고 시험을 잘 보는 것도 아니면서. 한번은 윤정이 중간고사 시험에서 수학 오십오점, 영어 오십오 점, 국어 오십오 점을 맞았다. 나는 감탄사를 붙여가며 윤정의 점수를 놀렸다. 오! 오! 인생이여! 하고. 나는 윤정이 아들을 안고 있는 사진을 보면서 중얼거렸다. 니 아들이 니 공부 머리는 안 닮아야 할 텐데. 주차장으로 돌아오는 길에 목련꽃이 활짝 핀 나무를 보았다. 나는 바닥에 떨어진 꽃잎 중에서 깨끗한 놈으로 하나를 골랐다. 끄트머리를 자르고 손으로 살살 문지른 다음 입으로 불어보았다. 불어지지 않았다. 실패한 꽃을 버리고 다시 꽃잎을 한 장 주웠다. 이번에는 불기도 전에 꽃잎이 찢어졌다. 에잇! 나는 또 꽃잎을 바닥에 버렸다. 한 번만 더. 나는 마지막으로 꽃잎을 주웠다. 목련꽃 그늘 아래서, 하고 노래를 부르며 꽃잎이 잘 벌어지도록 끄트머리를 살살 문질렀다. 그리고 풍선껌을 부는 느낌으로 천천히 꽃잎에 바람을 불어넣었다. 세 번 만에 성공이었다. 나는 두 손바닥 위에 목련 풍선을 올려놓고는 허공으로 던졌다 받았다 하며 길을 걸었다. 그러다 주차장 입구에서 목련 풍선을 바닥에 떨어뜨렸다. 나는 떨어진 목련 풍선을 줍지 않았다. 대신 쪼그리고 앉아서 바람이 다 빠질 때까지 목련 꽃잎을 보았다. 주차된 차를 빼는데 차 아래쪽에서 빽빽, 하는 소리가 들렸다. 차문을 열고 밖으로 나와보니 주차장 바닥에 손바닥만한 오리 인형이 있었다. 인형 배에 바퀴 자국이 보였다. 배를 누를 때마다 오리 얼굴이 우스꽝스럽게 일그러졌다. 그걸 보자 눈물이 났다. 울고 싶어서 나는 운전석에 앉아 계속해서 인형 배를 눌렀다. 그때였다. 왼발 아닌가. 어디선가 그런 소리가 들렸다. 주차장을 둘러보았다. 아무도 없었다. 집으로 돌아오는 길에 똑같은 소리를 한번 더 들었다. 왼발 아닌가. 혹시 몰라 라디오를 껐다 다시 켜보았다.

다시 그 소리를 듣게 된 것은 서너 달이 지난 뒤였다. 생일날 혼자 밥을 먹는 사람들을 위한 패키지 상품을 출시했는데 실패하고 말았다. 한 달 주문이 일곱 건밖에 되지 않았다. 실패 원인을 분석해 보고서를 제출하라는 지시가 내려왔다. 정수리 주변으로 동그랗게 탈모가 진행되어 병원을 다니기 시작했다. 의사가 스트레스를 받지 말라고 해서 토요일에는 등산을 갔다. 가파르지 않은 산길을 한 시간 정도 걷다보면 배드민턴장이 나왔다. 나는 벤치에 앉아 커피를 마시며 배드민턴 치는 사람들을 구경하곤 했다. 똑같은 운동복과 똑같은 운동화를 신고 배드민턴을 치러 오는 부부가 있었는데, 그 부부의 경기를 보는 게 좋았다. 둘 다 어찌나 승부욕이 강한지 경기는 늘 싸움으로 끝났다. 처음에는 셔틀콕이 금을 넘었냐 아니냐 하는 문제로 말다툼을 하다 나중에는 서로의 점수를 속이고 우기며 큰소리를 냈다. 싸움의 마지막은 늘 똑같았다. 서로의 집안 흉보기. 당신은 엄마를 닮아서 지는 꼴을 못 보지. 당신네는 어떻고. 세상에 형이 동생한테 사기를 치는 집이 어디 있어. 그들은 곧 이혼할 부부처럼 싸우고는 배드민턴장 주변에 설치된 운동기구에서 각자 운동을 했다. 남편은 주로 역기를 들었고 부인은 주로 훌라후프를 했다. 그리고 약수터에서 물을 한 바가지씩 마시고 나란히 하산을 했다. 그 소리를 다시 듣게 된 것은 그들 부부가 처음으로 싸우지 않은 날이었다. 다른 코트에서 배드민턴을 치던 사람들이 부부에게 복식으로 시합을 하자고 제안했기 때문이었다. 한편이 된 부부는 죽이 척척 맞았다. 나는 속으로 그들이 지길 바랐다. 그래서 그들이 친 셔틀콕이 코트 안으로 떨어졌는데도 코트 밖으로 떨어진 것 같다고 거짓말을 했다. "정말이에요? 확실히 봤어요?" 부인이 내게 두 번이나 물었다. 나는 고개를 끄떡였다. 그때였다. 왼발 아닌가, 하고 환청이 들렸다. 나는 손바닥으로 귀를 두드려보았다. 그 소리는 윤정의 목소리를 닮은 것 같기도 하고 아닌 것 같기도 했다. 심한 감기에 걸린 윤정의 목소리라고나 할까. 한 달쯤 지나서 다시 소리를 들었다. 이번에는 반신욕을 하던 중이었다. 그후로 소리의 간격은 점점 짧아졌다. 일주일에 한두 번씩. 어떤 날은 선명하게. 어떤 날은 희미하게.

*

아버지가 돌아가시던 그해에 나는 직장을 그만두었다. 등이 아프다며 동네 한의원에서 물리치료를 받던 아버지는 똑바로 누울 수 없을 정도로 통증이 심해진 뒤에야 종합병원을 찾아갔다. 수술을 할 수 없을 만큼 암이 퍼져 있었다. 길어야 삼 개월이라는 선고를 받은 뒤 아버지가 가장 먼저 한 일은 철물점에 가서 방충망 수리 테이프를 산 것이었다. 그리고 집으로 돌아와 구멍난 모기장을 수리했다. 어머니는 여름 내내 고쳐달라 해도 고쳐주지 않더니 겨울에 무슨 바람이 불었냐며 타박했지만, 수고했다며 목살을 사다 김치찜을 해주었다. 아버지는 김치찜에 소주 한잔을 마시고 어머니에게 내년 여름에는 자신이 없을지 모른다고 이야기를 했다. 그리고 자신이 죽고 난 뒤 자식들이 뭐라고 말을 하든지 간에, 어떤 일이 있어도 집을 팔아서는 안 된다고 몇 번이나 당부했다. 부모님은 이십오 년 전에 집값의 반 이상을 대출받아 그 아파트를 마련했다. 두 분 다 처음으로 가져보는 자신의 집이었다. 방음이 되지 않아서 아파트 주민들이 건설회사를 상대로 소송까지 했지만 이기지 못했다. 우리는 처음이자 마지막으로 가족 여행을 떠났다. 오빠가 9인승 카니발을 빌려왔다. 조카들과 새언니가 맨 뒷자리에 앉았고 그 앞에 나와 엄마가 앉았다. 운전은 오빠가 했다. 아빠는 선글라스를 끼고 조수석에 앉아 오빠에게 계속 잔소리를 했다. 변산반도에서 하룻밤을 자고 통영에서 하룻밤을 잤다. 식구들 중 종교가 있는 사람은 아무도 없었지만 내소사에서 가족 건강을 기원하는 기와를 올렸다. 막내 조카는 채석강을 채소강이라고 불러 우리를 웃겼다. 2박 3일 동안 주꾸미샤부샤부와 멍게비빔밥과 복국과 병어조림과 충무김밥을 먹었다. 아버지가 도다리쑥국을 드시고 싶어했지만 철이 아니라 먹지 못했다. "나중에 꼭 먹어봐라." 아버지가 말했다. 통영에서는 케이블카를 타고 미륵산 전망대에 올랐다. 오빠네 식구가 미륵산 정상까지 올라갔다 온다고 해서 나는 부모님과 함께 전망대에서 기다렸다. "근사하네." 그날 아버지는 전망대에서 바다를 바라보면서 같은 말을 하고 또 했다. 근사하네. 근사하네. 나는 아버지가 근사하다고 말할 때마다 그러게요, 그러게요, 하고 대답했다. 아버지 말을 듣다보니 환청이 영영 사라지지 않을 거라면 차라리 근사하네, 라는 말이 들렸으면 좋겠다는 생각이 들었다.

아버지가 돌아가시기 보름 전쯤, 부산에 사는 둘째 이모부가 돌아가셨다. 장례식에 가지 않겠다는 어머니를 설득해서 부산으로 내려가게 만든 사람은 아버지였다. 아버지는 오빠에게 전화를 걸어 어머니를 모시고 갔다 오라고 말했다. "그 이모부가 우리한테 참 잘했다. 다른 친척들은 다 날 무시했는데 그 이모부만은 안 그랬다. 그러니 인사 잘 드리고 와라." 그리고 내게 전화를 해서는 이렇게 말했다. "너 우리집에 와서 하룻밤 내 병수발 들어야겠다. 어차피 회사도 잘려서 시간도 많잖니." 그날 밤, 잠을 자려고 누웠는데 아버지가 나를 불렀다. 놀라 안방으로 달려가니 아버지가 맥주 한 잔을 마시고 싶다고 말했다. "니 엄마 몰래 딱 한 모금만." 나는 편의점에 가서 맥주 두 캔을 사가지고 왔다. 그리고 소주잔에 맥주를 따랐다. "이거 한 잔만요." 아버지에게 소주잔을 건네자 아버지가 야박도 하다, 하고 혼잣말처럼 중얼거렸다. 그러고는 두 번에 나눠 마셨다. "참, 건배하는 거 깜빡했다. 그러니 한 잔만 더." 아버지가 내게 소주잔을 내밀었다. "일부러 그랬죠. 한 잔 더 마시려고." 나는 다시 한번 소주잔에 맥주를 따랐다. 그리고 건배를 했다. "건강하세요." 나도 모르게 그런 말이 나왔다. "난 늦었다. 너나 건강하렴." 아버지가 웃으며 대답했다. 나는 맥주 한 캔을 단숨에 마셨다. "너 어렸을 때 말이다. 둘째 이모부 팔뚝에 매달리는 걸 참 좋아했단다. 돌아가신 니 이모부가 힘이 장사였지." 아버지가 이모부 이야기를 하자 주먹이 세 개는 들어 있을 것처럼 커다란 알통이 떠올랐다. 팔씨름을 해서 한 번도 진 적이 없다는 이모부. 팔씨름 대회에 나가 우승한 상금으로 이모에게 여우 목도리를 사주었다는 이모부. "이모부, 놀이동산 놀이 해주세요." 내가 그렇게 말하면 이모부는 팔뚝에 나를 매달고 빙글빙글 돌았다. 그 이모부가 파킨슨병에 걸려 거동을 못하게 된 게 십 년도 더 전의 일이었다. "아까 자리에 누워 곰곰 생각해보니 니 이모들이 날 무시한 게 내가 돈을 못 벌어서가 아닌 것 같더라. 그걸 이제야 알겠더라." 아버지가 빈 소주잔을 만지작거리며 말했다. 신혼초에 어머니가 집을 나간 적이 있었는데, 그 사건 이후로 아버지는 어머니 쪽 식구들이 자신을 무시한다고 생각하게 되었다. 어머니 말에 의하면 그즈음 큰아버지가 찾아와 보증을 서달라고 했는데, 마음 약한 아버지가 보증을 설까봐 도장을 찍는 순간 이혼이라며 소리를 치고 집을 나온 거라고 했다. 하지만 아버지의 말은 달랐다. 일주일 내내 콩나물국에 두부부침만 참고 먹다 고기반찬 좀 하라고 한소리를 했는데, 어머니가 쥐꼬리만한 월급 가져와놓고 무슨 반찬 투정이냐고 구박을 하더니 집을 나갔다는 것이었다. 암튼, 그때 어머니는 외갓집에 가서 일주일 동안 돌아오지 않았다. "그때 나는 니 엄마를 데리러 가지 않았어. 장인 장모에게 미안하다고 말하기 싫었거든. 그후로 처가에 가는 게 싫어지더라. 그러다보니 니 엄마가 이모들을 잘 안 만났지. 니 이모들이 그래서 나를 미워했을 거야." 나는 아버지에게 맥주가 한 캔 더 있다고, 한 잔

정도는 더 드릴 수 있다고 말했다. 아버지가 고개를 저었다. "물이나 다오." 나는 어머니가 끓여놓은 버섯 달인 물을 가져다드렸다. 아버지가 물을 여러 번에 나눠 마시고는 자리에서 일어났다. "나는 자련다." 아버지는 천천히 걸어 방으로 들어갔다.

나는 식탁에 앉아 남은 맥주 한 캔을 땄다. 그리고 윤정과 일출을 보러 여수 향일암에 갔던 어느 날을 떠올려보았다. 대학 졸업을 앞둔 해였다. 아침잠이 많은 윤정은 아예 잠을 자지 않겠다며 가방 가득 만화책을 담아왔다. 나는 아침에 일어나는 것은 자신 있었지만 그래도 윤정과 함께 만화책을 보면서 밤을 새웠다. 그날 향일암의 일출 시간은 일곱시 삼십육분이었다. 우리는 여섯시 반에 사발면을 먹고 여섯시 사십오분에 숙소에서 나왔다. 조금 걷다 보니 눈발이 흩날리기 시작했다. "눈 오나봐." 윤정이 박수를 쳤다. 눈은 잠깐 흩날리고는 이내 그쳤다. 구름이 짙어서 제대로 된 일출을 보지 못하고 사람들 뒤통수만 구경했다. 숙소로 돌아온 우리는 점퍼도 벗지 않고 이불 속으로 들어가 누웠다. 등이 따뜻해졌다. 한 시간만 있다 일어나려 했는데 눈을 떠보니 오후 네시가 지나 있었다. 숙소 주인의 말에 의하면 열두시가 지나도 나오지 않아서 문을 두드렸더니 우리가 이렇게 소리쳤다고 했다. "우리 하룻밤 더 잘게요." 그날 저녁, 나와 윤정은 일출모텔 일층에 있는 일출횟집에서 매운탕에 소주 세 병을 마셨다. 모텔 주인이면서 횟집 주인이기도 한 아주머니가 서비스라며 멍게회 한 접시를 주었다. 그러면서 말하기를 내일은 힘들게 절까지 가지 말고 방에서 일출을 보라고 했다. 1월 1일, 아침 일곱시 삼십육분에 우리는 일출모텔 303호에서 근사한 일출을 보았다. 윤정이 묵념을 하고 소원을 빌었다. "난 소원 안 빌래. 예쁜 거 실컷 보기나 할래." 나는 윤정에게 그렇게 말했다. 그때 그러는 게 아니었는데. 일출을 볼 때는 소원을 빌었어야 하는 거였다. 가족의 건강, 연인과의 행복, 뭐 그런 것들을. 맥주 한 캔을 다 마신 뒤 나는 조심히 안방 문을 열고 들어가 잠자는 아버지를 내려다보았다. 인간관계가 서툴고 남에게 도움받는 걸 끔찍하게 싫어했던 아버지가 쌕쌕 숨소리를 내며 잠을 자고 있었다.

나는 토요일마다 등산을 가던 것을 그만두었다. 라디오를 크게 틀어놓고 등산을 하는 사람들도 싫고, 산책로 같은 산길을 걸으면서 양손에 등산 스틱을 든 사람들도 싫었다. 대신 나는 토요일마다 어머니를 만나러 요양원에 가기 시작했다. 오빠가 어머니를 요양원에 모시자고 했을 때 나는 반대하지 않았다. 집을 팔면 아주 고급은 아니지만 그래도 괜찮은 시설에 들어갈 수 있을 거라고 오빠는 말했다. 그러면서 걱정 마, 나는 한푼도 안 가질 테니까, 하고 덧붙였다. 어머니는 놀랄 정도로 금방 아버지의 죽음을 극복해나갔다. 안 다니던 성당에 나가고, 오카리나를 배우러 다녔다. 동사무소에 갔다가 문화센터에서 연주하는 소리를 듣고는 바로 등록했다고 어머니는 말했다. 휴일에 집에 가보면 거실이 발 디딜 틈이 없을 정도로 어질러져 있었다. 개수대에도 늘 설거짓거리가 쌓여 있었다. “난 이제 내 맘대로 살란다. 누가 보는 사람도 없는데. 이제 밥도 안 한다. 경로당에 가니 밥도 공짜야.” 평소 어머니는 경로당을 늙은 사람들끼리 둘러앉아 고스톱이나 치면서 자식들 자랑하는 곳이라고 빈정거리며 말하곤 했다. 나는 어머니가 동네 경로당에 가서 사람들과 어울린다는 말을 들으니 안심이 되었다. 그렇게 일 년이 지나고 이 년이 지났다. 처음에는 혼자 있는 어머니가 걱정되어 일요일 점심마다 맛있는 것을 사 들고 집에 갔다. 그러다 점점 뜸해지기 시작했다. 도시락을 파는 프랜차이즈 회사에 취직을 한 뒤로는 한 달에 한 번 찾아가는 것도 힘들었다. 그래서 어머니가 이상해지고 있다는 것을 쉽게 알아차리지 못했다. 쓰레기를 버리러 나왔다가 갑자기 동호수가 기억나지 않는다며 전화를 했을 때도 나는 웃어넘겼다. 어머니는 지나가는 경비원에게 휴대폰을 빌려 내게 전화를 했다. “엄마, 12동 403호야.” 어머니는 또래에 비해 귀가 좋은 편인데 나도 모르게 크게 소리를 질렀다. “귀 따가워. 전화 끊어.” 그리고 십 분 후쯤 집에 잘 들어왔다며 어머니가 다시 전화를 걸어왔다. “집 호수는 까먹으면서 어떻게 내 전화번호를 기억했대.” 나는 깔깔깔 웃었다. “그러게.” 어머니도 깔깔깔 웃었다. “참 이상하지. 그 순간에 니 오빠 전화번호는 죽어도 생각이 안 나더라.” 어머니가 말했다. 나는 그 말이 왠지 좋았다. 그로부터 몇 달 뒤, 오빠는 파출소에서 걸려온 전화 한 통을 받았다. 아무런 연고가 없는 동네였다. 어머니가 어째서 그 동네까지 갔는지는 끝내 알 수 없었다. 중요한 건 어머니가 집으로 돌아가는 길을 기억하지 못했다는 것이었다.

*

아침에 오빠가 전화를 걸어 오늘은 요양원에 가지 못할 것 같다고 말했다. 오빠는 이 주에 한 번씩 요양원에 갔고, 될 수 있으면 내가 가는 토요일에 맞추려고 했다. "다음주가 니 생일이니 그때 보자. 석쇠불고기집 가자." 오빠가 말했다. 석쇠불고기집은 요양원 근처에 있는 가게인데, 어머니가 곧잘 드셔서 오빠네 식구들이 요양원에 가는 날이면 가끔 가곤 했다. 입구에 계단이 없어서 휠체어를 끌기에도 좋았다. 요양원에 가는 길에 나는 휴게소에 들러 우동을 사 먹었다. 금요일 저녁에 술을 마셨을 때는 콩나물국밥이나 황태해장국을 사 먹기도 하지만, 대부분은 우동을 먹었다. 병실 문을 열고 들어가니 어머니가 내 이름을 크게 불러주었다. 어머니는 오전에는 상태가 좋아 나는 될 수 있으면 오전에 오려고 노력했다. "착하네, 우리 엄마." 나는 어머니의 머리를 쓰다듬으며 착하다고 했다. 그러자 옆에서 간병인이 어머니가 아침에 식사도 잘하고 화장실도 잘 갔다 왔다고 말했다. 나는 다시 한

번 착하다고 칭찬을 해주었다. 내가 칭찬을 해서인지 어머니는 발랄한 사춘기 소녀처럼 수다를 떨기 시작했다. "영배 오빠랑 영화를 봤는데 말이야." 나는 이미 서른 번도 넘게 들었지만 처음 듣는 얘기처럼 영배 오빠 이야기를 들어주었다. 어느 날은 박영배라고 했다가 어느 날은 곽영배라고 했다가 어느 날은 방영배라고 했다. 성은 정확하지 않지만 확실한 것은 그 오빠가 어머니를 짝사랑했다는 거였다. 영배 오빠는 읍내 비료 가게의 둘째 아들이었는데, 부모님 몰래 비료를 팔아 그 돈으로 어머니에게 구두를 사주기도 했다. 영배 오빠는 군대에 갔다 올 때까지 기다려달라는 편지를 남기고 입대를 했다. "웃기지 뭐야. 난 좋아한다고 말한 적도 없는데 기다려달라니." 그렇게 말하며 어머니는 고개를 약간 기울이고 도도한 표정을 지었다. 어머니는 영배 오빠가 제대를 하기도 전에 선을 봐서 결혼을 했다. "엄마, 좋아하지도 않았는데 왜 구두 선물을 받았어?" 내가 묻자 어머니가 대답했다. "예뻐서." 어머니가 허공을 보고는 다시 한번 말했다. "예뻐서." 예뻐서라고 말하는 어머니의 얼굴이 예뻤다. 어머니가 목이 탄다고 해서 나는 물을 가져다주었다. 어머니가 물을 마시더니 갑자기 나를 순영이라고 불렀다. 순영은 어머니의 단짝 친구였다. 어머니 말에 의하면 순영은 달리기를 잘했다. 볼에 얽은 자국이 있었는데 웃는 모습이 환해서 하나도 흉해 보이지 않았다고 했다. 나는 군수의 아들과 결혼을 해서 모두의 부러움을 샀다는 순영인 척 어머니와 수다를 떨었다. 어머니의 기억에는 첫아이를 낳다가 죽은 순영은 없었다. 그건 다행이었다. 점심으로 뭇국과 흰쌀밥 그리고 장조림이 나왔다. 점심을 먹고 어머니는 낮잠을 잤다. 나는 낮잠을 자는 어머니의 얼굴을 들여다보았다. 잠자던 아버지의 얼굴을 오랫동안 보았던 어느 날이 떠올랐다. 야박도 하다, 라고 말하던 아버지의 목소리가 들리는 것 같았다. 간병인의 말에 의하면 어머니는 오후가 되면 심술궂은 할머니가 된다고 했다. 나는 그 모습이 보기 싫어 어머니가 잠에서 깨기 전에 자리에서 일어났다.

집으로 돌아오는 길에 요양원 근처에 있는 호수에 들렀다. 색소폰을 부는 남자가 천오백원짜리 커피를 팔았는데 맛이 괜찮았다. 작년 가을에는 매주 들렀는데 날이 추워지면서 그만 오게 되었다. 차를 주차하고 커피 노점에 갔더니 남자가 오래간만에 왔다며 반갑게 인사를 했다. 그러면서 메뉴에는 없지만 오래간만에 온 손님이니 특별히 핸드 드립으로 커피를 만들어주겠다고 했다. 나는 따뜻한 커피를 한 잔 부탁했다. 커피를 들고 내가 좋아하는 벤치로 갔더니 거기에 '내 자리'라고 낙서가 되어 있었다. 작년 가을에는 없던 낙서였다. 나는 벤치에 앉으면서 오늘은 니 자리가 아니라 내 자리다, 하고 중얼거렸다. 호수에는 오리가 많았다. 호수를 바라보고 있자니 겨울 내내 오리들도 발이 시렸을 거라는 생각이 들었다. 그러자 자동적으로 어머니가 운동화 안을 데워주던 어린 시절이 떠올랐다. 어머니는 겨울이면 오빠와 내가 아침밥을 먹는 동안 신발 안에 따뜻하게 데워진 차돌을 넣어두었다. 그 돌은 어머니가 둘째 이모를 만나러 부산에 갔다가 바닷가에서 주워온 것이었다. 우리가 밥을 다 먹으면 어머니는 이불을 걷으면서 말했다. "이제 옷 입자!" 이불 밑에는 우리가 입을 티셔츠와 바지와 양말이 순서대로 놓여 있었다. 현관에 앉아 신발을 신을 때면 나는 신발 안에 있던 차돌을 꺼내 두 손으로 감쌌다. 그러면 손도 금방 따뜻해졌다. 손에서 온기가 사라지기 전에 재빨리 장갑을 꼈다. 오빠는 따뜻한 신발을 신고 눈길을 걸으면 뭐든 할 수 있을 것만 같은 자신감이 생긴다고 했다. 나는 따뜻한 신발을 신고 길을 걷다보면 낯선 곳으로 빨려들어갈 것만 같다고 했다. 이상한 나라의 앨리스처럼. 내 말을 들은 오빠가 이해할 수 없다는 표정을 지으며 고개를 절레절레 흔들었다. 따뜻한 신발 덕분에 오빠는 자신감이 넘치는 청년으로 성장했다. 그리고 책임감 강한 아버지가 되었다. 따뜻한 신발을 신고 동화 속 주인공을 상상하던 나는 뭐가 되었을까? 나는 커피를 한 모금 마셨다. 그리고 적절한 단어를 떠올려보았다. 딱히 생각나지 않았다. "나는, 음, 나는, 그냥 어른이 되었지." 나는 그렇게 말해보았다. 그리고 차에서 펜을 꺼내와 '내 자리'라고 쓰인 낙서 옆에 새 낙서를 했다. '그래, 니 자리.' 그러고 나자 그냥 어른이 된 나 자신이 그다지 실망스럽게 느껴지지 않았다.

눈발이 흩날리기 시작했다. 3월인데도 눈이 내리네. 나는 와이퍼를 작동시켰다. 눈은 내리자마자 녹을 것이다. 윤정의 발인 날에도 눈이 왔었다. 그때는 3월이 아니고 4월이었다. 생각해보니 돌아오는 기일이 십 주기였다. 나는 윤정을 보러 납골당에 갈 때마다 윤정의 아들과 마주치길 기대했다. 하지만 한 번도 보지 못했다. 윤정의 아들은 해마다 자신의 사진을 바꾸어놓았고 나는 그 사진을 보면서 윤정의 아들이 얼마나 컸는지를 알게 되었다. 이마의 흉터는 어떻게 되었을까? 전부 앞머리를 내린 사진들이어서 꿰맨 자국이 아직까지 남아 있는지 아닌지 알 수가 없었다. 갑자기 앞차가 비상등을 켜고 급정거를 했다. 나도 재빨리 비상등을 켜고 급정거를 했다. 앞차가 트럭이어서 그 앞의 도로 상황을 볼 수가 없었다. 나는 앞차가 움직이길 기다리면서 이사를 가야 할 것인지 말 것인지를 고민했다. 지난주 계단에서 마주친 집주인이 뜬금없이 내게 아들이 결혼을 하는데 집을 사줄 돈이 없어 걱정이라는 이야기를 했다. 그게 무슨 말일까. 여름이면 계약이 끝나니 아들 신혼집으로 쓰게 나가라는 말일까? 아니면, 아들 결혼 자금에 보태야 하니 전세금을 올린다는 말일까? 앞차가 천천히 움직이기 시작했다. 브레이크 페달에서 발을 떼려는 순간, 룸 미러 속으로 빠른 속도로 다가오는 승합차의 모습이 들어왔다. 왼발 아닌가. 그 순간 다시 환청이 들렸다. 승합차가 내 차의 뒤를 받는 순간, 그 충격으로 내 차가 앞에 서 있던 트럭의 뒤를 받는 순간, 어떤 풍경이 번쩍하고 떠올랐다.

윤정이 결혼할 남자를 처음으로 소개시켜준 날이었다. 그 남자는 윤정이 세번째로 사귄 남자였고 다섯번째로 사랑에 빠진 남자였다. 두 번의 연애와 두 번의 짝사랑을 곁에서 지켜본 나는 윤정이 결혼을 한다고 말했을 때 너무 놀라 맥주를 마시다 사레가 들리고 말았다. 두 번의 짝사랑도 그렇지만 두 번의 연애도 그다지 오래가지는 못했는데, 스물넷에 수의사와 결혼해 아이를 셋이나 낳은 윤정의 언니 말에 의하면 그 남자들은 하나같이 등신 같은 놈들이라는 것이었다. 윤정의 언니는 윤정이 그런 놈들만 골라 사랑에 빠지는 걸 보면 내면 깊숙한 곳에 어떤 결함이 있는 게 분명하다고 했다. "이번에는 다정한 사람이야." 윤정이 말했다. 나는 딸꾹질을 멈추기 위해 잠시 숨을 참았다. 그리고 다시 맥주를 한 모금 마시고 말했다. "얼른 불러봐. 다정하게 오는지 보게." 훗날 윤정의 남편이 될 남자친구는 통화를 마치자마자 택시를 타고 달려왔다. 남자친구가 오자 윤정은 양념치킨을 한 마리 추가했다. 새 안주가 나오자 남자친구가 냅킨으로 닭다리 아랫부분을 감싸 윤정에게 건네주었다. 닭다리를 먹는 윤정과 눈이 마주쳤을 때 나는 소리 나지 않게 다정, 이라고 말했다. 내 입 모양을 보고 윤정이 웃었다. 그날 우리가 간 치킨집은 화장실이 계단 아래에 있어서 천장이 낮았다. 술에 취한 나는 그날 화장실에서 다섯 번도 넘게 머리를 부딪혔다. 한번은 화장실에 갔다 돌아오는데 윤정이 남자친구에게 이렇게 말했다. "왼발 아닌가?" 남자친구는 내가 자리에 앉자마자 자기도 화장실에 갔다 오겠다며 자리에서 일어났다. 나는 윤정에게 뭐가 왼발이냐고 물었다. 그러자 윤정이 깔깔깔 웃었다. "나중에, 나중에 말해줄게." 남자친구가 돌아오자 윤정이 가방에서 핸드크림을 꺼냈다. "저 핸드크림 처음 발라봤어요. 이 사람 만나고요." 윤정의 남자친구가 손을 비비며 말했다. 내가 보기에 다정한 것은 남자친구가 아니라 윤정이었다. 술에 취한 윤정은 남자친구의 팔짱을 끼고 길을 걸었다. 나는 한 걸음 뒤에서 윤정을 따라 걸었다. 한참을 그렇게 걷다 내가 윤정의 뒤통수에 대고 말했다. "윤정아, 둘이 오오오래 사귀어라." 그렇게 말하고 나니 조금 부끄러워졌다. 윤정이 뒤돌아서 내게 말했다. "우리 오오오래 같이 놀자." 윤정은 오래라는 단어를 말할 때 오 자를 길게 늘여서 말하곤 했다. 오오오래 친구하자. 오오오래 놀자. 오오오래 행복하자. 오오오래 살자. 그후로 종종 나는 윤정의 데이트에 끼어 눈치 없이 술을 얻어먹었다. 남자친구가 닭고기를 좋아해서 안주는 늘 닭이었다. 안동찜닭, 닭갈비, 닭볶음탕, 누룽지닭백숙, 닭칼국수 등등. 그날 윤정은 나중에 해준다는 말을 해주지 않았다. 나도 윤정에게 뭐가 왼발인지 묻는다는 걸 잊었다. 틀림없이 웃기는 이야기였을 텐데.

구급대원들이 찌그러진 자동차 문을 뜯어내고 나를 꺼냈다. "제 말 들립니까?" 그중 한 명이 내 귀에 대고 큰 소리로 말했다. 귀

아프다고, 조금만 작게 말하라고, 그렇게 대답하고 싶었지만 말이 나오지 않았다. 응급차에 실려가면서 나는 이 정도 사고면 갈비뼈는 부러졌을 거라는 생각이 들었다. 재수없으면 엉치뼈나 다리가 부러졌을 것이다. 이번이 여섯번째네. 지금까지 살면서 나는 네 번의 절교와 한 번의 파혼을 당했다. 네 번의 절교와 한 번의 왕따를 당한 뒤 선물처럼 찾아온 단짝 친구의 죽음과 아버지의 죽음을 겪었다. 두 번이나 이직을 했고, 스트레스로 탈모를 겪기도 했다. 그리고 마침내 여섯번째로 뼈가 부러지는 사고를 당했다. 그렇게 애를 써서 나는 그냥 어른이 되었다. 그 생각을 하자 헛웃음이 나왔다. 구급대원이 내 입에 귀를 가까이 대고 물었다. "뭐라고요? 방금 뭐라 말했나요?" 나는 간신히 대답했다. "추워요."

남은 기억

1

암이 폐로 전이되었다는 말을 들은 날 영순은 택시 기사에게 욕을 했다. 의사 앞에서는 담담한 척을 했지만 병원을 나서자 다리에 힘이 풀렸다. 택시 정류장에는 모범택시밖에 없었다. 영순은 잠깐 고민을 했고, 곧 죽을지도 모르는데 택시비를 걱정하는 자신에게 화가 났다. 기사는 여자였다. "안녕하세요. 날이 더워졌죠?" 상냥한 인사에 영순은 마음이 녹았다. 출발하고 십 분쯤 지났을 때 갑자기 끼어든 오토바이 때문에 사고가 날 뻔했다. 기사가 창문을 열고 오토바이 운전자에게 욕을 했다. 인사를 했을 때의 목소리와 사뭇 달라 영순은 조금 놀랐다. 욕을 들으니 한편으로는 통쾌하다는 생각도 들었다. 그래서 영순은 기사에게 여자가 모범 택시를 모는 게 멋져 보인다는 말을 했다. 그걸 계기로 기사와 영순은 이런저런 이야기를 하게 되었다. 기사는 작년 가을에 횡단보도를 건너다가 신호를 어기고 달려온 오토바이에 치여 다리가 부러졌다는 이야기를 해주었다. 아들이 삼겹살이 먹고 싶다고 해서 정육점에 갔다 오는 길이었다고. 아들은 친구의 소개로 물류센터에 취직을 했는데 일이 힘든지 저녁마다 밥을 세 공기씩 먹었다. 기사는 아들에게 저녁밥을 지어주기 위해 여섯시까지만 택시 영업을 했다. 아들이 일을 그만두고 또 백수로 지낼까봐, 상을 차려주면서 수고했다는 말도 잊지 않았다. 지난 십 년 동안 아들이 다니다 만 회사가 열 군데도 넘었다. 암튼 기사는 다리가 부러졌고, 아들은 엄마를 간호해야 한다는 핑계로 일을 그만두었다. "속상하시겠어요." 영순이 위로의 말을 하자 기사가 그래도 착해요, 하고 대답했다. 빨래와 설거지도 잘한다고. 가끔 안마도 해준다고. 교통사고 이야기가 나온 김에 영순은 마을버스가 급정거를 하는 바람에 넘어져 엉치뼈에 금이 간 언니 이야기를 들려주었다. 버스 회사는 빈 의자가 있었는데도 앉지 않았다는 이유로 보상금 지급을 거부했다. "나쁜 놈들이네요." 기사가 말했다. 그러고는 병문안을 다녀오는 길이냐고 물었다. 영순은 그렇다고 거짓말을 했다. 사고가 난 것은 삼 년 전이었고, 그 사고가 원인은 아니겠지만 어찌된 일인지 언니는 그후로 치매를 앓게 되었다. 애기똥풀을 꺾어 동생들 손톱에 발라주는 걸 좋아하던 언니. 평생 고생만 한 언니를 생각하니 영순은 눈물이 났다. 한번 눈물을 흘리자 멈춰지지 않았다. "언니분이 많이 안 좋으세요? 제 아버지는 척추가 부러져 오래 고생하셨어요. 술 마시고 경운기를 몰다가 그만 뒤집히는 바람에." 기사가 말했다. 기사는 손을 뒤로 뻗어 휴지를 건네주었다. 영순은 코를 풀었다. 코는 풀어도 풀어도 계속 나왔다. 기사는 영순에게 반신불수가 되어 삼 년이나 자리보전을 한 아버지와 그 아버지의 대소변을 받아내던 언니 이야기를 들려주었다. 아버지가 짜증을 내도 늘 웃던 언니였다고. 그러던 언니가 아버지의 장례식이 끝난 뒤 식구들을 불러놓고 고추밭을 달라고 했다. 어머니가 언니에게 무서운 년이라고 욕을 했다. 남동생은 미친년이라고 욕을 했다. "그후로 언니가 좀 달라졌어요. 다신 우리에게 말을 건네지 않았죠. 그랬는데, 위암에 걸려 수술을 해야 한다며 병원비 좀 빌려달라고 전화를 해왔어요. 안 줬어요. 저도 힘들기도 하고요. 어쨌거나 고추밭을 물려받은 건 제가 아니라 남동생이거든요." 택시 기사는 남동생이 고추밭을 팔아 고깃집을 차렸다가 실패했다는 이야기를 하기 시작했다. 영순은 어디선가 많이 들어본 이야기라는 생각을 했다. 큰오빠가 고향에 남은 마지막 밭을 판 뒤로 막냇동생은 제사에도 오지 않았다. "나 죽으면 그땐 올까?" 술에 취한 큰오빠가 영순에게 전화를 걸어 그렇게 말한 적이 있었다. 영순은 택시 안 공기가 답답하게 느껴졌다. 멀미가 날 것 같아서 기사에게 차를 세워달라고 말했다. "돈은 안 주었지만 그래도 매일 언니를 위해 기도해요. 손님도 제가 기도해드릴게요. 언니분 쾌유하실 거예요." 사거리 앞에서 차를 세우며 기사가 말했다. 영순은 이만원을 주고 사천원을 거슬러 받았다. "안녕히 가세요." 기사가 상냥하게 말했다. 영순도 똑같이 인사를 하려 했다. 그런데 생각과는 다른 말이 나왔다. "씨발." 그 말과 동시에 영순은 차문을 닫았다. 집으로 걸어오면서 영순은 같은 질문을 수십 번 했다. 왜 그랬지? 그 질문에 답을 할 수 없어서 영순은 불면증에 걸렸다. 잠이 오지 않자 밤마다 잊고 있던 사람들이 떠올랐다. 오만원을 냈는데 오천원을 냈다고 우기던 생선가게 사장. 집들이에 와서 상을 뒤집었던 남편의 고등학교 동창. 그런 사람들이 떠오를 때마다 영순은 천장을 향해 중얼거렸다. 씨발년. 씨발놈.

2

"꼭 그런 이유로 언니를 찾아온 건 아니야." 영순은 내게 말했다. 이십오 년 전에 나는 영순의 돈을 떼어먹었다. 영순에게서 전화가 온 것은 며칠 전이었다. "강복자씨 전화인가요?" 개명하기 전의 내 옛 이름을 물어봐서 나는 조금 놀랐다. "누구세요?" 하고 나는 되물었다. 그러자 상대방이 말했다. 아가페미용실 옆집에 살던 영순이라고. 영순의 전화를 끊고 나는 동생이 꾸었다는 꿈을 생각했다. 동생은 아침마다 전화를 해서는 꿈속에서 엄마를 보았다는 이야기를 했다. "언니랑 나랑 진달래를 따서 화전을 부쳤거든. 그런데 엄마가 그 화전을 다 먹었어. 우리한테 하나도 안 주고." 나는 엄마가 예쁜 걸 드셨으니 좋은 꿈일 거라고 동생을 달랬다. 그런데 다음날 전화를 해서는 이번에는 엄마가 수박 한 통을 혼자 다 먹었다고 했다. 다음날은 쑥떡을 먹었다고, 그다음날은 복숭아를 먹었다고, 동생은 아침마다 꿈속에서 엄마가 먹은 것들을 이야기해주었다. 상추쌈은 안 드셨냐고 물었더니 그건 아직이라고 말했다. 엄마는 상추하고 된장만 있으면 밥을 두 그릇이나 먹었다. 동생은 엄마가 배가 고픈 모양이라며 울었다. 나는 죽은 사람은 배가 고프지 않다고 말하려다 말았다. 그러면 동생은 제사를 지내지 않는 오빠 이야기를 꺼낼 테니까. 망할 놈의 새끼. 돌아가시기 전에 엄마는 오빠만 보면 욕을 했다. 그랬는데 마지막 순간에는 오빠만 찾았다. 오빠가 엄마 손을 잡고 말했다. "저 여기 있어요." 그 말을 듣는 순간 엄마의 얼굴이 평온해졌고 이내 숨을 거두었다. 오빠만 아니었다면 나는 영순에게 돈을 빌리지도 않았을 것이다. 나는 영순에게 적금 통장을 내밀면서 말했다. "미안해. 이게 전 재산이야." 영순이 통장을 펼쳐 보더니 피식, 하고 웃었다. "언니, 우리가 자주 가던 통일각, 거기 짜장면이 그때 천팔백원이었어." 영순이 말했다. 그러고는 통장을 내게 도로 주었다.

"이건 필요 없어. 곧 죽을지도 모르는데. 그때 부의금이나 많이 해. 우리 아들 안 힘들게." 영순은 전혀 아파 보이지 않았다. "넌 그렇게 빨리 안 죽어. 나보다 오래 산다고 그랬잖아. 그 연화 도령인가 하는 사람이." 삼십 년 전 우리는 참 많이도 점을 보러 다녔다. 그즈음 영순의 남편은 집을 담보로 은행빚을 얻어 마을버스 회사를 차렸다. 영순의 남편은 열일곱 살에 자전거 대리점에 사원으로 들어가 칠 년 만에 그 가게를 인수할 정도로 사업 수완이 좋은 사람이었다. 영순은 용하다는 점쟁이를 찾아다니며 부적을 썼다. 그즈음 나는 시댁에 우환이 한꺼번에 겹쳤다. 시아버지가 한여름에 담배밭에서 일을 하다 쓰러지더니 그대로 자리보전을 하게 되었다. 시어머니는 계주가 곗돈을 들고 도망을 가서 화병을 얻었다. 점쟁이들은 하나같이 걱정 말라는 말을 했다. 문제는 친정이라고. 몇 년 후 집이 넘어가고 나서야 나는 그 말의 뜻을 알게 되었다. 오빠가 사업을 한다며 남편의 직장을 찾아갔다는 것을. 우유부단한 남편이 거절을 못하고 집을 담보로 보증을 서주었다는 것을. 그 집을 사기 위해 나는 콩나물국이랑 두부가 들어간 된장찌개만 먹었다. 어쩌다 고기를 사게 되면 아이들에게만 주었다. 그렇게 악착같이 돈을 모아 산 집이었는데. 하지만 나는 울지 않았다. 넋이 나간 남편 대신 돈을 꾸러 다녀야 했으니까. 그때 영순이 전셋집이라도 얻으라며 빌려준 돈, 천오백만원. 처음부터 안 갚으려던 것은 아니었다. 영순 몰래 야반도주를 하면서 나는 생각했다. 남편이 잘 버니까 당장은 돈이 필요 없을 거라고. 나중에 힘들어지면 그때 갚으리라고. 영순이 나를 빤히 쳐다보더니 말했다. "그때 연화 도령이 뭐라 그랬는지 알아? 돈복 남편 복 많다고. 개뿔. 그것도 틀렸는데 오래 살긴." 그렇게 말하고 영순은 갑자기 웃기 시작했다. 그러고는 다 마신 커피잔에 손을 넣어 얼음을 꺼냈다. 그걸 입에 넣고 깨물었다. 보기만 해도 이가 시렸다. "팔 년 전에 죽었어. 난 안 갔지만 그래도 아들은 보냈어." 영순의 남편이 죽었다는 이야기를 듣자 어떤 풍경 하나가 떠올랐다. 아가페미용실에서 노닥이고 있으면 영순의 남편이 밖에서 이렇게 소리쳤다. "어이, 그만 놀고 밥 줘." 영순은 무릎을 두드리고 일어나며 혼잣말처럼 중얼거렸다. "밥 안 먹는 남편 어디 없나." 그러면 남은 사람들이 까르르 웃었다. 그게 뭐가 웃긴다고. 영순의 남편이 마을버스 하나를 내주어서 미용실 단골손님들과 단풍 구경을 간 적도 있었다. 미용실 원장은 아가페가 무슨 뜻인지도 모르고 가게를 인수했다. 원장은 나중에 그게 사랑이라는 뜻인 걸 알고 가게 입간판을 끌어안고 울었다고 했다. 남편의 사고 보상금으로 차린 가게였기 때문이었다. "아직도 연락해?" 내 말에 영순이 고개를 저었다. 영순이 다시 얼음을 꺼내 먹었다. "덥다, 더워. 우리 맥주나 마실까?" 암환자랑 술이라니. 내가 선뜻 대답을 못하자 영순이 오년 전에 위암에 걸린 이야기를 하기 시작했다. 위암 3기라고 의사가 말했을 때 영순은 거짓말하지 말라고 대꾸했다. "최근 들어 이상하게 소화가 잘되고 음식이 달았다고요. 뱃속에서 먹을 걸 달라고 재촉을 하는데 위암이라니요." 영순은 의사에게 말했다. 영순은 수술도 항암 치료도 잘 견뎠다. 그리고 하루에 만 보씩 걸었다. 끼니마다 브로콜리와 토마토와 양배추를 먹었다. 회냉면하고 아귀찜을 좋아하는데 그것도 끊었다. 김치도 백김치만 먹었다. "그랬는데 재발이라니. 언니, 내가 얼마나 억울하겠어. 오 년이나 술도 입에 안 댔는데." 그러면서 영순은 앞으로는 먹고 싶은 것은 뭐든 다 먹을 거라고 말했다. "그래서 찾아온 거야. 암환자랑 술 마셔줄 사람이 없어서."

우리는 카페에서 나와 길을 걸었다. 영순은 치킨에 맥주를 먹고 싶다고 했는데 문을 연 치킨집이 보이지 않았다. 곧 초복이기도 하니 삼계탕에 맥주는 안 되겠냐고 묻자 그건 싫다고 했다. 오늘은 어떤 일이 있어도 기름에 튀긴 닭을 먹어야겠다고 영순은 말했다. 동네를 한 바퀴 걷다 치킨집 앞에서 가방을 뒤적이는 여자를 보았다. 영순이 뛰어갔다. 여자가 가방에서 열쇠를 꺼내 가게 문을 열려는 순간 영순이 말했다. "프라이드 되죠?" 여자가 영업은 두 시간 후에 한다고 말했다. 닭을 튀기는 건 자기가 아니라 아들이라고. 자기는 냉장고 청소를 해야 해서 일찍 나온 거라고. 영순이 닭만 한 마리 튀겨주면 조용히 먹겠다고 말했다. 둘이 돌아가며 냉장고 청소도 도와줄 수 있다고 했더니 여자가 위아래로 영순을 흘겨보았다. "다른 곳 가보세요." 여자가 문을 열고 들어가면서 말했다. 문에서 종소리가 났다. "나 암환잔데 그것도 못 들어주나. 야박하게." 영순이 말했다. 여자가 혼잣말로 별 미친년 다 보네, 하고 중얼거리며 문을 닫았다. 안에서 문을 잠그는 게 보였다. 영순이 손부채질을 했다. "덥다, 더워." 영순은 그 말만 계속 중얼거렸다. 그 모습을 보니 갑자기 괜찮은 생각이 났다. 나는 영순을 데리고 편의점으로 갔다. "여긴 왜?" 영순이 묻자 나는 들어가보면 안다고 했다. 치킨 한 마리를 주문하고 캔맥주 네 개를 샀다. 우리는 그걸 들고 편의점 앞에 있는 테이블로 갔다. 직원이 달려나오더니 파라솔을 펼쳐주었다. 남편이 걷지 못하게 되면서 우리는 외식을 하지 않았다. 돼지갈빗집을 갔다가 화장실 때문에 곤란을 겪고 난 뒤 남편은 도통 밖에서 뭘 먹으려 하지 않았다. 그러던 어느 날 사위가 이렇게 말했다. 집 앞에 있는 편의점에서 외식을 하자고. 야외 테이블이니 휠체어 걱정 안 해도 되고, 화장실이 급하면 집에 와서 해결하면 된다고. 한번 가봤더니 괜찮아서 그 이후로 딸네가 오면 편의점에 가서 이것저것 사 먹곤 했다. 영순이 치킨을 한입 먹더니 괜찮네, 하고 말했다. "치킨도 오 년 만에 먹는 거야?" 내가 묻자 영순이 닭다리를 손에 들고 고개를 끄떡였다. "삶은 거만 먹었지." 영순은 오른손에 치킨을 들고 왼손으로 맥주를 들었다. 내가 건배를 하자고 했더니 싫다고 말했다. "언니, 착각하지 마. 아직 용서해준 거 아니야." 나는 영순이 맥주 한 캔과 치킨 세 조각을 먹는 걸 지켜보았다. 영순이 트림을 한 번 하고는 자리에서 일어났다. "잠깐만." 편의점으로 들어가더니 한참 후에 무엇인가를 들고 나왔다. "무는 없대. 대신 이거라도." 컵에 망고가 들어 있었다. 영순이 치킨 한입을 먹고 망고 한 조각을 먹었다. 나도 영순을 따라 그렇게 먹어보았다. 들척지근한 게 별로였다. 나는 새 캔을 따서 영순 앞에 놓아주었다. 나도 새 캔을 땄다.

택시에서 욕을 한 뒤로 영순은 화가 참아지지 않았다. 한번은 식당에서 밥을 먹다 무생채가 맛이 없다며 주인에게 한소리를 하기도 했다. 무생채도 못하면서 가게 이름이 엄마손백반이라는 게 말이 되냐고. 그렇게 화가 나는 날이면 영순은 학원에서 만난 장영지라는 아이를 떠올려보았다. 그 아이가 내 손녀라면. 그 아이에게 자장가를 불러주는 자신의 모습을 상상하면 화가 조금은 가라앉았다. 영순은 동사무소 문화센터에서 만난 친구의 소개로 몇 년 전부터 학원 청소일을 했다. 이층이 영어, 삼층이 수학, 사층이 국어. 청소를 하다 교실을 몰래 엿보면 기분이 좋아졌다. 장영지는 삼층에 있는 수학 학원에 다니는 아이. 영순이 바닥을 닦고 있는데 아이가 뒤꿈치를 들고 걸으면서 말했다. "죄송해요, 발자국 남겨서." 그 아이가 예뻐서 영순은 주머니에 사탕을 넣고 다녔다. 사탕을 주면 배꼽에 손을 올려놓고 인사를 했다. 그 아이를 생각하자 영순은 아들 부부가 아이를 낳지 않는 게 섭섭했다. 예쁜 옷을 입히지 않는 영지의 부모한테도 화가 났다. 늘 똑같은 운동화에 검은색 머리끈. 저 아이가 내 손녀라면 매일매일 다른 머리핀을 꽂아줄 텐데. 그러면서 영순은 그 아이를 유괴하는 상상을 해 보았다. "그런 생각을 하는 내가 조금 무섭더라고. 그래도 생각이 멈춰지지 않아." 영순이 말을 하다 말고 고개를 들어 건물 위층을 보았다. 피아노 소리가 났다. 그런데 피아노 학원 간판은 보이지 않고 태권도 학원 간판만 보였다. 영순의 아들이 태권도를 해서 별명이 태권브이였던 게 생각났다. 무슨 색이었더라? 영순의 아들은 도복을 입지 않을 때도 늘 태권도 띠를 매고 다녔다. 아무때나 발차기를 하다가 우리집 간장 항아리를 깬 적도 있었다. 그래서 일 년 동안 영순이네 간장을 퍼다 먹었는데. "언니, 그래서 언니를 찾아왔어. 유괴하는 데 같이 가달라고." 영순이 말했다. "미안하지만 그건 못하겠어." 나는 영순에게 말했다. 그러자 영순이 캔맥주를 우그러뜨렸다. "농담이야, 농담. 언니, 내가 미쳤어?" 영순이 웃었다. 깔깔깔 소리 내어 웃었다. 태권도 학원에서 함성 소리가 들렸다. 맥주 두 캔을 먹고 난 다음 영순은 맥주 한 캔만 더 사주면 나를 찾아온 진짜 이유를 말해주겠다고 했다. 나는 편의점 직원에게 무알코올 맥주가 있느냐고 물어보았다. 그리고 닭꼬치도 두 줄 샀다. 영순은 무알코올 맥주인지 알아차리지 못했다. "얼마 전에 일을 그만두었어. 그 아이 때문은 아니고, 암이 재발했으니 월급을 올려달라고 했거든. 원장이 안 된다 그러더라고." 영순은 학원을 그만두는 날 교실마다 달려 있는 액자를 훔쳤다. '자기 혼자 컸다고 생각하는 녀석은 크게 될 자격이 없다.' 액자에는 그런 문구가 새겨져 있었다. 영순은 훔친 액자를 거실에도 달고, 아이가 넷이나 있는 옆집 부부에게도 선물하고, 경비 아저씨에게도 주었다. "그랬는데도 남아서 가져왔어. 언니 주려고." 액자는 하안색 종이에 싸여 있었다. 나는 액자에 적힌 글을 읽어보았다. "자꾸 읽다보면 슬퍼져. 그러니 하루에 한 번만 봐." 영순이 말했다. 그러면서 덧붙이기를 자기는 하루에 열 번씩 본다고 했다. 씨발놈. 씨발년. 그렇게 욕을 한 날이면 그 문구를 중얼거리며 마음을 다스린다고. "그랬는데도 욕을 할 사람들이 줄어들지 않아. 하다못해 나보고 세상 물정 모르는 아줌마라고 구박하던 마트 직원도 생각나더라니까." 그중에서 특히 영순을 괴롭힌 사람은 대문 없는 국숫집의 사장 부부였다. 얼마 전 영순은 텔레비전 프로그램에서 문전성시를 이룬다는 국숫집이 나오는 것을 보았다. 도로가 나면서 대문과 마당의 반이 잘려나갔기 때문에 사람들이 대문 없는 국숫집이라고 부른다는 거였다. 그들 부부를 보는데 영순은 어디선가 많이 본 얼굴이라는 생각이 들었다. 그러다 자막에 뜬 이름을 보고서야 알게 되었다. 공금횡령을 했던 총무과장과 남편의 내연녀. "전국의 국숫집이란 국숫집은 다 가봤어요." 남자가 말했다. "한겨울에도 얼음물에 면을 헹구다보니 이렇게 되었어요." 남자가 퉁퉁 부은 손을 보여주었다. 그 고생을 한 덕에 이제 연매출이 오억이 넘는다고 여자가 말했다. 저 둘이 결혼을 하다니. 너무 놀라 영순은 걸레를 깔고 앉았다는 것도 잊었다. "그래서 망했거든, 그 마을버스 회사. 그런데 국숫집이라니. 심지어 맛있어서 손님이 미어터진다니 내 속이 안 미어터지겠어." 영순은 닭꼬치의 나무 꼬치를 반으로 부러뜨렸다. 그리고 맥주를 한 모금 마셨다. "언니, 사실 그래서 찾아왔어. 거기 한 번만 같이 가달라고. 가서 한바탕 욕을 해줘야 마음이 풀리겠어." 그렇게 말하고 영순이 다시 웃었다. "못 가면 대신 빚 갚아. 이십오 년 치 이자까지 합해서."

3

영순이 준 액자를 어항 옆에 두었다. 손자 녀석이 그 액자에 적힌 글을 읽더니 웃었다. "할머니, 이건 짱구 아빠가 한 말이야." 그러면서 손자는 자기 보라고 사온 거냐고 물었다. "할머니 친구가 줬어. 할머니 보라고." 나는 말했다. "할머니는 이미 다 컸잖아요." 손자가 말했다. 나는 손자에게 아직도 엄마한테 혼나는 꿈을 꾼다고 말해주었다. 손자는 누구한테 혼나는 꿈은 꾼 적이 없다고 대꾸했다. 자기는 꿈속에서도 착한 아이라고. 삼 년 전 아들 내외가 교통사고로 죽었을 때 손자는 여섯 살이었다. 그 일로 마음을 다친 손자는 육 개월도 넘게 말문을 닫았다. 그러다 우연히 텔레비전에 나오는 만화영화를 같이 보다 손자에게 아들 이야기를 들려주었다. 니 아빠도 만화를 엄청 좋아했다고. 한번은 〈슈퍼맨〉인가 하는 만화를 보고는 자기도 날 수 있다며 보자기를 두르고 담장에서 뛰어내렸다가 다리가 부러진 적도 있다고. 그 말을 이상하게 손자가 좋아했다. 그래서 나는 장롱을 뒤져 찾은 보자기를 손자에게 망토처럼 둘러주었다. 그뒤로 손자는 늘 망토를 두르고 다녔다. 그리고 조금씩 말을 하더니 어느 순간부터는 수다스러워졌다. 재잘재잘. 나는 손자의 입을 손바닥으로 톡톡 치면서 말하곤 했다. "입만 살아가지고는." 손자는 수십 개의 망토를 가지고 있다. 그중 손자가 가장 좋아하는 것은 검은색 비닐 망토였는데 우비를 잘라 만든 거였다. 손자는 그걸 입고 초등학교 입학식에 참석했다. 담임선생님이 손자를 배트맨이라고 불렀다. 나는 선생님에게 아이가 망토를 입고서야 겨우 실어증을 고치게 되었다는 이야기를 해주었다. 그러니 혼내지 말아달라고. 담임은 부임한 지 삼 년밖에 안 된 젊은 선생이었는데, 내게 자폐를 앓고 있는 조카 이야기를 해주었다. 그 아이는 후드 티로 얼굴을 가려야만 밖에 나간다고. 그 선생 덕분에 작년에는 수월하게 학교를 다녔는데 올해는 좀 달랐다. 학기초에 담임선생님이 망토를 억지로 벗겼고 그 일 때문인지 그날 수업 도중에 손자가 오줌을 싸고 말았다. 아이들이 놀리자 손자는 며칠 학교에 가지 않았다. 그리고 방에 틀어박혀 종이 박스들로 무엇인가 만들기 시작했다. 종이로 된 로봇이었다. 손자의 키와 비슷했는데, 손자 말에 의하면 입을 수 있게 만든 거라고 했다. 가슴에는 병뚜껑과 할아버지 돋보기의 렌즈가 붙어 있었다. "이게 뭐야?" 내가 물었더니 병뚜껑은 용기를 주는 버튼이라고 했다. "렌즈는?" 내가 다시 묻자 그것도 모르냐고 손자가 말했다. "이건 레이저야." 손자는 그걸 입고 학교에 갔다. 담임선생님이 내게 전화를 걸었고 나는 음료수 한 병 사지 않고 빈손으로 찾아갔다. 나는 선생님에게 말했다. 망토에서 용기가 나오는 거라고. 망토를 못 입으니 무서워서 종이 로봇이 되는 거라고. 선생님이 마른세수를 하고 말했다. "정욱이 할머니, 전 잘 모르겠어요. 그러다 영원히 극복하지 못하면 어떻게 해요." 그 말에 선생님을 미워했던 마음이 조금 녹았다.

나는 어항에 손을 넣고 물고기 지느러미를 건드리는 손자를 보면서 여름방학 때 바닷가에 놀러가자고 말했다. "할아버지는?" 손자가 말했다. "할아버지도." "고모도?" "응, 고모도." "정연이도?" "응. 정연이도." 정연이는 딸네 부부가 몇 번의 인공수정 끝에 겨우 얻은 아이였다. 손자는 여름방학 때 상어 모양의 망토를 만들어달라고 했다. 나는 알았다고 약속했다. 저녁에 노각무침을 했더니 남편이 그거 하나에 밥 한 공기를 먹었다. "반찬 투정을 안 해서 내가 당신 데리고 사는 거야." 나는 남편에게 말했다. 손자가 노각무침을 한입 먹어보더니 얼굴을 찌푸렸다. 저녁밥을 먹고 남편은 야구 경기를 보았다. 아들 부부가 사고로 죽은 뒤로 우리 부부는 뉴스를 보지 않았다. 손자는 블록을 가지고 놀았다. 뭘 만드냐고 물었더니 비밀이라고 했다. 그러면서 나보고 뭘 가지고 싶냐고 물었다. 블록으로 만들어주겠다고. 나는 텔레비전 리모컨을 가리키며 말했다. "리모컨. 그런데 평범한 리모컨이 아니라 버튼을 누르면 시간이 뒤로 가는 리모컨이야." 삼십 분 후에 손자가 리모컨이라며 블록으로 만든 장난감을 내게 주었다. 휴대폰 크기만했다. "할머니, 여기 노란 버튼 누르면 어제로 돌아가. 파란 버튼은 일 년 전으로 가고, 하얀 버튼은 오 년 전으로 가고, 빨간 버튼은 구 년 전으로 가." 삼십 년 전으로 돌아가려면 어떻게 해야 하느냐고 묻자 자기 실력으로는 그걸 만들 수 없다고 말했다. "내가 아홉 살이잖아. 그니까 구 년 전으로 돌아가는 버튼이 최대야." 손자의 말이 그럴듯해서 남편과 나는 웃었다.

새벽에 화장실에 가다 블록 조각을 밟았다. 그 바람에 잠이 달아났다. 소파에 앉아 손자가 만들어준 리모컨을 만져보았다. 노란 버튼을 눌렀다. 영순이 적금 통장을 돌려주며 비웃던 얼굴이 떠올랐다. 적금 통장이 그것밖에 없는 것은 아니었다. 하지만 거짓말을 한 것도 아니었다. 나머지 돈은 손자 몫이니까. 내 것이 아니니까. 나는 영순에게 전화를 걸었다. 열 번 정도 연결음이 울린 다음 영순이 받았다. "잤어?" 내가 묻자 영순이 아니라고 말했다. 나는 영순에게 같이 욕을 하러 가주겠다고 했다. 하지만 빚 때문은 아니라고. "아들이 죽었으니 나는 대가를 치렀어. 천오백만원하고는 비교될 것도 아니야. 그래도 같이 가줄게. 니가 우리 아들 어렸을 때 장난감 많이 사줬잖아." 영순은 대답을 하지 않았다. 숨소리도 들리지 않았다. 나는 휴대폰을 들고 가만히 있었다. 한참 만에 영순이 말했다. "언니, 새벽에 그런 생각 하면 불면증 걸려. 얼른 자." 전화를 끊고 나는 조금 울었다. 그리고 손자가 만들어준 리모컨을 부쉈다.

4

대문 없는 국숫집은 S시의 외곽에 있었다. S시 터미널에 도착해 안내소에 가서 물어봤더니 버스를 한 번 갈아타야 한다고 했다. 아니면 택시를 타라고 안내소 직원이 말했다. 버스를 타면 한 시간 정도 걸리고 택시를 타면 이십 분이면 간다고. 영순은 모범택시 기사에게 욕을 한 뒤로 다시는 택시를 타지 않기로 결심했다고 말했다. 그래서 우리는 버스를 탔다. 처음 탄 시내버스는 교복을 입은 고등학생들로 만원이었다. 등교시간도 아닌데 이 많은 아이들이 어딜 가나 싶었다. 영순도 궁금했는지 앉아 있는 학생에게 물었다. 그랬더니 몇 명의 학생들이 이구동성으로 대답했다. "현장학습이요." 두번째로 탄 시내버스에는 사람이 한 명도 없었다. "우리가 전세 냈네요." 영순이 기사에게 말했다. 국숫집에 간다고 했더니 기사가 웃었다. "뭐하러 줄을 서서 먹는대요. 그 맞은편에 있는 묵밥집 가세요. 맛있어요." 이렇게 한적한 곳까지 사람들이 올까 싶었는데 국숫집에 가보니 주차장에 차들이 빽빽했다. 대기표를 나눠주길래 받았다. 대기 번호가 142번이었다. 세상에나. 국수가 거기서 거기지. 그렇게 투덜거렸지만 막상 기다리는 사람들을 보니 맞은편 묵밥집으로 갈 마음이 들지 않았다. 대기실이라고 적힌 안내판을 따라가자 비닐하우스에 커피 자판기와 의자들이 있었다. 몇몇 남자들이 담배를 피우고 있었다. 그중 한 남자가 우리에게 말했다. "뒤로 가보세요. 거기 계곡이 진짜 대기실이에요." 남자의 말대로 비닐하우스를 돌아가보았더니 사람들이 바위에 앉아서 계곡에 발을 담그고 있었다. "보기만 해도 발 시리네. 언니, 우리는 저쪽으로 가보자." 영순이 계곡 옆에 난 길을 따라 걸었다. 나도 영순을 따라 걸어보았다. 그러다 이정표를 보았다. "삼백 미터만 가면 절이 있대. 반대로 오백 미터 가면 선녀바위가 있고." 절 이름이 한자로 쓰여 있어서 읽지를 못했다. "마음 심하고 절 사. 이건 알겠는데 첫번째는 무슨 글자지?" 내 말에 영순이 그럼 땡심사라고 부르라고 했다. "땡심사. 땡심사. 땡심사." 세 번 반복해보았다. 영순이 땡심사에 가서 절이라도 한번 하고 오자고 했다. 그래야 마음놓고 나쁜 짓을 할 수 있을 것 같다며. 우리는 이정표에 표시된 화살표 방향으로 걸었다. 계곡 쪽에서 불어오는 바람이라 그런지 바람 끝이 차가웠다. 나는 손바닥을 펼친 채 하늘을 향해 팔을 벌렸다. "너도 이렇게 해봐. 몸에 좋은 기운이 들어오는 것 같아." 내 말에 영순이 팔을 들어 손바닥을 흔들었다. "이런다고 뭐 암이 없어지겠나." 그러면서도 계속 손바닥을 흔들었다. 한참을 그러고 걷다가 영순이 산딸기다, 하고는 멈춰 섰다. 영순이 산딸기 하나를 따서 먹었다. 나도 하나 따먹었다. 산딸기는 몇 개 없었다. 누가 이미 따갔는지 빈 꼭지만 보였다. 영순이 산딸기 덤불을 발로 밟고는 아래로 내려갔다. "여긴 많다." 영순이 산딸기를 따더니 티셔츠 아랫자락을 펼쳐 거기에 담았다. 산딸기를 먹어본 게 얼마 만인지. 영순의 옷에 쌓이는 산딸기를 보자 입에 침이 고였다. "이제 그만해. 뱀 나와." 내 말에 영순이 마지막으로 딴 산딸기 세 알을 입에 털어 넣었다. 그리고 오른손을 내밀었다. 나는 영순의 오른손을 잡고 세게 당겼다. 한 발. 두 발. 세 발을 디딜 때 영순이 미끄러졌다. 미끄러지는 영순을 잡으려다 나도 넘어지고 말았다. 발목이 시큰했다. 영순은 크게 다치진 않았는데 덤불에 넘어지면서 잔가시들에 여기저기를 긁히고 말았다. 그리고 산딸기가 뭉그러지면서 티셔츠 아랫자락이 붉게 물들었다. 우리는 아까워서 바닥에 떨어진 산딸기 몇 개를 주워먹었다. 조금 걸으니 절이 보였다. 입구에서 젊은 여자가 산딸기를 팔고 있었다. 한 바구니에 오천원이라 했다. "아이고, 범인이 여기 있었네. 손닿는 곳은 다 땄더라고." 그렇게 말하면서 나는 한 바구니를 샀다. 그리고 그늘에 앉아 영순이랑 산딸기를 먹었다. 영순이 여자에게 여기서 팔지 말고 아래로 내려가 팔라고 말했다. "국숫집. 그 앞에서 팔면 잘 팔릴 거예요." 나도 한마디 보탰다. 산딸기를 다 먹고 영순이 여자에게 남은 걸 모두 싸달라고 했다. "제가 불쌍해서 사주시는 거면 안 팔래요." 여자가 말했다. "내가 암 환자라 그래. 죽기 전에 맛있는 거 먹으려고." 영순이 여자에게 삼만원을 건네주었다. 여자가 오천원을 거슬러 주면서 사과를 했다. 영순이 비닐봉지를 건네받으면서 한마디 덧붙였다. "그리고 그딴 생각 하지 마요. 그러면 불면증 걸려."

국숫집에 갔더니 순서가 지났다며 새 번호를 뽑으라고 했다. 나는 우리 동네 은행은 대기 번호가 지나도 받아준다고 말했다가 직원의 비웃음을 샀다. "할머니, 그럼 할머니 동네 가서 드세요." 싸가지 없는 년이었다. 영순이 142번이 적힌 종이를 직원에게 주면서 말했다. "치사해서 안 먹어." 그리고 내 손을 잡고 가게 안으로 들어갔다. 직원이 어딜 가냐며 우릴 붙잡았다. "화장실 간다. 오줌 마려워서." 직원이 고개를 끄떡였다. 우리는 화장실에서 오래 오줌을 누었다. 손을 씻으면서 영순이 내게 말했다. 자기는 주인 여자를 찾아 욕을 할 테니 나는 주인 남자를 찾아 욕을 하라고. "두 사람한테 동시에 욕을 하는 방법은 그것밖에 없을 것 같아." 영순은 내게 같이 가달라고 했지 같이 욕을 해달라고 하지는 않았다. 따졌더니 영순이 천오백만원을 생각하라고 대꾸했다. "생긴 것도 모르는데 나 혼자 어떻게 찾아?" "하관이 길고 눈이 좀 작아. 그 놈이 족제비 상이야." 우리는 일을 마치고 버스 정류장에서 만나자고 약속을 했다. 나는 화장실에서 세 번이나 손을 닦은 뒤 가방에서 손자의 망토를 꺼냈다. 내가 처음으로 손자에게 둘러주었던 보자기였다. 그걸 머리에 뒤집어쓰자 용기가 조금 생기는 것 같았다. 나는 주방으로 갔다. 안을 살짝 들여다보니 설거지를 하는 여자들 사이에서 국수를 삶고 있는 남자가 보였다. 나는 주방 입구에 쪼그리고 앉아서 전쟁통에 장남을 잃은 엄마를 생각해보았다. 내 큰오빠. 그때 다섯 살이었다. "그 아이를 충청도 어디에 묻었는데 거기가 어딘지 기억이 안 나." 내가 힘들다고 말할 때마다 엄마는 종종 그 말을 했다. 다 지나간다고. 나는 자리에서 일어나 주방 안으로 들어갔다. 설거지를 하는 여자가 나를 쳐다보았다. 삶은 달걀 껍데기를 벗기고 있던 여자도 나를 쳐다보았다. 남자만이 나를 보지 않았다. "저기, 아저씨." 나는 남자를 불렀다. 그제야 남자가 나를 보았다. 족제비처럼 생기지 않아서 이 남자가 영순이 말한 남자가 맞을까 의문이 들었다. 그래서 이번엔 다르게 한번 불러보았다. "저기, 사장님." 남자가 네, 하고 대답했다. "진짜로 오억 벌어요?" 나도 모르게 다른 말이 나왔다. "뭐야?" 남자가 내 쪽으로 한발 다가왔다. 나는 침을 삼켰다. 그리고 욕을 했다. "나쁜 새끼. 개새끼." 그리고 뒤도 돌아보지 않고 뛰어나왔다. 가게를 나오면서 머리에 뒤집어쓴 보자기를 벗었다. 버스 정류장까지

뛰다시피 걸었다. 조금 후에 영순이 도착했다. 우리는 아무 말 없이 버스를 기다렸다. 버스를 탔더니 올 때 탔던 버스 기사와 같은 사람이었다. "맛있어요?" 기사가 물었다. "맛없어요. 그걸 먹으러 여기까지 오는 사람들이 바보예요." 영순이 말했다. "그럼 할머니들도 바보네요." 기사가 웃었다. "맞아요, 맞아요." 나와 영순이 동시에 말했다.

터미널에 도착했더니 허기가 져서 김밥을 한 줄씩 사 먹었다. 김밥을 먹으면서 영순은 우리가 어떻게 해서 친해지게 되었는지 기억나냐고 물었다. "배추전 만드는 거 배우다가 친해진 거 아니야?" 삼십 년 전 나는 영순이 사는 동네로 이사를 갔다. 그때 이사떡을 돌렸는데 다음날 영순이 떡을 담았던 쟁반에 배추전을 해왔다. 그런 배추전은 처음 먹어보았다. 맛있어서 다음날 영순을 찾아갔다. 어떻게 만드는지 알려달라고. 그날 영순이네 마당 평상에 앉아서 배추전을 부쳤다. 그리고 막걸리를 마셨다. 아가페미용실에 머리를 하러 온 사람들도 와서 배추전에 막걸리를 마셨다. 영순의 기억은 조금 달랐다. "삼거리에 철물점이 있었잖아. 왜 거기 공고 나왔다고 으스대던 사장 기억나?" 왜 기억이 안 나겠는가. 그 재수없던 사람을. "그 사람이 리어카 박씨를 엄청 구박했어. 맨날 병신이라고 부르면서." 고물을 줍던 리어카 박씨는 다리를 절었다. 리어카를 끌고 길을 가면 철물점 사장이 큰 소리로 박씨를 이렇게 부르곤 했다. "어이, 병신, 여기 고물 가져가." 나는 기억이 난다고 영순에게 말했다. "언니가 철물점 사장한테 병신이라고 불렀잖아. 기억 안 나? 병신 아저씨, 두꺼비집 퓨즈 주세요. 병신 아저씨, 형광등 주세요. 언니가 그랬잖아." 영순의 말을 듣고 곰곰 생각해보았는데 그건 기억이 나지 않았다. 막 이사를 간 낯선 동네에서 내가 그런 행동을 했을 리가 없었다. 철물점 사장이 박씨에게 사과를 했고, 박씨는 고맙다며 막걸리를 사왔고, 그래서 그걸 아가페미용실에 모여서 다 같이 마셨다고, 영순은 말했다. "그때 내가 배추전을 해갔나? 그건 기억 안 나네." 우리는 김밥집에서 나와 요구르트를 하나씩 사 먹었다. 그리고 각자의 도시로 가는 버스를 탔다. 헤어지기 전에 영순이 내게 말했다. "산딸기잼 만들어 한 병 보내줄게. 그래도 용서하는 건 아니야. 병신이라고 호기롭게 말하던 언니는 이제 없거든."

버스 안에서 깜빡 잠이 들었다가 휴대폰 벨소리에 깼다. 손자였다. 언제 오냐고 묻길래 두 시간 후면 도착한다고 말해주었다. "올 때 돈가스 사와." 손자가 말했다. 생각해보니 오늘은 목요일이었다. 목요일은 옆 아파트 단지에 장이 서는 날이었다. 손자는 거기에서 파는 돈가스를 좋아했다. 손자의 전화를 끊자마자 세탁소 주인에게서 전화가 왔다. 오늘 일해줄 수 있냐고 묻길래 알았다고 했다. 원정 갔으니 돌아오면 새벽 두시는 될 것 같다고 세탁소 주인은 말했다. 세탁소 주인은 십팔 년째 프로야구 팀의 유니폼 세탁을 맡아왔다. 원래는 남편하고 둘이 했는데, 남편이 혈압으로 쓰러진 뒤로는 종종 내게 전화를 해서 일을 부탁하곤 했다. 유니폼은 애벌빨래를 해주어야 했다. 흙 때보다 잔디 때가 더 안 지워졌다. 딸은 세탁 일을 하러 가는 걸 싫어했다. "용돈 주면 그만두마." 딸에게 그렇게 말했지만 나는 일을 그만둘 생각이 없었다. 운동복에 밴 땀내를 맡으면 위로가 되었다. 손자가 운동선수처럼 튼튼한 남자가 된 모습을 상상하는 걸 내가 얼마나 좋아하는지 딸은 몰랐다. 터미널에서 내려 집까지 택시를 탔다. 옆 아파트 단지에 가서 등심돈가스 두 개와 치즈돈가스 두 개를 샀다. 그리고 집으로 걸어가는데 놀이터에서 물총 싸움을 하는 아이들을 만났다. 한 아이는 나무 뒤에 몸을 숨겼고, 한 아이는 미끄럼틀 뒤에 몸을 숨겼고, 한 아이는 벤치 뒤에 몸을 숨겼다. 그리고 서로를 향해 물총을 쐈다. 나는 벤치 뒤에 웅크리고 앉아서 물총을 쏘는 아이에게 말했다. "할머니한테 한 번만 쏴줄래?" 아이가 어리둥절해했다. "더워서 그래. 여기에 맞혀봐." 나는 손가락으로 명치를 가리켰다. 아이가 머뭇거리더니 물총을 들었다. 다른 두 아이가 다가와 무슨 일이냐고 물었다. "이 할머니가 물총에 맞고 싶대." 아이가 친구들에게 말했다. 미끄럼틀 뒤에 숨어 있었던 아이가 그럼 그러자, 하고 대답했다. 그러고는 내 가슴을 향해 물총을 쏘았다. 차가웠다. 나머지 아이들도 따라서 물총을 쏘았다. 처음에 머뭇거리던 아이가 가장 신나게 총을 쏘았다. 옷이 흠뻑 젖었다. "이제 시원해요?" 아이들이 물었다.

어느 밤

1

일주일 전, 나는 아파트 놀이터에서 킥보드를 훔쳤다. 손잡이에 거북이 모양의 스티커가 붙어 있는 분홍색 킥보드였다. 발판에는 파란색으로 장민지라는 이름이 쓰여 있었다. 그날 낮에 남편의 작은아버지를 뵈러 상주에 갔었다. 작은아버지는 잔치국수를 먹으러 마을회관에 가다가 떨어진 감을 밟아 넘어졌다. 어디 부러진 곳은 없는데 응급실에서 하룻밤을 보내고 돌아온 뒤부터 정신이 오락가락한다고, 완전히 끊어지기 전에 한번 다녀가시라고, 작은아버지의 딸이 전화를 걸어왔다. 전화를 끊고 참 이상한 말이라는 생각을 했다. 끊어지다니. 사람이 끈도 아니고. 작은아버지는 남편과 다섯 살밖에 차이가 나지 않았다. 할아버지가 쉰 살이 넘어 재혼을 한 뒤 낳은 아들이었는데 그게 창피해서 사람들에게 사촌 형이라고 거짓말을 하곤 했다고 남편은 말했다. 둘은 같은 초등학교에 다녔다. 결혼식장에서 작은아버지는 내게 이렇게 말했다. 내가 이 집안 남자들을 좀 알지. 그러니 조카며느리에게 미리 사과할게. 그 말 때문인지, 배다른 동생이란 이유로 형들이 한푼의 유산도 나눠주지 않았다는 이야기를 들었기 때문인지, 암튼 나는 남편의 집안사람들 중에서 유일하게 작은아버지만은 미워하지 않았다. 작은아버지는 조카며느리를 알아보았지만 정작 자신의 조카를 알아보지 못했다. 작은아버지의 사위가 닭백숙을 끓였다. 감껍질로 만든 사료를 먹여 키운 닭이라고 했다. 식사를 마친 다음 매실차를 마시는데 작은아버지가 내게 물었다. 그런데 왜 혼자 왔어? 우리 조카, 죽었어? 남편이 작은아버지의 손을 잡고 말했다. 삼촌, 나 여기 있어. 내가 민용이잖아. 작은아버지가 남편의 얼굴을 빤히 쳐다보다가 고개를 저었다. 아니, 아니야. 그렇게 말하며 울었다. 그러고는 내게 남편이 어렸을 적에 새총으로 옆집 아이의 눈을 맞힌 적이 있다는 이야기를 들려주었다. 민용이가 그전에도 여물을 먹는 소에게 새총을 쏘아서 지 아버지한테 엄청 혼난 적이 있었지. 걔가 어릴 적에 좀 못됐었어. 한번 더 걸리면 큰형 성격에 가만두지 않을 것 같아서, 그래서 내가 가서 말했어. 사실은 내가 그런 거라고. 4대 독자가 병신이 될 뻔했다며 옆집 아저씨가 내 뺨을 때렸지. 나는 작은아버지에게 왜 그랬냐고 물었다. 왜 대신 혼났냐고? 나를 작은아버지라고 안 부르고 형이라고 불러줘서. 그런 조카가 죽었다니. 작은아버지는 이야기를 마치고 또 울었다. 그 모습이 보기 싫었는지 작은아버지의 딸이 곶감 말리는 걸 구경시켜주겠다고 해서 따라나섰다. 곶감이 주렁주렁 달려 있었다. 우와, 주황 주홍 천지다. 내 말에 작은아버지의 딸이 웃으며 대답했다. 언니, 여긴 온통 주홍 주황 다홍이에요. 곶감 구경을 하고 돌아와보니 작은아버지가 낮잠을 주무시고 계셨다. 베개 밑에 십만원을 담은 봉투를 밀어넣었다. 돌아오는 길에 접촉사고가 났다. 버스가 차선을 바꾸던 트럭의 뒤를 받았다. 다행히 다친 사람은 없었지만 두 기사가 언성을 높이며 싸웠고 그래서 수습하는 데 오래 걸렸다. 집에 돌아오니 저녁 아홉시가 넘었다. 저녁밥 하기 귀찮다고 누룽지나 끓여먹자고 하자 남편이 우리도 편의점 도시락이라는 걸 먹어보자고 말했다. 내가 사는 102동에서 아파트 상가에 있는 편의점을 가려면 중앙놀이터를 지나야 했다. 도시락을 사가지고 돌아오는 길에 킥보드를 보았다. 그네 옆에 킥보드가 있었다. 마치 방금 전까지 거기 사람이 앉아 있던 것처럼 그네가 흔들렸다. 나는 그네 위에 도시락을 내려놓고 킥보드를 타보았다. 왼발을 발판에 올려놓고 조심스럽게 오른발로 밀었다. 반짝, 반짝. 바퀴에 불이 들어왔다. 킥보드를 타고 놀이터를 한 바퀴 돌았다. 그리고 도시락을 들고 집으로 와서 남편과 늦은 저녁을 먹었다.

남편은 이내 잠이 들었고 나는 새벽까지 잠들지 못했다. 소파에 앉아서 텔레비전을 멍하니 보았다. 끊어졌어. 끊어졌어. 작은아버지의 딸이 한 말이 자꾸 떠올랐다. 생각해보니 맞는 말 같았다. 밖에 나가보니 보름달이 환했다. 달빛이 좋아서 아파트 단지 안을 걸었다. 차들이 겹겹이 주차되어 있었다. 오래된 아파트라 주차 공간이 터무니없이 부족했다. 작년엔 주차 시비 끝에 칼부림이 나서 사람이 죽기도 했다. 그때 뉴스 인터뷰를 했던 경비는 술에 취해 경비실에 오줌을 누던 주민에게 욕을 한바탕하고 일을 그만두었다. 놀이터에 가보니 킥보드가 그대로 있었다. 민지야, 너는 몇 살이니. 나는 킥보드를 보며 중얼거렸다. 움직이지도 않았는데 바퀴의 불이 켜졌다 이내 꺼졌다. 그게 무슨 신호처럼 느껴졌다. 나를 가져가세요, 라고 말하는 것 같았다. 그래서 킥보드를 훔쳤다.

킥보드를 125동 옆에 있는 자전거 보관대에 숨겨두었다. 거기가 놀이터에서 가장 멀리 떨어진 동이었다. 킥보드를 자전거 보관대에 두니 훔쳤다기보다는 잠시 맡아두었다는 느낌이 들었고, 그래서 민지라는 아이에게 미안한 마음이 들지 않았다. 다음날, 동사무소 문화센터에 가는 길에 일부러 125동 앞을 지나가보았다. 누군가가 킥보드 옆에 세발자전거를 세워두었다. 세 달 전부터 동사무소에서 마술을 배웠다. 화요일과 목요일. 노인들을 위한 마술 교실이라 동전 옮기기나 카드 맞히기같이 간단한 것들을 가르쳐다. 선생님은 수업시간 전에 유명한 마술 영상을 하나씩 보여주었는데, 그날은 금붕어를 삼켰다가 다시 뱉는 마술을 보았다. 강의가 끝나고 나이가 비슷한 수강생들하고 동사무소 옆에 있는 오천원짜리 한식 뷔페에서 점심을 먹었다. 밥을 먹으면서 다들 삼시 세끼를 챙겨 먹는 게 지겹다는 이야기를 했다. 저녁에 남편이 삼겹살을 먹자고 해서 고기를 구웠다. 남편은 평소에는 아홉시면 잠을 자는데, 그날은 늦게까지 프로야구를 보았다. 9회 말에 동점이 되어 경기는 연장으로 넘어갔다. 남편에게 어느 팀을 응원하느냐고 물었다. 남편은 아무 팀도 응원하지 않는다고 했다. 10회 초 만루 기회를 놓치고 말았다. 바보들. 남편이 말했다. 갑자기 속이 답답했다. 삼겹살을 먹은 게 체한 듯했다. 11회 말에 끝내기 안타가 나와 경기가 끝났다. 열시 오십분이었다. 남편은 잠을 자러 안방으로 들어갔고, 나는 혼자 소파에 앉아서 이런저런 프로그램을 보았다. 그러다 재미가 없어져 텔레비전을 끄고 화면에 비친 내 모습을 보았다. 열두시가 지나서 밖으로 나왔다. 그리고 킥보드를 끌고 아파트 외벽을 따라 만들어진 자전거도로로 갔다. 이 아파트로 이사를 오고 한동안 아침마다 자전거도로를 서너 바퀴씩 걷곤 했다. 남편에게는 무릎이 아파서 운동을 한다고 핑계를 댔지만 실은 남편과 같이 아침밥을 먹기 싫었기 때문이었다. 나는 킥보드를 타고 자전거도로를 두 바퀴 돌았다. 처음에는 익숙하지 않아서 천천히 돌았고, 두번째는 조금 빨리 돌았다. 트림이 시원하게 났고 체기가 사라졌다. 그다음날은 남편과 산악회 총무의 장례식장에 갔다. 연락이 안 되어서 집에 갔더니 화장실에 쓰러져 있었다고 총무의 아들이 말했다. 남편은 소주를 마셨고 육개장을 먹다 옷에 흘렸다. 택시를 타고 돌아오는 길에 남편이 말했다. 아까워. 참 좋은 사람이었는데. 나는 대답하지 않았다. 총무가 산악회 돈 백만원을 몰래 썼다가 들켜서 회원들과 멱살을 잡고 싸웠던 일을 남편은 잊은 듯했다. 그날 밤, 킥보드를 타고 자전거도로를 세 바퀴 돌았다. 두번째 돌 때는 노래를 불렀다. 조개껍질 묶어 그녀의 목에 걸고…… 노래를 부르다보니 지금이 가을이 아니라 여름이면 좋겠다는 생각이 들었다. 가을밤은 깊어만 가고 잠은 오지 않네, 하고 가사를 바꾸어 불렀다. 노래를 부르고 나니 피식 웃음이 났다. 누가 보면 미친년이라 하겠네. 목요일에는 감기 기운이 있어서 미술 수업을 걸렀다. 김치죽을 끓여먹고 종일 낮잠을 잤다. 그래도 킥보드 타는 일은 멈추지 않았다. 목도리를 두르고 생강차를 끓여 보온병에 담았다. 자전거도로를 한 바퀴 돈 다음 정문 앞에 있는 버스 정류장에 앉아서 생강차를 마셨다. 금요일에는 비가 왔다. 저녁밥을 먹으면서 텔레비전을 보는데 남편이 미친놈들이라고 말했다. 개그맨들이 얼굴에 우스꽝스러운 분장을 하고 게임을 하고 있었다. 나는 욕을 하는 남편을 보고 이런 생각을 했다. 저이가 왜 저렇게 되었을까? 비는 멈추지 않았고, 새벽에 냉장고 정리를 했다. 그러면서 남편의 좋았던 모습을 떠올려보려 애를 썼다. 군고구마를 품에 안고 오던 어느 겨울밤. 그런 날들이 없었던 것은 아닌데도 자꾸만 미친놈 미친년 하고 욕을 하는 모습만 떠올랐다. 삼 년 전에 담근 마늘장아찌를 버렸다. 내가 감기에 안 걸리는 건 매일 마늘을 다섯 쪽씩 먹기 때문이야. 남편은 마늘장아찌를 먹을 때마다 같은 말을 하고 또 했다. 토요일에는 킥보드를 한 시간이나 탔다. 타다 힘들면 버스 정류장에 앉아 쉬었다. 이번에는 따르릉따르릉으로 시작되는 동요를 불렀다. 우물쭈물하다가는 큰일납니다. 마지막 가사가 마음에 들어 같은 구절을 부르고 또 불렀다. 그러자 남편을 미워하는 감정이 조금 사라지는 것 같았다. 언제부터인가 남편이 죽었으면 하는 생각이 들곤 했다. 불쑥불쑥. 그런 생각을 하면 가슴이 아파왔지만 그렇다고 생각이 멈춰지진 않았다. 오늘 저녁에는 남편과 말다툼을 했다. 변기 물을 내리지 않아서 구시렁거렸더니 남편이 잔소리 좀 그만하라며 소리를 질렀다. 나는 정갈하게 늙고 싶었다. 가끔 옛집이 그리웠다. 거긴 화장실이 두 개였으니까. 변기에 락스를 반 통이나 부었다. 킥보드 타는 게 익숙해져서인지 먼 곳까지 가보고 싶은 생각이 들었다. 며칠 전부터 입주를 시작한 아파트 단지에 가보았다. 새 아파트 단지라 그런지 단지 내에 산책길이 많았다. 킥보드를 타기에도 좋았다. 그래서 속도를 냈다. 내리막길에서도 멈추지 않았다. 넘어지면서 나는 킥보드 손잡이에 왜 거북이 모양의 스티커가 붙어 있는지를 알아차렸다. 거북이처럼 느릿느릿. 그래, 그건 경고문이었다.

2

눈을 감았다 떴다. 똑딱. 빛이 지구를 일곱 바퀴 돌았을 것이다. 또 눈을 감았다 떴다. 똑딱. 그건 딸이 어렸을 때 내게 알려준 거였다. 엄마, 눈 한 번 깜빡일 시간에 빛이 지구를 일곱 바퀴나 돈대. 딸은 일이 뜻대로 되지 않으면 눈을 감았다 뜨곤 했다. 눈 깜빡할 시간. 그 시간에 빛이 지구를 몇 바퀴나 돈다고 생각하면 자신의 고민은 하찮게 느껴진다고 했다. 나는 고개를 돌려 아파트를 올려다보았다. 불이 켜진 집이 하나 보였다. 불이 켜진 저 집에 누가 살까 상상해보았다. 처음으로 자기 집을 마련한 사람들이었으면 좋겠다는 생각을 했다. 오늘 이사를 왔을 거야. 너무 좋아 차마 불을 끄지 못하는 거겠지. 처음으로 내 집을 마련했을 때 나는 딸과 함께 거실에서 이불을 깔고 잠을 잤다. 엄마, 너무 넓어 잠이 안 와. 딸이 말했다. 나중에 어른이 되거든 더 크고 더 넓은 곳에 가서 살렴. 내 말대로 딸은 미국으로 유학을 갔다가 그곳에 정착을 했다. 등이 시려왔다. 집에 돌아가 뜨거운 물에 몸을 담가야지. 몸살에 걸리기 전에. 나는 일 년에 한두 번씩 몸살을 앓곤 했는데, 그때마다 똑같은 꿈을 반복해서 꾸었다. 꿈속에서 어린 나는 하염없이 달린다. 입을 벌리고 아아아 소리를 내며. 그러다 개울을 가로지르는 다리를 만나면 달리기를 멈추고 까치발로 다리를 건넌다. 살금살금. 마치 곧 무너질 다리를 건너는 것처럼. 다리를 지나 또 달린다. 그렇게 한참을 달리다 나는 뭔가 이상하다는 걸 눈치챈다. 맨발. 신발이 벗어진 줄도 모르고 달린 것이다. 왔던 길을 되돌아가보지만 신발은 찾지 못한다. 그래서 어린 나는 운다. 새 신발을 잃어버려서. 발바닥이 아파서. 엄마가 옷소매로 내 얼굴을 닦아주며 말한다. 괜찮아. 괜찮아. 그리고 입에 얼음을 넣어준다. 고드름이 아닌 진짜 얼음이다. 여름에 얼음을 먹어보다니. 그런 생각을 하다 꿈에서 깨면 식은땀으로 옷이 축축해져 있었다. 그러면 영락없이 몸살에 걸렸다. 어린 시절만 생각하면 엄마가 등목을 해주던 장면이 가장 먼저 떠올랐다. 세 들어 살던 집의 뒤뜰에는 우물이 있었고 한여름이면 나는 거기서 등목을 하곤 했다. 주인집 여자가 오일장에 갔다가 머리핀을 사다준 적이 있었는데, 주인집 아들이 그걸 빼앗아 우물에 버렸다. 그 일이 있은 후부터 등목을 하지 않았다. 만복이 나쁜 놈. 머리핀이 생각날 때마다 나는 우물에다 얼굴을 박고 소리를 질렀다. 만 개의 복. 그 이름을 짓고 남편의 사업이 잘되기 시작했다고, 그러니 뜻이 중요한 이름을 지어야 한다고, 주인집 여자는 임신한 엄마에게 말했다. 우리 큰딸도 그래요. 돈 주고 지은 이름이라고요. 그렇게 말을 했지만 사실 엄마는 아버지가 작명소에서 지어온 이름이 마음에 들지 않았다. 그래서 둘째 딸의 이름은 예쁘게 지어야겠다고 결심했다. 엄마는 영화배우의 이름을 따서 동생의 이름을 지미라고 지었다. 출생신고를 하러 가던 길에 아버지는 두어 군데의 술집에 들렀고 늘 그랬듯이 혀가 꼬인 상태로 동사무소에 도착했다. 그러고는 지민이라고 말했다. 아버지는 문맹이었지만 그 사실은 아무도 몰랐다. 늘 술에 취해 있었기 때문이었다. 한자는 어떻게 됩니까? 직원이 물었고 아버지는 아무렇게나 적어달라고 말했다. 지혜로울 지에 민첩할 민. 지혜로울 지는 동사무소 직원의 누나의 이름에서, 민첩할 민은 옆자리에 앉은 동료 직원의 이름에서 따왔다. 이름대로 잘살고 있겠지. 누군가 이름을 물어봤을 때 나는 지민이라고 거짓말을 한 적이 있었다. 기차에서 만난 대학생이었다. 그때 나는 열여덟 살이었고, 집을 나와 라디오 조립 공장에 다녔다. 손이 하얗고 길었다. 그렇게 손이 예쁜 남자는 처음이었다. 그래서 지민이라고 거짓말을 했다. 한번 거짓말을 하니 계속 거짓말이 나왔다. 내년에 대학에 들어가면 서울에서 하숙을 할 예정이라고. 여대는 지루할 것 같은데 여대가 아니면 학비를 주지 않겠다는 부모님 때문에 어쩔 수가 없다고. 그후로 나는 남자들이 이름을 물어보면 지민이라고 대답했다. 그랬는데 왜 남편에게는 본명을 말하고 싶었을까? 아마도 구부러진 엄지손가락 때문이었을 것이다. 남편의 왼쪽 엄지손가락은 기역자로 구부러져 있었다. 손톱도 찌그러져 있었는데 공장 기계에 다쳐서 그렇게 된 거라고 생각했다. 내일 뭐해요? 남편이 묻자 나도 모르게 대답했다. 내일은 바빠요. 대신 모레요. 그리고 내 이름은 덕선이에요. 그놈의 손가락. 나중에 알고 보니 어렸을 때 어른들 몰래 경운기를 몰다가 다친 거였다.

몸이 떨렸다. 오른발을 들어보려 했지만 잘 되지 않았다. 왼발도 마찬가지였다. 팔꿈치로 땅을 디디고 상체를 일으키려는 순간 나도 모르게 신음소리가 나왔다. 척추부터 엉덩이까지 날카로운 통증이 지나갔다. 나는 천천히 심호흡을 했다. 다행히 손은 움직일 수 있었다. 그래봤자 휴대폰도 안 가지고 나왔으니 아무 소용이 없었다. 나무 사이에 반달이 걸쳐 있었다. 나는 보름달보다 반달이 좋았다. 딸도 반달을 좋아했다. 한 달에 두 번이나 볼 수 있어서 좋다고 딸은 말했다. 달을 보니 달맞이꽃이 생각났다. 시아버지의 병문안을 갔다가 막차가 끊겨서 딸을 업고 집으로 돌아오던 날, 달맞이꽃이 참 환했다. 곧 시아버지가 돌아가실 거라는 사실도 잊을 정도로. 소꿉놀이를 좋아하던 딸은 달맞이꽃을 따다가 꽃밥을 짓곤 했다. 딸과 함께 달맞이꽃을 튀긴 적도 있었다. 여름방학 숙제였다. 엄마랑 요리하기. 아카시아꽃도 튀겼다. 중학생 때 딸은 아픈 엄마에게 꽃을 튀겨 생일상을 차려주는 아이의 이야기를 써서 글짓기 상을 받았다. 그때부터 똑똑했다. 사람들은 우리 부부를 비웃었지만 집을 팔아서 유학을 보낼 만한 가치가 있는 아이였다. 남편은 딸이 초등학교에 들어가자 다니던 공장을 그만두고 지물포를 차렸다. 도배 기술을 배워 나도 자연스럽게 일을 도왔다. 바쁘던 시절이었다. 도배지를 바닥에 깔고 앉아 고추장을 밥에 슥슥 비벼 먹던 시절. 그땐 참 입도 달았다. 가게를 차린 지 오 년 만에 처음으로 내 집을 샀다. 그리고 그 집을 일 년 만에 시동생이 날려버렸다. 다시 집을 장만하는 데 사 년이 걸렸다. 그사이 딸은 고등학생이 되었고, 공부방을 예쁘게 꾸며주자 전교 일등을 했다. 그리고 나는 도배를 하다 두 번이나 사다리에서 떨어졌다. 한 번은 팔이 부러졌고, 한 번은 무릎인대를 다쳤다. 나는 외투 주머니에 손을 넣어보았다. 손수건이 있을 줄 알았는데 없었다. 대신 껌이 하나 들어 있었다. 껌을 씹으려다 말았다. 누워서 껌을 씹다가 껌이 기도로 들어가 죽은 사람이 지구에 한 명쯤은 있을 것 같았다. 나는 그렇게 황당하게 죽은 사람들의 이야기를 많이 알았다. 이십대 초반에 양장점에서 잠깐 일을 한 적이 있었는데, 그때 주인아저씨는 개밥을 주다가 개집 지붕에 튀어나온 못에 찔려 죽었다. 세상에나! 중학생 때 딸은 그런 노트를 가지고 있었다. 거기에는 세상에 일어나는 황당한 이야기들이 적혀 있었다. 벌집을 향해 돌을 던졌다가 죽은 사람도 있었고 변비에 걸려 죽은 사람도 있었다. 장례식 도중 죽은 줄 알았던 어머니가 관뚜껑을 열고 벌떡 일어나자 딸이 너무 놀라 심장마비로 죽었다는 이야기도 거기에서 읽었다. 자신 때문에 딸이 죽었다는 사실을 알게 되면 다시 죽고 싶지 않을까? 그래도 살아난 것에 감사하게 될까? 그 이야기만 떠올리면 눈물이 나곤 했다. 살 수도 죽을 수도 없을 테니까. 낡은 도배지를 뜯어내 시멘트가 드러난 방에 서 있으면 꼭 관 속에 갇힌 기분이 들었다. 방이 아무리 커도 그랬다. 인테리어 업체에 밀려 장사가 시원찮아지자 남편은 가게를 접고 경비 일을 시작했다. 나는 딸에게 그 사실을 말하지 않았다. 딸은 청소를 하기가 귀찮아서 작은 평수로 이사를 했다는 내 말을 믿었다. 재채기가 났다. 재채기를 하니 목에서부터 종아리까지 통증이 느껴졌다. 재채기를 하다 죽은 사람도 있겠지. 나는 재채기를 하다 죽은 사람은 보지 못했지만 재채기를 하다 갈비뼈에 금이 간 사람은 보았다. 남편이 그랬으니까. 신축 공사 현장에서 야간 경비 일을 할 때였다. 갈비뼈에 금이 간 남편은 새벽 순찰을 걸렀다. 원래는 두 시간마다 한 번씩 순찰을 돌아야 했다. 가끔 가출한 십대들이 몰래 숨어들어와 술을 마시곤 했으니까. 그러던 어느 날, 공사 현장에서 여학생이 투신자살을 했다. 새벽에 그곳에서 또래 남학생들에게 끔찍한 일을 당했다. 조사 결과 남편이 순찰을 하지 않았으면서도 가짜로 업무 일지를 작성한 것이 밝혀졌다. 남편은 억울하다고 했다. 제대로 순찰을 돌았어도 발견할 수 없는 장소였다고. 순찰을 돌아도 옥상까지는 올라가지 않는다고. 경찰 조사를 받을 때 남편은 그 말을 하고 또 했다. 남편은 해고되었다. 그 일이 있은 후 남편은 어딘가 조금 변했다. 하루종일 뉴스를 보았고 그때마다 미친놈 미친년이라고 욕을 했다. 사기꾼들도 미친 연놈이었고 평생 모은 재산을 기부한 사람도 미친 연놈이었다. 나는 남편 몰래 여학생의 유골이 안치된 납골당에 찾아간 적이 있었다.

억울하다니. 남편의 말이 잘 이해 가지 않았다. 진짜 억울한 사람은 따로 있었다. 남편 대신 그 아이에게 사과를 했다. 나는 고개를 왼쪽으로 돌려 다시 한번 아파트를 올려다보았다. 아직 불이 켜져 있었다. 나는 구구단을 외웠다. 정신이 끊어지지 않도록. 8단을 외우는데 불이 꺼졌다.

남편이 없어졌으면 좋겠다는 생각이 드는 날이면 나는 신경써서 저녁 밥상을 차렸다. 남편은 돼지 등뼈를 넣고 끓인 비지찌개를 좋아했다. 동태찌개도 좋아했는데 이리와 애가 들어간 걸 좋아해서 재료를 사러 일부러 수산시장까지 갔다 오기도 했다. 그런 음식을 하는 날이면 남편은 식탁에 앉아서 오늘이 내 생일이네, 하고 말하곤 했다. 남편의 환갑 생일에는 딸이 들어왔다. 박사과정을 준비중이라고 했다. 학위를 마치면 셋이 미국 여행을 하자고 딸이 말했다. 내 환갑 때는 오지 않았다. 대신 선물이라며 핸드백을 보냈다. 남편의 칠순에는 돈을 부쳤다. 좋은 곳에 취직을 했다고, 그러니 걱정 말고 맛있는 거 사 드시라고. 내년 내 칠순에는 올까? 딸이 오면 제주도라도 가야겠다. 생각해보니 가족 여행이라는 걸 한 번도 가본 적이 없었다. 나는 손을 뻗어 주변을 더듬어보았다. 만져지는 거라고는 낙엽밖에 없었다. 낙엽들을 모아 배 위에 올려보았다. 그래봤자 아무 소용 없다는 걸 알면서도. 저기요. 불이 꺼진 아파트 단지를 향해 소리를 질렀다. 드라마 같은 걸 보면 사람 살려, 하고 소리도 잘 지르던데 아무리 해도 그 말은 나오지 않았다. 저기요, 누구 없어요? 나는 조금 더 큰 목소리로 불러보았다. 바람이 불었고 낙엽 하나가 내 얼굴 위로 떨어졌다. 설탕하고 프림이 듬뿍 들어간 커피가 먹고 싶어졌다. 커피를 안 마신 지 몇 년이 되었다. 오줌 마려운 걸 참지 못하게 되면서 커피를 끊었다. 사람들은 치매가 무섭다고 했지만 나는 요실금이 제일 무서웠다. 내가 날 잊는 건 괜찮았다. 하지만 오줌 묻은 팬티를 빠는 건 다른 문제였다. 그 남자도 늙었겠지? 아내를 위해 로켓과 우주선이 그려진 벽지를 고르던 남자. 남자가 그런 벽지를 고르길래 나는 사내아이가 있는 집인 줄 알았다. 하지만 휠체어를 탄 아내를 보는 순간 그게 아니라는 것을 알았다. 그건 걷지 못하는 아내를 위한 선물이었다. 지구에서는 걷지 못하지만 우주에서는 그까짓 것 아무 상관이 없다고 남자는 아내에게 말했다. 남편분이 참 다정하시네요. 도배를 마치고 나는 여자에게 말했다. 너무 다정해서 병이에요, 하고 여자가 대답했다. 집에 돌아오는 길에 다정도 병인 양하여 잠 못 들어 하노라, 하고 시조를 중얼거려보았다. 자꾸 그 말을 중얼거려보니 마음이 따뜻해지는 것만 같았다. 그때 나는 심한 불면증에 걸렸었다. 냉동창고 사업을 한다는 시동생에게 남편이 보증을 서주었고 그래서 처음으로 산 집을 날렸기 때문이었다. 다정도 병인 양하여 잠 못 들어 하노라. 자기 전에 그 말을 중얼거렸더니 거짓말처럼 불면증이 사라졌다. 나는 그 남자를 짝사랑했다. 근처에서 도배 주문이 들어오면 일부러 그들 부부가 사는 집에 가보았다. 일층이어서 거실 안이 들여다보였다. 남자가 아내에게 물을 가져다주는 걸 보았다. 아내가 텔레비전을 보다 웃으면 남자가 따라 웃었다. 도배가 잘되었는지 확인한다며 초인종을 누른 적도 있었다. 풀이 불량이었는지 최근에 한 도배가 죄다 들떠서 확인하러 왔다고 거짓말을 했다. 방에 가보니 침대맡에 결혼사진이 걸려 있었다. 나는 벽지를 만지는 척하면서 액자를 건드렸다. 액자가 삐뚤어졌다. 그 집에 가고 싶어질 때마다 나는 늙어서 오줌도 제대로 못 누는 남자의 모습을 상상하곤 했다. 그러면 마음이 진정되었다. 그들 부부는 그 집에서 삼 년을 살았다. 삼 년 후, 나는 그 집에 새 도배를 하러 갔다. 집을 산 중년 부부는 아내가 아이를 낳다 죽었고 그래서 남편이 집을 급매로 내놓았다는 이야기를 들려주었다. 나는 로켓과 우주선이 그려진 벽지를 뜯어내고 꽃무늬 벽지를 발랐다. 콧물이 났다. 나는 옷소매를 당겨서 코를 풀었다. 그리고 다시 한번 여기요, 하고 소리질렀다.

엄마는 나를 혼자 낳았다. 아버지는 건설 현장을 찾아 지방을 돌아다녔는데, 내가 태어날 때는 댐 공사 현장에서 인부로 일을 했다. 우체국 직원이 아버지에게 딸이 태어났다는 전보를 읽어주었고 같이 일을 하던 인부들이 박수를 쳤다. 댐 공사는 삼 년이 넘게 이어졌다. 아버지는 그 일만 끝내면 그동안 모은 돈으로 함바

집을 차릴 생각을 했다. 아내가 음식 솜씨가 좋다는 자랑을 사람들에게 하곤 했다. 하지만 돌더미에 왼쪽 다리가 깔리는 바람에 불구가 되었다. 얼마나 좋은 사람이었는데. 술에 취한 아버지를 피해 주인집 광에 숨어 있으면 엄마는 나를 품에 안고 그렇게 말하곤 했다. 전쟁통에 고아가 되어 식모살이를 했던 엄마에게 아버지는 이런 약속을 했다. 나중에 식모를 부리게 해주겠다고. 아이 돌보는 식모, 밥하는 식모, 빨래하는 식모, 다 얻어주겠다고. 아버지는 노래를 잘 불렀다. 목소리가 애잔해서 즐거운 노래도 슬프게 들렸다. 그걸 동생이 닮았다. 어렸을 적에 동생은 마을 잔치에서 노래를 불러 커다란 고무 다라이를 타오기도 했다. 겨울이면 거기에 뜨거운 물을 받아 목욕을 했다. 동생이 먼저 씻고 그리고 내가 씻고 마지막에 엄마가 씻었다. 목욕을 마치고 나면 우리 셋은 늘 군고구마를 먹었다. 목욕하는 동안 알맞게 구워진 고구마를. 어디선가 개 짖는 소리가 들렸다. 그 소리가 반가웠다. 그래, 그래, 계속 짖어라. 몇시쯤 되었을까? 남편은 새벽에 화장실에 가는 버릇이 있는데 지금쯤 내가 없어졌다는 걸 눈치챘을까? 남편과 첫 데이트를 하던 날 우리는 다방에 가서 팥죽을 먹었다. 눈이 왔으면 더 맛있었을 것 같아요. 내가 말했더니 남편이 그러자고 했다. 눈이 오면 또 오자고. 그러면서 남편은 집 한 칸 마련할 돈도 없는 놈이 연애하자고 해서 미안하다고 말했다. 팥죽 때문에 몸이 따뜻해졌기 때문인지 나는 나도 모르게 남편에게 고아라고 고백을 했다. 엄마와 동생과 인연이 끊어진 지 오래되었으니 완전히 거짓은 아니었다. 엄마는 내게 말했다. 다시는 찾아오지 말라고. 만약 내가 그러지 않았다면 엄마가 그랬을 거 아니냐고. 그 말이 목구멍까지 치밀어올라왔지만 나는 말하지 않았다. 엄마가 술에 약을 타는 걸 봤다고 나는 말하지 않았다. 엄마는 약을 탄 술병을 들고 울었다. 엄마, 나 배고파. 나는 일부러 우는 엄마에게 말을 걸었다. 엄마, 나 배 아파. 나는 일부러 우는 엄마 옆에서 울었다. 그것 때문이었다. 아버지가 고등학교를 보내주지 않아서 앙심을 품은 게 아니었다. 엄마가 찬장 안쪽에 숨겨둔 약을 버리지 않아서, 지긋지긋하다는 말을 달고 살아서, 그래서 그랬다는 걸 엄마는 모른다. 내가 고아라고 했을 때 남편은 내 손을 잡고 말했다. 우리집은 가족이 아주 많아요. 내가 반 나눠줄게요. 그런 말에 감동을 받다니. 다시 그 시절로 돌아간다면 나는 내 손을 잡고 이렇게 말하는 남자와 연애를 할 것이다. 그동안 얼마나 외로웠어요? 이제 걱정 말아요. 아버지는 우물에 빠져 죽었다. 마을 사람들은 그렇게 알고 있을 것이다. 주인집 여자는 아버지가 술에 취하면 늘 우물물을 떠먹었다고, 몸을 제대로 못 가눠서 위험한 순간이 한두 번이 아니었다고 경찰에 증언을 해주었다. 딸이 태어난 뒤 나는 아이를 업고 그 집을 찾아가보았다. 옛집은 사라졌다. 그 자리에 이층집이 새로 지어졌다. 대문 앞에서 한 남자가 담배를 피우고 있었는데, 만복이를 닮은 것 같았다. 복 많이 받아라. 나는 중얼거렸다.

엄마는 사이비 종교에 빠져 동생과 사라졌다. 신도들과 함께 어느 산속에서 공동체 생활을 한다는 소문을 듣고 찾아갔을 때 엄마는 말했다. 못된 년. 나는 그 말이 억울했다. 나는 눈물이 많은 소녀였다. 나는 책갈피에 단풍잎을 끼워두는 소녀였다. 시를 외우는 걸 좋아하는 소녀였다. 빗방울이 이마에 떨어졌다. 비를 맞자 웃음이 났다. 쌤통이다. 쌤통이야. 차라리 비가 멈추지 않았으면 좋겠다는 생각이 들었다.

3

나를 발견한 청년은 독서실에서 공부를 마치고 집으로 가던 길이었다고 했다. 원래는 밤을 새울 예정이었는데, 빗소리가 들렸고 그 소리를 가만히 듣다보니 헤어진 여자친구가 생각났다. 오 년을 사귀는 동안 한 번도 싸우지 않아서 친구들한테 비현실 커플이라고 놀림을 받곤 했다. 그런데 싸우지 않고도 헤어질 수 있더라고요. 청년은 내게 말했다. 그럼, 그럼. 사랑하지 않고도 평생 사는 사람도 많고. 나는 그렇게 말했다. 청년은 점퍼를 벗어 나를 덮어주었다. 그리고 얼굴에 비를 맞지 않도록 손을 모아 우산을 만들어주었다. 죄송해요. 우산이 없어요. 평소에 청년은 독서실에서 밤을 새우고 일곱시쯤 집으로 돌아갔다. 그러면 고등학교 3학년인 남동생이 허겁지겁 아침을 먹고 있었다. 어머니는 이미 출근을 한 뒤였다. 동생이 학교에 가면 남은 반찬으로 밥을 먹었다. 그리고 설거지를 하고 청소기를 돌리고 동생의 침대에 누워 잠을 잤다. 그런 생활을 한 지 삼 년이 넘었다. 빗소리를 듣다 충동적으로 가방을 싸서 독서실을 나온 청년은 점퍼에 달린 모자를 뒤집어썼다. 그리고 걸었다. 지금 집에 가면 동생이 짐을 껠 것만 같았다. 청년은 동생을 좋아했지만, 만약 동생이 없었다면 혼자 방을 썼을 텐데, 하는 생각을 가끔 하곤 했다. 그래서 청년은 집에 가지 않고 이 아파트로 왔다. 단지에 조성된 산책로 끝에 지붕 달린 정자가 있는 게 생각나서. 며칠 전, 청년은 독서실을 가던 중에 횡단보도 앞에서 이삿짐 트럭을 보았다. 한 대도 아니고 다섯 대가 나란히 서 있었다. 어떤 집이길래 트럭이 다섯 대나 필요한가 싶어서 따라가보니 아파트 단지가 나왔다. 아파트 정문에 입주를 축하드립니다, 라고 적힌 플래카드가 걸려 있었다. 플래카드를 보자 그제야 다섯 대의 트럭이 모두 다른 집의 이삿짐이 실린 차라는 것을 알아차렸다. 청년은 트럭에서 이삿짐이 내려지는 것을 구경했다. 사다리를 타고 짐들이 새집으로 올라가는 것을 구경하다보니 이상하게도 눈물이 났다. 101동 1601호. 그 집에는 피아노가 있어요. 피아노를 보는데 어릴 적 피아노 학원에 다니던 여동생이 생각났어요. 교통사고가 나서 죽었거든요. 뺑소니였어요. 나는 오른손을 들어 청년의 손을 잡았다. 손이 차가웠다. 아팠겠네. 나는 말했다. 모르겠어요. 그냥 그후로 뭔가가 사라졌어요. 성공하고 싶은 마음, 뭐 그런 것들이요. 사람들한테는 고시 공부중이라고 거짓말을 했지만 사실 아무것도 안 해요. 청년이 말했다. 나는 그래도 된다고 말해주고 싶었다. 가만히 있는 것도 힘든 거라고. 딸이 초등학생일 때였다. 일을 마치고 집에 가보니 딸이 방 모서리에 쪼그리고 앉아서 울고 있었다. 무슨 일이냐고 물었더니 아무도 땡을 해주지 않았다는 거였다. 얼음땡 놀이를 하는데 아무도 땡을 해주지 않았다고. 그래서 혼자 얼음이 되었다고. 그후로 나는 딸과 얼음땡 놀이를 자주 했다. 아침에 딸을 깨울 때도 그랬다. 딸이 얼음이라고 외치면 내가 땡 하고 말하며 딸의 이마에 꿀밤을 먹였다. 내가 사다리에서 떨어져 팔이 부러진 적이 있었거든요. 나는 청년에게 말했다. 그때 딸이 내게 말했다. 엄마, 얼음 하고 외쳐. 그래서 나는 얼음 하고 말했다. 삼십 분이 지나도 한 시간이 지나도 딸은 땡을 외쳐주지 않았다. 딸이 땡을 해주길 기다리면서 나는 종일 소파에 앉아 있었다. 저녁이 되었고 그제야 딸이 내 손을 잡으면서 땡 하고 말했다. 나는 화장실에 가서 시원하게 오줌을 누었다. 그러면서 생각했다. 아, 가끔 얼음이 되어야겠다고. 나는 청년에게 지금은 술래를 피해 얼음이 된 거라고 말했다. 너무 걱정하지 말라고. 곧 누군가 땡 하고 외쳐줄 거라고. 얼음땡 놀이란 그런 거라고. 누군가 땡 하고 말해줘야 집에 갈 수 있는 거라고. 그러자 청년이 웃었다. 호호호, 그렇게 웃었다. 조금 있으면 구급대원이 도착할 거예요. 그러면 제가 땡이라고 말해줄게요. 청년은 말했다. 마술 수업 첫날, 선생님은 이렇게 말했다. 마술에서 기술보다 더 중요한 건 유머라고. 나는 그 말이 잘 이해되지 않았다. 그런데 이제는 조금 알 것만 같았다. 비가 잦아들었다. 청년은 오늘 113동 303호의 이삿짐을 구경했다고 했다. 그날 이후로 청년은 독서실에 가기 전에 이곳에 들러 이사하는 풍경들을 보았다. 303호는 식탁 의자가 여섯 개였다. 냉장고도 세 대였다. 109동 1004호는 신발이 무지 많았다. 이삿짐을 나르던 사람들이 하는 이야기를 들었다. 이렇게 신발 많은 집은 처음 봤다고. 111동 2003호는 화분이 많았다. 커다란 화분들이었다. 베란다뿐만 아니라 거실도 가득 채울 수 있을 것 같았다. 맨 꼭대기 층이라 옥상을 쓸 수 있나? 청년은 그런 의문이 들기도 했다. 그런데요, 참 이상한 집도 보았어요. 애써 신고 와서는 다 버리더라고요. 장롱도 버리고 소파도 버리고 식탁도 버리고. 처음에는 이사를 가는 줄 알았어요. 그 집만 짐이 내려와서요. 그러더니 인부들이 쓰레기장 앞에 짐들을 쌓아놓더라고요. 궁금해서 가서 물어봤어요. 이게 뭐냐고. 그랬더니 버리는 거래요. 새집에 안 어울린다며. 이삿짐 트럭이 떠난 뒤에 청년은 식탁 의자에 앉아보았다. 식탁 가운데 동그랗게 냄비에 눌린 자국이 보였다. 그걸 손바닥으로 만져보았다. 한참을 그러고 있다 청년은 짜장면 한 그릇을 배달시켰다. 제가 미친놈 같죠? 그런데, 거기서 짜장면을 먹어보고 싶었어요. 나는 눈을 감고 그 장면을 상상해보았다. 경비가 봤으면 그렇게 소리쳤을 것이다. 당신 미쳤어, 하고. 멀리 사이렌소리가 들렸다. 개 짖는 소리도 다시 들렸다. 우리 엄마는 말이에요. 나는 청년에게 말했다. 정말로 미쳤어요. 종교에 빠져서 딸도 버렸거든요. 다시는 찾아오지 말라고 엄마가 내게 말했을 때 나는 엄마한테 말했다. 미친 것보다는 못된 게 더 낫다고. 그러니 나는 잘살 거라고. 이제 사이렌소리가 아주 가까이서 들렸다. 나는 청년에게 분홍색 킥보드를 가져다달라고 부탁했다. 청년이 킥보드를 가지고 왔다. 나는 바퀴를 돌려보았다. 반짝, 반짝. 다행히 고장이 나지는 않은 것 같았다. 장민지. 청년이 킥보드에 쓰여 있는 이름을 읽더니 내게 손녀냐고 물었다. 나는 그렇다고 했다. 나는 청년에게 부탁을 했다. 손녀가 놀라지 않도록 그 킥보드를 제자리에 갖다달라고. 중앙놀이터 그네 옆에 두면 된다고. 청년이 그러겠다고 약속을 했다. 나는 내가 사는 아파트를 알려주었다. 청년이 자기도 거기에 산다며 반가워했다. 나는 청년에게 단지에서 마주치면 맥주 한잔 사주겠다고 약속을 했다. 청년이 말했다. 이왕이면 치킨도 같이 사주세요. 나는 알았다고 고개를 끄덕였다. 구급대원들이 달려왔다. 그러자 청년이 내 손을 잡고 말했다. 이제 땡이에요. 그래서 나도 청년에게 말했다. 자네도 땡. 그러니 이제 집에 가요.

어제 꾼 꿈

1

간밤에 남편이 꿈에 나타나지 않았다. 나는 더이상 남편의 제사상을 차리지 않기로 했다. 제사 전날 밤이면 남편은 항상 나를 찾아왔다. 지난 십 년 동안 그랬다. 꿈은 늘 똑같았다. 현관에서 신발을 벗으며 이렇게 소리쳤다. "나 왔어. 배고파." 나는 냉장고를 뒤져 뚝딱 저녁상을 차렸고, 남편은 강된장에 밥을 비벼 먹었다. 참 달게도 먹어서 꿈을 꾸고 나면 제사 음식을 정성껏 만들 수밖에 없었다. 꿈속에서 남편이 먹은 강된장은 남편이 죽던 날 아침에 먹은 음식이었다. 그날 남편은 늘 그렇듯 아침밥을 먹으며 아들의 욕을 했다. 한심한 놈이라고. 그러고는 내게 강된장이 너무 달다고 했다. "청양고추 좀 넣어봐." 남편이 말했다. 나는 화가 나서 아무 말도 하지 않았다. 당신 아들은 한심한 게 아니라 운이 없었을 뿐이라고 대꾸하려다 말았다. 그 말을 하면 남편은 틀림없이 아들과 박차장을 비교하기 시작할 테니까. 남편은 철물과 건축재료를 취급하는 건재상을 운영했는데, 박차장은 남편의 가게에서 열아홉 살 때부터 일을 했다. 아픈 어머니와 돌봐야 할 동생이 셋이나 있다며, 똑똑하고 성실해서 남 주기 아까운 아이라며, 학교 교장으로 있던 먼 친척이 소개를 했다. 남편 밑에서 일을 하던 이십일 년 동안 박차장은 동생들을 대학에 보내고, 결혼을 시키고, 본인도 가정을 이루었다. 아들은 대학을 졸업하고 연이어 취직에 실패했다. 그러자 남편은 아들이 박차장 밑에서 일을 배우길 원했다. 아들은 한 달 정도 출근을 했고, 퇴근길에 술을 사와 방에서 혼자 마시더니 어느 날부터 방밖으로 나오지 않았다. 그때부터 남편은 아침마다 아들의 방문을 향해 한심한 놈이라고 말하기 시작했다. 남편은 출근을 하면 가게 앞에 있는 구둣방에 들러 커피를 마시며 장기를 두었다. 하루에 한 판. 남편과 구둣방 사장은 매일매일의 승패를 구둣방에 걸려 있는 달력에 적어두었고, 매달 말에 더 많이 진 사람이 상대방에게 술을 샀다. 남편은 그날을 꽤 좋아했다. 한 달에 한 번. 남편이 유일하게 만취하는 날이었고 그래서 나도 웬만하면 콩나물국이나 북엇국 같은 해장국을 끓여주려고 노력했다. 브레이크가 고장난 트럭이 구둣방을 덮쳤다. 남편은 구급대원이 오기 전에 죽었고, 구둣방 사장은 응급실에서 보름을 버티다 죽었다. 남편이 왜 꿈에 나오지 않았을까 생각해보니 아무래도 지난 추석에 왔던 게 분명했다. 그때 내가 자식들에게 한소리를 한 걸 들은 것이다. 이럴 거면 제삿날 오지도 말라고 나는 말했다. "아버지 제사는 내가 알아서 하마. 그리고 나 죽으면 제사도 지내지 마라." 그 말 때문인지, 아파트를 팔자는 말을 거절해서인지, 암튼 딸과 아들은 그뒤로 지금까지 연락을 하지 않았다. 그러거나 말거나. 아침을 차리기 귀찮아서 남편의 제사상에 올릴 생각으로 아껴두었던 곶감을 꺼내 먹었다. 생각보다 달지 않았다. "섭섭해하지 마. 이젠 내 밥 챙기기도 귀찮으니까." 나는 허공에 대고 말을 했다.

오전 열시 십분에 출발하는 복지회관 셔틀버스를 타고 수영을 하러 갔다. 지난주에 몸살 기운이 있어서 못 갔더니 몸이 찌뿌둥했다. 개헤엄으로 수영장을 왕복하고 나자 숨이 찼다. 요즘 들어 자꾸 오빠가 생각났다. 내게 수영을 가르쳐주고 썰매를 만들어주던 오빠. 군대에 가기 전 오빠는 허수아비를 세워놓고 나와 여동생에게 발차기를 가르쳤다. "내가 없는 동안 남자애들이 괴롭히면 여기 가운데를 걷어차라." 오빠는 말했다. 오빠가 알려준 대로 그렇게 했더니 그후로 정말 동네 남자애들이 나와 동생을 놀리지 않았다. 나는 그 이야기를 적어 편지를 보냈다. 오빠가 그 편지를 받았는지는 모르겠다. 군대는 오빠의 유해 말고 아무것도 돌려주지 않았다. 열한시가 되어가자 아쿠아로빅 회원들이 하나둘씩 모여들었다. 지난번 강사는 중간중간에 "어머님, 더 활기차게!" "어머님, 더 신나게!" 이렇게 추임새를 넣어주어 좋았는데 이번 강사는 호루라기만 불어댔다. 게다가 꼭 오 분씩 일찍 끝냈다. 구내식당에서 밥을 먹는데 누군가 그 이야기를 꺼냈다. 오 분이 별것 아닌 것 같지만 한 달이면 그게 얼마냐고. 한 달에 삼만원밖에 안 하는데 뭘 그렇게 빡빡하게 구나 싶었다. 강사에 대한 이야기가 나오자 다들 이런저런 불만을 말하기 시작했다. 동작도 너무 어려운 것만 한다고. 인사를 할 때도 고개만 까딱거린다고. 그러면서 모두들 지난번 강사가 좋았다고 말했다. "우리 며느리, 보고 싶네." 맞은편에서 밥을 먹던 여자가 말했다. 그게 지난번 강사의 별명이었다. 우리 며느리. 딸만 넷이 있는 현자씨는 그 별명을 부르는 걸 질색했다. 자세히 말은 안 했지만 시집살이를 꽤 고되게 한 눈치였다. 현자씨는 자기 이야기도 잘 하지 않았고 남의 뒷말도 잘 하지 않았다. 그런데도 조잘조잘 재미있게 말을 참 잘해서 같이 있으면 기분이 좋았다. 형편이 넉넉하지 않은 눈치였는데도 푼돈을 가지고 궁색맞게 굴지 않았다. 우리는 구연동화 수업도 같이 들었다. 언젠가 내게 손주가 생기면 쓸데가 있을 거라고 현자씨가 수업을 권했다. 현자씨는 손주가 다섯이나 있었다. 지난 크리스마스에 현자씨가 내게 양말을 선물해주었다. 발목에 눈사람이 그려진 양말 두 켤레였다. 자기는 양말을 살 때 늘 똑같은 양말을 두 켤레씩 산다고 내게 말했다. 그래야 한 짝이 구멍나도 나머지 한 짝을 쓸 수 있다고. 그러면서 둘째 딸이 같이 살자고 해서 이사를 가게 되었다고 했다. 드디어 매일 밤 손자 손녀들에게 동화를 읽어줄 수 있다며 웃었다. 현자씨가 이사를 간 뒤 나는 구연동화 수업을 그만두었다. 그 수업을 듣는 사람들 중에서 읽어줄 손주가 없는 사람은 나 하나밖에 없었다.

점심을 먹고 자판기 커피를 한 잔 마신 다음 물리치료실에 가서 찜질을 했다. 그리고 세시에 출발하는 셔틀버스를 탔다. 집을 지나쳐 다음다음 정거장에 내렸다. 거기 있는 마트는 삼만원어치만 사도 배달을 해주었다. 저녁 밥상에 술을 한잔 올릴 마음으로 백화수복 한 병을 샀다. 술만 올리기 섭섭해 동태전이라도 부칠까 해서 수산물 코너에 갔더니 오늘 물좋은 아귀가 들어왔다며 권했다. 수산물 코너에서 일하는 청년이 싹싹하게 이모님이라고 불러주어서 아귀 한 마리를 샀다. 남편은 동태전을 그다지 좋아하지도 않았다. 삼만원에서 이천삼백원이 모자라서 사리곰탕면도 한 봉지 샀다. 다른 라면은 먹으면 속이 거북한데 이상하게 그 라면만 괜찮았다. 조금 걷고 싶어서 일부러 후문 쪽으로 돌아 걸었다. 후문 앞에는 코끼리유치원이라는 유치원이 하나 있었다. 언젠가 봄에 거기서 동시 발표 대회를 한 적이 있었는데, 그 앞을 지나가다 우연히 플래카드를 보고 구경을 갔었다. 앞니 빠진 아이들이 한 명씩 나와서 동시를 읽었다. 첫번째 아이는 음식 이름을 나열하다가 마지막에 맛있다, 라고 외치고 들어갔다. 어떤 아이는 똥을 싸는 동생이 바보 같다고 썼다. 어떤 아이는 발가락에 대해 썼다. "아빠랑 나는 발가락이 닮았어요. 하지만 냄새는 안 닮았어요." 사람들이 웃었는데 나도 모르게 눈물이 났다. 가장 마음에 드는 구절은 이거였다. "비가 오면 손가락을 벌려요. 그 사이로 비가 지나가게." 그후로 비가 오면 나는 창밖으로 손바닥을 내밀곤 한참 서 있어보곤 했다. 손가락 사이로 비가 지나가는 걸 느끼면서. 유치원은 없어졌고 그 자리에 갈치조림집이 생겼다. 유치원이 없어진 게 속상해서 어떤 일이 있어도 갈치조림집은 가지 않겠다고 결심했다. 집에 왔더니 배달시킨 물건이 현관 앞에 놓여 있었다. 한라봉도 한 상자 놓여 있었다. 박차장이 보낸 거였다. 남편의 가게를 인수해서 이제는 사장이 된 박사장은 해마다 남편의 기일이면 과일을 보냈다. "저놈이 큰아들이었으면." 언젠가 남편이 그렇게 말한 적이 있었다. 월세도 따박따박 보내니 박사장이 자식보다 나았다. 아귀찜을 만들면서 동시를 한 편 지어보았다. 내 이름은 아귀. 귀엽지는 않아요. 맛있지요. 한번 더 중얼거려보니 너무 유치해서 얼굴이 화끈거렸다. "아귀찜은 처제가 잘하는데." 남편은 어쩌다 아귀찜을 먹을 때면 꼭 그 말을 했다. 여동생네가 처음으로 집을 마련해서 집들이를 하던 날이었다. 그날 먹은 음식이 아귀찜이었다. "갈비찜도 아니고 이게 뭐야." 남편이 농담을 했다. 그리고 그 말이 미안했던지 남편은 아귀찜을 게걸스럽게 먹었다. 입고 있던 흰 셔츠에 양념이 튈 정도로. 그 모습을 보며 동생은 말했다. "형부, 이제 자주 해줄게요." 하지만 그 말은 지켜지지 않았다. 저녁이 되도록 딸과 아들한테서는 전화가 오지 않았다. 나는 아귀찜에 백화수복을 마시면서 그러거나 말거나, 하고 중얼거렸다. 그런데 잠을 잘 때 나도 모르게 욕이 나왔다. "나쁜 새끼들." 그 욕을 들은 것일까? 그날 밤 남편은 딸의 꿈에 나타났다. 아들의 꿈에도. 그리고 여동생의 꿈에도.

2

딸은 꿈속에서 젊은 아버지의 손을 잡고 수영을 배웠다. "옳지, 옳지." 앞으로 나아갈 때마다 아버지가 말했다. 꿈속에서 딸은 꽃 장식이 달린 수영모자를 쓰고 있었다. 딸은 독립을 할 때 가족 앨범에서 그 수영모자를 쓰고 찍은 사진을 꺼내갔다. 딸이 일곱 살 때였다. 수영장 입구에서 나는 딸에게 수영모자를 사주었다. 나와 눈도 마주치지 않던 아이였지만 모자를 하나 골라보라니까 웃었다. 나는 그게 신호인 줄 알았다. 나한테 마음을 열 거라는. 하지만 그렇지는 않았다. 그날 딸은 수영장에 빠져 죽을 뻔했다. 사십 년이 지났지만 딸은 그 사실을 지금까지 아무에게도 이야기하지 않았다. 남편이 딸의 꿈에 찾아간 것은 새벽 세시쯤이었다. 딸은 세시 십분에 깨어서 가만히 두 손을 바라보았다. 방금 전까지 누군가 자신의 손을 잡고 있었던 것처럼 느껴졌다. 따뜻했다. 한참을 그러고 있다가 옷을 입고 밖으로 나갔다. 딸은 담배를 한 대 피우면서 걸었다. 그러면서 담배 피우는 걸 들켰던 스무 살 무렵의 어느 밤을 생각했다. "공부가 힘드니." 아버지는 그 말 한마디만 했다. 딸은 담배 한 대를 피울 만큼 걸어갔다가 다시 한 대를 피우며 돌아왔다. 오피스텔 일층에 있는 편의점에서 머리를 짧게 깎은 청년이 라면을 먹고 있었다. 딸도 편의점에 들어갔다. 라면을 먹을 생각이었는데, 맥주와 치킨 한 조각을 사고 말았다. 그리고 라면을 먹는 청년 옆에 앉아서 맥주를 마셨다. 한 모금을 마시니 갑자기 추워지면서 몸이 떨렸다. 양말을 신고 올걸. 딸은 양말 신는 걸 싫어했다. 내가 딸에게 가장 많이 한 말은 아마도 양말 좀 신어라, 일 것이다. "그거 한 모금만 주면 안 돼요?" 옆에 앉은 청년이 딸에게 말을 걸었다. 청년은 맨발에 슬리퍼를 신고 있었다. 발뒤꿈치가 까맸다. 돈이 없어 보여 한 캔 사주겠다고 말하자 청년이 고개를 저었다. "못 사요. 미성년자거든요." 딸은 자리에서 일어나 캔맥주 하나와 캔커피 하나를 샀다. 그리고 커피를 빈 사발면 용기에 버리고 빈 캔에 맥주를 부었다. 그걸 청년에게 주었다. 둘은 말없이 맥주를 마셨다. 눈이 왔으면 좋겠다고 청년이 중얼거리자 거짓말처럼 눈이 내리기 시작했다. 둘은 가만히 눈을 구경했다. 그러다 불쑥 딸이 청년에게 물었다. "수영할 줄 알아요?" 청년이 고개를 저었다. 딸은 청년에게 일곱 살 무렵에 수영장에서 죽을 뻔한 이야기를 들려주었다. "어떤 아저씨가 구해줬어요. 정신을 차린 다음 아빠를 찾았는데, 아빠가 새엄마를 보며 웃고 있더라고요. 아빠가 미웠는데, 아빠를 미워하는 대신 새엄마를 미워하게 되었어요." 딸의 말을 듣고 있던 청년이 맥주 한 캔을 더 사줄 수 있냐고 물었다. 딸은 안 된다고 말했다. 그러자 청년이 자리에서 일어났다. "수영을 배우세요. 저도 그럴까 해요." 딸은 집으로 돌아가 다시 한번 꿈을 꾸길 기도하며 잠이 들었다. 하지만 꿈은 꾸지 않았고, 옳지, 옳지, 하며 잠꼬대만 했다.

그 시각 남편은 아들의 꿈속에 들어갔다. 아들은 꿈속에서 늙은 아버지와 등산을 갔다. 아들은 아버지의 뒤통수를 보며 걸었다. 둘은 오르막길을 계속 올랐다. 꿈속이었지만 숨이 찼다. "그만 가요." 아들이 말했다. "조금만. 조금만." 아버지가 말했다. 마침내 정상에 오르자 아버지가 배낭을 내려놓았다. 거기서 돗자리를 꺼냈다. 그리고 보온병과 사발면도 꺼냈다. 사발면이 익기를 기다리면서 둘은 말없이 구름을 바라보았다. 구름은 선명했다. 누군가 일부러 하얀색으로 색칠한 것처럼. 아들은 국물부터 마셨다. 아버지는 면부터 먹었다. 후루룩후루룩 소리를 내며. 소주 한잔 마셨으면. 아들이 그 생각을 하자마자 아버지가 배낭에서 소주 한 병을 꺼냈다. 둘은 소주 한 잔을 마시고 국물을 마셨다. 그리고 면을 먹었다. 아들도 일부러 후루룩후루룩 소리를 냈다. 소주 한 병을 비울 동안 둘은 아무 말도 하지 않았다. "가자." 아버지가 말했다. 둘이 자리에서 일어나자 바람이 불었다. 돗자리가 휙! 아들은 돗자리가 멀리멀리 날아가는 것을 보았다. 마법 양탄자처럼 돗자리는 날아갔다. 아들은 그 돗자리 위에 어린 자신이 앉아 있는 것을 보았다. 그 아이가 손을 흔들었다. 꿈에서 깬 아들은 아버지와 단둘이 술을 마셔본 적이 없다는 사실을 깨달았다. 아들은 세 달 전에 헤어진 여자친구에게 메시지를 남겼다. '자요?' 그러자 한참 후에 답이 왔다. '시간이 몇시인데. 당연히 자죠.' 아들은 전화를 걸었다. 연결음이 다섯 번 울린 다음 여자가 전화를 받았다. 헤어진 여자친구에게 아들은 어렸을 때부터 자신을 따라다니는 어떤 유령에 대해 이야기를 해주었다. 일곱 살 무렵이었다. 아들은 자기 생일에 지렁이 모양의 젤리를 사달라고 누나한테 말했다. 그러자 널 낳다 우리 엄마가 죽었다고 누나가 말했다. 그러니 앞으로 생일날은 좋아하는 음식을 먹지 말라고. 며칠 후 아들이 다니는 유치원에서 사고가 났다. 놀이터에서 숨바꼭질을 했는데 그만 한 아이가 정화조에 빠지고 만 것이다. 그날 오전 정화조를 청소했던 업체 직원은 경찰 조사에서 정화조 뚜껑을 제대로 닫았다고 말했다. 아이가 일부러 그곳에 숨은 것이라고 주장했다. "제가 그 아이를 자주 놀렸거든요. 똥냄새 난다고. 그래서인지 그 아이가 죽은 후 계속 저를 따라다녀요." "그 아이 이름이 뭐예요?" 여자가 물었다. "명호요, 이명호." 그 말을 들은 여자가 아들에게 말했다. 앞으로 그 아이가 따라오기 전에 먼저 말을 걸어보라고. "자신이 없어요. 그러니 저 같은 놈하고 헤어지길 잘했어요." 그렇게 말하고 아들은 전화를 끊었다. 한참 후에 메시지 하나가 도착했다. '저도 지렁이 젤리 좋아했어요.' 아들은 그 메시지를 한참 들여다보았다. 그리고 이렇게 중얼거렸다. 명호야, 너는 뭘 좋아했니?

아들의 꿈에서 빠져나온 남편은 나를 찾아오지 않았다. 대신 내 여동생의 꿈에 들어가 사과를 했다. 동생네는 어렵게 마련한 집을 일 년 만에 날렸다. 매제는 충격으로 쓰러졌다가 일어났지만, 그 후로 오른쪽 다리와 팔을 못 쓰게 되었다. 말도 더듬게 되면서 집 밖을 나가지 않았다. 한번은 지팡이를 짚고 남편에게 찾아와 돈을 빌려달라고 했는데 남편이 거절했다. 부모님이 돌아가시는 바람에 중학교도 졸업하지 못하고 열네 살 때부터 일을 해야 했던 남편은 돈에 대해서 인색했다. 그 일로 섭섭했는지 동생네는 우리와 연락을 끊었다. 어쩌다 친척들의 결혼식이나 장례식에서 만나도 말 한마디 건네지 않았다. 남편은 꿈속에서 동생에게 사과를 했다. "그렇게 찾아온 박서방한테 겨우 짜장면을 사주었어. 택시 타고 가라며 겨우 만원을 주었어." 그러면서 남편은 이런 고백을 했다. 박서방의 장례식을 마친 뒤 가게로 돌아와보니 구둣방 주인이 바뀌어 있었다고. 새로운 구둣방 주인은 다리를 절어서 지팡이를 짚고 다녔다. 젊을 때 공사장에서 일을 하다 삼층에서 추락했다는 거였다. 구둣방 남자를 볼 때면 남편은 돈을 빌리러 왔던 박서방이 자꾸 떠올랐다. 택시를 타라고 했지만 괜찮다며 버스 정류장까지 걸어가던 뒷모습이. 그래서 남편은 구둣방 남자와 매일 장기를 한 판 두었다. 죄책감이 들 때마다 일부러 져주었다. "그게 무슨 연관인지 모르겠지만, 암튼 거기서 장기를 두다 죽었으니 용서를 해줘." 남편이 말했다. 동생은 용서해주지 않았다. 꿈에서 깨어보니 베개가 젖어 있었다. 형부 때문이 아니에요. 동생은 젖은 베개를 보고 중얼거렸다. 그리고 부엌으로 가서 아침밥을 하기 시작했다. 달걀찜을 하고 소시지도 문어 모양으로 잘라서 볶았다. 동생은 싱크대 앞에 서서 전날 먹다 남은 뭇국에 밥을 말아 먹었다. 그리고 작은방으로 가서 자고 있는 손녀에게 뽀뽀를 했다. "너무 늦게 일어나지 말고. 냉장고에 장조림도 있어." 손녀가 잠결에 응, 응, 하고 대답했다. 동생은 어묵 공장에서 일을 했다. 매제가 쓰러진 뒤부터 다니기 시작해서 이제는 최고참이 되었다. 작년 여름에 반장으로 승진도 했다. 어묵 공장이라서 점심에는 다양한 어묵 반찬들이 나왔다. 동생은 매일 먹어도 질리지 않는 걸 보니 어묵 공장에서 일하는 게 체질인 것 같다며 농담을 했다. 점심을 먹은 다음 몇몇 여자들이 탁구를 쳤다. 하얀색 공이 왔다갔다했다. 동생은 일부러 고개를 좌우로 움직여가며 탁구 시합을 구경했다. 그렇게 고개를 움직이다보니 담이 올 것 같았다. 오후에는 핫바를 만들었다. 치즈가 들어간 핫바. 깻잎이 들어간 핫바. 게맛살이 들어간 핫바. 여동생은 퇴근길에 치즈핫바와 게맛살핫바를 직원가에 구입했다. 집에 돌아와보니 소시지는 다 먹었고 달걀찜은 반쯤 남아 있었다. 식탁도 깨끗이 닦아놓고 설거지도 해놓아서 동생은 손녀의 엉덩이를 두드려주었다. "우리 착한 강아지." 그러자 손녀가 멍멍, 하고 짖었다. 동생은 핫바에 케첩을 뿌려 손녀에게 주었다. 손녀가 먹는 걸 보다 다시 형부가 꿈에 나타난다면 용서를 해주리라고 생각했다. 하지만 다시 나타나지 않았고 그래서 대신 그 말을 전하러 나를 찾아왔다.

3

여동생이 초인종을 눌렀을 때 나는 화장실 변기에 앉아 있었다. 집에 찾아올 사람이 없었으므로 나는 일어나지 않았다. 자식들은 비밀번호를 알고 있으니까 초인종을 누를 일이 없을 테고. 그러다 문득 이참에 비밀번호를 바꿔버려야겠다는 생각이 들었다. 혼자 사는데 방 세 개짜리 집이 뭐가 필요하냐고 했던 아들의 말이 떠올랐다. 나쁜 놈. 그렇게 중얼거리자 토끼똥만큼 똥이 나왔다. "아버지 보험금도 다 민구 줬잖아요. 저도 집은 양보 못해요." 딸의 말도 떠올랐다. 나쁜 년. 그러자 토끼똥만큼 똥이 또 나왔다. 초인

종이 또 울렸다. 나는 계속 변기에 앉아 있었다. 한 십 분이 지났을까. 동생이 현관문을 두드렸다. "언니, 나야." 내가 문을 열자 동생이 자기가 보기 싫어서 일부러 안 열어주었냐고 물었다. "변비야." 나는 화장실 쪽을 보면서 대답했다. 동생은 우리집에 자주 드나드는 사람처럼 신발을 벗고 부엌으로 걸어갔다. 그리고 물을 마셨다. 물을 자주 마셔, 그러면 변비에 안 걸려, 라고 말하려는 듯이 벌컥벌컥 마셨다. 컵을 내려놓으면서 동생이 아주 빠른 속도로 말했다. "미안해. 그리고 용서해줄게." 나는 뭐가 미안하고 뭘 용서한다는 건지 알아듣지 못했다. 갑자기 찾아와서 이게 무슨 짓이냐고 화를 내려는데 동생이 마저 말을 했다. "형부가 꿈에 찾아왔거든." 그 말을 듣는 순간 나도 모르게 이런 말이 나왔다. "죽었으면 가만히 있지. 주책맞게 왜 거길 찾아가고 그러냐." 내 말에 동생이 웃었다. 동생이 웃는 걸 보다 나도 웃었다. 나는 동생에게 이제 남편의 제사상을 차리지 않기로 했다고 말해주었다. "살아 있을 때 그만큼 밥상 차려주었으면 된 거 아냐? 이제 내 밥 챙기기도 귀찮은데." 내 말에 동생이 맞아, 맞아, 맞장구를 쳤다. 겁이 많아서 화장실을 갈 때면 꼭 같이 가주어야 했던 동생. 밖에 서 있으면 화장실 안에서 언니, 멀리 가지 마, 하고 말하던 동생. 나는 일부러 대답을 하지 않아 동생을 울리곤 했다. 그런 동생이 흰머리를 하고 내 앞에 서 있었다. "염색 좀 해라." 나는 동생에게 말했다. 동생은 내가 타준 생강차를 후후 불어 마시더니 집에 간다고 일어났다. 저녁 먹고 가라고 하자 그제야 손녀와 함께 왔다고, 아파트 놀이터에 손녀를 두고 왔다는 말을 했다. "언니가 나 내쫓을까봐 같이 안 들어왔어. 우리 손녀한테는 그런 모습 보이기 싫어서." 동생과 같이 놀이터에 가보니 예쁜 여자아이가 그네를 타고 있었다. "지후야." 동생이 부르자 아이가 달려와 동생의 품에 안겼다. 동생은 남편의 장례식장에 아들 정국이를 데리고 왔다. 동생은 조문만 하고 금방 돌아갔지만 조카는 사흘 내내 빈소를 지켰다. 그때 조카가 조만간 아이가 태어난다고 말했다. 오늘내일한다고. 그래서 아내랑 같이 못 왔다고. 그때 태어났으니 열한 살이 되었을 것이다. "아빠 닮았네." 내가 말하자 지후가 그렇다는 말을 많이 듣는다고 대답했다. "그런데 성격은 안 닮았어요." 야무지게 말하는 게 정국이보다는 제 할머니를 더 닮은 것도 같았다.

뭘 먹고 싶냐고 물었더니 동생이 중국 음식이나 시켜 먹자고 했다. 밥 챙기기 귀찮다고 말한 거 잊었냐며. 탕수육 하나와 볶음밥 하나 그리고 짜장면 하나를 주문했다. 탕수육을 한 점 먹고는 동생이 맥주도 한잔하자고 말했다. 나는 맥주는 없고 남편이 죽기 전에 담가둔 인삼주가 있다고 말했다. "그것도 좋지." 동생은 인삼주를 한 잔 마시고는 탕수육을 두 점 먹었다. 그리고 또 한 잔. "잘 마시네." 내가 말하자 동생이 어묵 공장에 다니면서 술이 늘었다고 했다. 퇴근 후 공장 식당에서 직원들이랑 자주 한잔한다고. 갓 찐 어묵에 술을 마시면 그렇게 맛있을 수 없다고. 저녁을 먹고 동생이랑 드라마를 봤다. 신분을 속이고 부잣집 며느리가 된 여자가 그 집 운전기사에게 정체를 들켰다. "저런 나쁜 년." 며느리가 운전기사를 죽이려 하자 동생이 욕을 했다. 드라마인데 뭘 욕까지 하나 싶었다. 식탁에 앉아서 학습지를 풀던 지후가 다 했는지 필통에 연필을 넣었다. 동생네 집들이를 갔을 때 정국이는 중학생이었다. 처음으로 침대를 가져본다며 정국이가 웃었다. 공부는 못해도 착한 아들이지, 라고 매제가 말해서 다 같이 웃기도 했다. 착하면 된 거야. 착하면 된 거야. 그렇게 추임새를 넣어가며. "할머니, 공기해도 돼?" 지후가 물었다. 동생이 해도 된다고 말하자 지후가 필통에서 공깃돌을 꺼냈다. 지후는 죽지 않고 오십 년을 채웠다. "할머니 닮았구나. 니 할머니도 진짜 잘했거든." 어릴 적에 동생은 동네에서 공기놀이를 가장 잘하는 아이였다. 아무도 동생을 이기지 못했다. 지후가 제 할머니에게 공깃돌을 건네주었다. 동생은 3단에서 죽었다. 다시 했는데 이번에는 꺾기에서 실패했다. "너무 가벼워." 동생은 변명을 했다. 자기는 진짜 돌로 해야 잘한다고. 지후가 다시 공기를 시작했다. 백 년을 넘겼다. "누가 공기라는 이름을 지었을까?" 나는 동생에게 물었다. 동생이 자기는 그 말보다 숨바꼭질이라는 말이 더 이상하다고 했다. 도대체 그렇게 어려운 이름을 누가 생각해냈을까? 지후가 2단에서 공깃돌을 떨어뜨릴 뻔했다. 공깃돌이 손톱에 맞고 튀어올랐는데 팔을 뻗어 다시 잡았다. 그 순간 나랑 동생이 동시에 외쳤다. "콩." 지후도 따라서 외쳤다. "콩." 지후는 다음 3단을 할 때 공깃돌을 머리 위까지 던졌다. "우와." 내가 감탄을 하자 지후가 말했다. "이게 백두산이에요." 그러고는 4단을 할 때는 공깃돌을 천장에 닿도록 높게 던졌다. "이건 뭐게요?" 지후가 물었다. 내가 백두산보다 높은 산이라고 대답했다. "그러니까 그게 뭐냐고요." 지후의 말에 동생이 대꾸했다. "그거 있잖아. 늘 눈이 쌓여 있는 산." 이름이 생각날 듯 생각날 듯 했다. "아, 알아. 알아." 나는 그렇게 대답했다. "에베레스트요." 지후가 말했다. "그래, 그거. 그거 말하려 했어." 내가 말했다.

비가 내렸다. 길이 미끄러우니 내일 가라고 붙잡았다. "우리 나이엔 넘어지면 끝이야. 알지." 내 말에 동생이 그러겠다고 했다. 지후는 민구의 방에서 자겠다고 했다. 보일러를 오랫동안 돌리지 않아 눅눅하다고, 안방에서 다 같이 자자고 했더니 혼자 자고 싶다는 거였다. 보일러를 돌리고 이불을 하나 더 덮어주었다. 나는 동생이랑 같이 누웠다. "자?" 한참 시간이 지난 다음에 동생이 물었다. "아니." 내가 대답했다. 동생이 옆집에 살던 홍이네 기억나냐고 물었다. 홍이네. 형제들 이름이 홍으로 끝나서 우리는 홍이네라고 불렀다. "글쎄 내가 정홍이를 봤잖아. 작년 가을에 공장 사람들이랑 단풍놀이를 갔다가 오리탕집에 갔는데, 거기서 일을 하고 있더라고." 정홍이는 홍이네의 2남 3녀 중 막내였는데, 동생이랑 나이가 같아서 우리집에 자주 놀러오곤 했다. "모른 척했어. 나보다 다섯 살은 더 늙어 보이더라고. 근데 걜 보니까 이런 생각이 들더라. 어쩌면 우리 인생이 이렇게 돼버린 게 홍이네 엄마 때문이 아닐까 하는." 오빠가 군대에 가고 몇 달이 지나지 않았을 때였다. 그해 여름엔 가뭄이 심했는데, 논에 물을 대다가 마을 사람들끼리 싸움이 났다. 논이 위아래로 붙어 있었던 우리집과 홍이네가 가장 심하게 싸웠다. 술에 취하면 성질을 다스리지 못하는 아버지가 홍이네 아버지를 때렸다. 홍이네 아버지가 맞으면서 논두렁 아래로 굴러떨어졌고 허리를 다쳤다. 그러자 홍이네 어머니가 집으로 찾아와 치료비를 내놓으라고 했다. 줄 돈이 없으면 소라도 내놓으라고. 마루에서 막걸리를 마시던 아버지가 마당에 술을 뿌렸다. 말도 안 되는 소리 말라고. 그러자 홍이네 어머니가 저주의 말을 퍼부었다. "홍이네 엄마가 예지몽도 잘 꾸고 그랬잖아. 반무당이라고. 그런 여자가 저주를 했으니 오빠가 죽은 거야." 오빠만 살아 있었어도 나를 그런 집으로 시집보내지는 않았을 것이다. 동생도. 그후 아버지는 늘 술만 마셨다. 그리고 매일 홍이네로 가서 소리를 질렀다. 내 아들 내놓으라고. "언니, 나는 아버지가 무섭고 징그러웠어. 그래서 정국이 아빠랑 결혼한 거야. 맹탕이라 문제였지만." 아버지의 눈은 늘 빨갰다. 나는 그게 싫었다. "그래서 나도 도망친 거야." 내가 첫번째 결혼을 한 집에는 아버지 같은 남자가 둘이나 있었다. 친정으로 돌아간 날 비가 억수같이 내렸다. 남편이 죽자마자 아이를 버린 년이라고 어머니는 날 욕했다. 그러거나 말거나. 나는 아궁이에 장작을 가득 넣고 불을 땠다. 그리고 찐 고구마를 들고 방에 들어가 사흘을 자다 먹다 자다 먹다 했다. "언니, 민홍이 오빠가 언니 좋아했던 거 알아?" 민홍이 오빠는 홍이네의 둘째 아들이었다. 내가 개울가에서 발장구를 칠 때면 물속에서 내 발을 잡아당기곤 했던 오빠. 동네에서 수재라고 소문이 났던 오빠. "언니한테 전해달라고 편지를 줬는데 내가 집에 오다가 버린 적이 있거든. 그 오빠도 잘 안 되었나봐. 사업 실패하고 빚쟁이들 피해 다니다 죽었다는 소문을 들었어." 그날 밤, 동생은 꿈을 꾸었다. 남편이 고맙다며 홍시 두 개를 주었다. 동생은 그 홍시를 먹었다. 달았다. 홍시를 다 먹자 남편은 내게 전해달라며 딸과 아들의 이야기를 들려주었다.

4

아침으로 누룽지나 끓일 생각이었는데 동생이 오늘이 지후 생일이라고 했다. 미역은 있는데 고기가 없다고 했더니 말린 새우라도 넣자고 했다. 미역을 참기름에 오래 볶다가 새우를 넣고 끓였다. 간을 봤더니 그럭저럭 먹을 만했다. 오래간만에 흰쌀밥을 했다. 지후를 깨우자 자리에서 일어나 침대를 정리했다. 딸도 저랬다. 알아서 이부자리를 정리했고 자기 속옷은 자기가 빨았다. 나는 그 반듯함이 섭섭했고 가끔 마음을 다치기도 했다. 그때마다 나는 벌을 받는 거라고 생각했다. 친딸을 버렸으니 이 정도는 감수해야 한다고. 아침을 먹은 다음 나는 지후에게 가지고 싶은 거 있으면 말해보라고 했다. "이모할머니가 한 번도 생일 선물을 못 사줬으니 이번에 큰 거 하나 사줄게." 내 말에 지후가 고개를 저었다. 그래도 내가 말해보라고 했더니 지후가 제 할머니를 쳐다보면서 조심스럽게 물었다. "이모할머니랑 그거 해도 돼요?" "그게 뭔데?" 내가 묻자 지후가 마녀 할머니 놀이라고 대답했다. "생일날마다 할머니랑 그걸 하거든요." 내가 동생에게 마녀 할머니 놀이가 뭔지 묻자 동생이 이렇게 설명을 해주었다. "만화 보면 나오잖아. 마녀들이 끓이는 이상한 수프. 그걸 만드는 거야. 아, 진짜 먹을 수 있는 수프는 아니고." 그걸 만들어서 뭐하느냐고 묻자 지후가 그걸로 주문을 외울 거라고 했다. "뭔 말인지는 모르겠지만 한번 해보자." 그러자 지후가 박수를 치면서 깡총깡총 뛰었다.

우리는 밖으로 나왔다. 지후가 마녀 수프에 들어갈 재료들을 구해야 한다는 거였다. 맨 처음 놀이터를 갔다. 지후가 팔짱을 끼고 놀이터를 둘러보더니 그네 아래라고 외쳤다. 우리는 그네 아래를 팠다. 그랬더니 장난감 반지가 나왔다. "이거 봐요. 그네 아래 아니면 미끄럼틀 아래. 둘 중 한 곳에는 항상 보물이 숨겨져 있거든요." 지후가 반지를 입으로 후후 불었다. 그러고는 준비해온 비닐봉지 안에 넣었다. 길을 걷다 솔방울도 하나 넣었다. 지후의 말에 의하면 그건 기본이었다. 솔방울이나 낙엽. 솔방울이 예쁘니 올해는 낙엽은 안 하고 솔방울로 하겠다고 지후가 말했다. 새털도 기본이라고 해서 나는 비둘기가 자주 모이는 장소로 지후를 데리고 갔다. 거기에는 모이를 주지 말라는 푯말이 있었다. "언니, 이런 데 와서 모이를 주는 건 아니지? 그렇게 늙지는 마." 동생이 말해서 나는 아니라고 대꾸했다. 모이를 주는 사람이 없어서인지 그 많던 비둘기들이 한 마리도 보이지 않았다. 지후랑 근처를 샅샅이 뒤진 끝에 겨우 작은 새털 하나를 찾을 수 있었다. 지후는 그것도 비닐봉지에 넣었다. 지후가 근처에 초등학교가 있느냐고 물어서 거긴 조금 걸어가야 하고 중학교는 바로 옆에 있다고 말해주었다. 지후가 자기네 집은 초등학교 바로 옆이라고 했다. "할머니가 창문을 열고 준비물을 던져주면 받을 수 있을 만큼 가까워요." 내가 지후는 준비물을 놓고 다닐 아이가 아닐 것 같다고 했더니 지후가 그건 맞는 말이라고 했다. 우리는 중학교로 갔다. 아들이 졸업한 학교였다. 배구부가 유명한 학교였는데, 아들이 키가 좀 커서 배구 감독이 배구를 시킬 생각은 없는지 물어본 적도 있었다. 셋이 운동장을 한 바퀴 돌았다. "바닥을 잘 보세요. 의외로 재미있는 걸 많이 찾을 수 있어요." 그러면서 지후는 작년에는 쓰다 만 연애편지를 발견했다고 했다. 누가 배 모양으로 종이를 접어두었더라고. "정미라는 아이한테 보내는 거였는데요, 그것 때문인지 작년엔 주문이 잘 걸렸어요. 물론 정미한테는 행복의 주문을 걸어주었구요." 그 이야기를 듣던 동생이 갑자기 웃기 시작했다. "작년엔 정말 그랬지. 모든 주문이 거의 성공이었어." 내가 무슨 일이 있었는지 물었더니 같은 반 아이한테 설사병이 나라고 주문을 걸었다는 거였다. 그랬는데 글쎄 정말로 설사병이 나서 사흘을 결석했다고. 또 담임선생님은 길 가다 넘어지라고 주문을 걸었는데 다리를 삐끗해서 한 달 동안 깁스를 하고 다녔다고도 했다. 그 말을 듣자 나는 깜짝 놀랐다. 저주의 주문을 걸다니. "그렇게 못된 주문이라면 할머니는 안 하련다." 그렇게 말하고 나는 동생을 째려봤다. 철없는 것. 말리지는 못할망정. "꼭 그렇지는 않아요. 행복한 주문을 훨씬 훨씬 많이 건다고요. 그리고 그애는 나한테 도둑년이라 그랬어요. 담임선생님은 그애 말만 믿었구요." 지후는 그애가 자기를 괴롭힌 이야기를 하기 시작했다. 지후의 말을 듣자 나도 모르게 못된 년이라는 말이 나왔다. "거봐요. 그런 애는 설사병 사흘 정도는 앓아도 된다구요." 나는 알았다고, 하지만 사흘 이상 아픈 주문은 더이상 안 된다고 말했다. 지후가 알았다고 했다. 조금 더 걷다 보니 눈앞에서 무엇인가가 반짝했다. 주워보니 단추였다. "이거 어때." 내가 지후에게 보여주자 지후가 아주 마음에 든다고 했다. 동생이 껌 종이를 집어들었는데 지후가 그건 안 된다고 고개를 저었다. 체육관 쪽으로 걸어가보니 학생들이 안에서 배구 연습을 하고 있었다. 그걸 보다가 지후가 땀방울을 넣어야겠다고 말했다.

"이따 집에 갈 때 뛰어갈게요. 땀이 나게." 학교 정문에 누군가 걸어둔 장갑 한 짝이 있었다. 우리는 그것도 비닐봉지에 넣었다. 후문 쪽으로 걸어오다 손톱만큼 작은 부엉이 인형도 발견했다. 그것도 주웠다. 지후가 거기서부터 뛰어간다고 해서 우리는 그러라고 했다. 지후가 이따 봐요, 하고는 뛰기 시작했다. 그 뒷모습을 보며 나와 동생은 천천히 걸었다. 이제는 갈치조림집이 된 코끼리유치원 앞을 지나가면서 나는 거기서 동시 낭독회가 열린 적이 있다는 이야기를 들려주었다. 그걸 구경하는 게 큰 재미였다고. "뜀박질." 동생이 갑자기 말했다. "뜀박질. 그 말이 좋겠네. 그걸로 동시를 지어줘." 나는 집에 갈 때까지 뜀박질에 대해 생각해보았다. 적당한 글이 생각나지 않았다. 내가 사는 동에 도착하니 지후가 숨을 헐떡이며 제자리 뛰기를 하고 있었다. "헉, 할머니. 헉, 얼른. 헉, 문 열어주세요." 지후가 말했다. 나는 얼른 현관문을 열었다. 엘리베이터에서 나는 동생에게 말했다. "들었지? 아까 지후가 말한 거. 그걸로 할게." 동생이 무슨 말이냐고 되물었다. 그래서 나는 뜀박질이라는 제목의 동시를 읊어주었다. "제목 뜀박질. 지은이 강애순. 헉, 할머니. 헉, 얼른. 헉, 문 열어주세요." 동생이 그런 게 동시라면 자기는 하루에 백 개도 지을 수 있다고 했다. 그래서 나는 그러면 하루에 백 개씩 지어보라고 했다. 그러면 심심하지 않을 거라고.

집에 돌아와 손톱을 깎았다. 손톱이나 머리카락을 넣어야 강력

한 효과가 난다나. 꼭 초승달 모양으로 깎으라고 해서 그렇게 했다. 나보고 더 넣고 싶은 게 없냐고 지후가 물어서 아들의 방에 가 보았다. 책상 서랍을 뒤져보니 호루라기가 보였다. 불어보았는데 소리가 나지 않았다. 나는 그것도 넣겠다고 했더니 지후가 한참을 생각했다. "소리가 안 나는 호루라기는 좀 슬프잖아요. 그러니 넣을게요." 딸의 책상 서랍에는 아무것도 들어 있지 않았다. 옷장 안에도. 딸은 독립을 하면서 모든 물건을 가져갔다. 나는 책상 서랍 안쪽에 붙어 있는 스티커를 떼었다. 오래되어서 잘 떨어지지 않았다. 금발머리를 한 공주 스티커였는데 머리 부분만 간신히 떼었다. 그것도 비닐봉지에 넣었다. 지후가 비닐봉지에 넣은 물건들을 커다란 냄비에 쏟았다. 그리고 가스레인지에 냄비를 올려놓고 수프를 끓이는 흉내를 냈다. 막대기로 휘휘 저어가며. 한참을 젓더니 지후가 소원을 말했다. "맨날 내 머리카락 잡아당기는 정후 녀석은 수학 오십 점 받게 해주시고요. 새벽마다 쿵쿵거리는 윗집 아저씨 이사가게 해주세요. 그리고 무지개 열 번만 보게 해주시고요." 지후가 막대기로 저어가며 말을 했다. "할머니도 해." 지후가 말하자 동생이 막대기를 이어받았다. "나이도 어리면서 반말하는 공장장 이틀 동안만 감기 걸리게 해주세요. 암에 걸린 공장 경비 아저씨 낫게 해주시고, 우리 지후 키 크게 해주세요." 동생이 거기까지 말하자 지후가 더 있잖아, 하고 말했다. "우리 빌라 현관에 침 뱉는 사람." 지후가 말하자 동생이 다시 막대기를 들었다. "우리 현관 앞에 침 뱉어놓는 놈. 변비 걸리게 해주세요." 동생이 말했다. 둘의 그 모습을 보고 있자니 왠지 눈물이 났다. 눈물이 많아지면 안 되는데. 그래서 나는 볼을 살짝 꼬집었다. 지후가 나보고도 주문을 외우라고 해서 막대기를 잡아보았다. 그랬는데 입 밖으로 말이 나오지 않았다. 나는 막대기를 저으며 속으로 주문을 외웠다. 아들 따라다니는 꼬마 유령 사라지게 해주세요. 딸이 일주일에 한 번씩 전화하게 해주세요. 지후에게 막대기를 건네주며 나는 속으로 주문을 외웠다고 말했다. "무슨 주문인지 말해주면 안 돼요?" 지후가 물어서 나는 지후의 귀에 대고 속삭였다. "할머니가 되고 싶다고 빌었어. 손주가 태어나면 구연동화도 해주겠다고." 지후가 올해 주문이 성공하면 내년에도 같이 하자고 말해서 나는 그러자고 했다. 새끼손가락을 걸고 약속을 했다. 그러자 이 모든 게 내가 어젯밤 꾼 꿈처럼 느껴졌다.

네모난 기억

1

수술을 받는 동안 정민은 돌아가신 아버지를 만났다. 어린 정민은 목욕탕에서 아버지의 등을 때수건으로 밀고 있었다. 꿈속이었지만 정민은 그곳이 어디인지 알았다. 일요일마다 갔던 장수목욕탕이었다. 카운터에 머리가 하얀 할머니가 앉아 있던 곳. 아버지는 어릴 적 경운기에서 떨어져 척추를 다쳤다. 그 일로 다리를 절게 되었는데 또 그 덕으로 대학을 갈 수 있었다. 몸이 성치 못하니 공부라도 해야 사람 구실을 한다며 할머니가 할아버지의 반대를 무릅쓰고 대학을 보낸 것이다. 4남 4녀의 형제자매 중에서 대학을 간 사람은 아버지가 유일했다. 정민의 아버지는 아들이 등을 밀어줄 때면 항상 그 이야기를 했다. "그때 안 다쳤으면 공무원도 될 수 없었고 그러면 또 엄마를 만나지도 못했겠지. 그럼 등을 밀어줄 아들도 없고. 인생 새옹지마란다." 어린 정민은 아버지의 등을 미는 게 무서웠다. 툭 튀어나온 척추뼈들은 건들기만 해도 망가질 것만 같았다. 정민은 무서워서 새옹지마라는 말을 주문처럼 중얼거리며 등을 밀었다. 그게 무슨 뜻인지도 잘 모르면서. 목욕을 마친 뒤 아버지는 팬티만 입은 채 탈의실 평상에 앉아 발톱을 깎았다. 그 옆에서 정민은 바나나우유를 마셨다. 톡, 톡, 톡. 아버지의 발톱이 사방으로 튀었다. 그중 하나가 정민의 이마를 맞히기도 했다. 발가락은 열 개인데 아버지는 계속해서 발톱을 깎았다. 이상하네, 정민이 중얼거리자 아버지가 말했다. "이놈아, 아버지 발가락은 백 개란다." 그래서 정민은 꿈속에서 백 개의 발톱을 깎는 소리를 들어야 했다. 마취에서 깨어난 뒤에도 그 소리는 사라지지 않았고 그후로 정민은 이십 년 넘게 편두통에 시달리게 되었다.

사고는 다음날 아침 뉴스에 보도되었다. 승용차가 분식집을 덮쳤다. 운전자는 아버지 차를 몰래 끌고 나온 중학생이었는데, 좌회전을 하면서 속도 조절을 하지 못해 사거리 모퉁이에 있는 분식집으로 돌진한 것이다. 정민은 한 학년 선배인 민정과 떡복이를 먹고 있었다. 정민은 민정을 인문대 매점 앞에서 본 뒤로 짝사랑에 빠졌다. 그래서 만화에 관심도 없으면서 민정이 부회장으로 있는 만화 동아리인 네모네모에 가입했다. 사고가 난 그날, 동아리 신입생 환영회가 있었다. 학교 앞에 있는 술집인 베를린에서 생맥주를 마셨다. 술잔이 장화 모양이었다. "나 때는 진짜 신발에 술을 따라 마셨어." 어느 선배가 말했다. 술자리가 끝날 무렵 회장이 정민을 손가락으로 가리키며 말했다. "신입생! 니가 민정이 좀 집에 데려다줘." 정민은 자신을 지목해준 선배가 너무 고마워 헤어질 때 사랑합니다, 선배님, 하고 인사를 하기도 했다. 민정의 집은 학교에서 세 정거장 떨어진 곳에 있었다. 거기가 학교 앞보다 월세가 싸다고 길을 걸으면서 민정이 말했다. "걷기에 적당하기도 하고. 우리집에서 학교 인문관까지 딱 오천 보거든." 그걸 어떻게 아느냐고 정민이 묻자 민정이 만보기를 꺼내 보여주었다. 거기에는 팔천삼백이라는 숫자가 찍혀 있었다. "오늘은 많이 걸었네. 집에 가면 만 보가 훨씬 넘겠다." 정민은 만보기를 처음 보았다. "어제가 제 생일이었는데 저도 하나 사주세요, 만보기." 정민이 용기를 내서 말했다. 그리고 들릴락 말락 한 소리로 중얼거렸다. "민정과 정민. 이름부터 운명 같지 않아요?" 정민의 말이 끝나자마자 민정이 큰 소리로 말했다. "아직 문 안 닫았네. 떡볶이 먹고 가자. 여기가 세상에서 최고로 맛있는 집이야." 마지막 손님이라며 주인아주머니가 떡볶이 판에 남은 떡볶이를 전부 주었다. 그러면서 정민을 가리키며 애인이냐고 물었다. "후배예요." 민정이 대답했다. "후배지만 제가 3월에 태어나서 몇 달 차이 안 나요." 정민이 재빨리 대꾸했다. 정민은 민정의 생일은 몰랐지만 별자리가 사수자리인 것은 알았다. 동아리방에 있는 민정의 캐비닛 문에 사수자리 모양의 별 스티커가 붙어 있었기 때문이었다. "그럼 친구네." 아주머니가 종이컵에 어묵 국물을 담아 민정에게 내밀며 말했다. 그때 길을 건넌 누군가가 어, 하고 큰 소리를 질렀다. 그 소리에 정민이 몸을 돌려 뒤를 돌아보았다. 그리고 승용차가 분식집을 덮치려는 순간 민정이 서 있는 쪽으로 몸을 날렸다.

척추뼈와 두 다리뼈가 부러진 정민은 두 달 넘게 병원에 입원했다. 팔에 깁스를 한 민정이 사흘에 한 번씩 병문안을 왔다. 정민의 어머니는 민정이 돌아가고 나면 흉을 보았다. 그 흉을 듣고 나면 정민은 어머니를 미워하지 않기 위해 늘 똑같은 장면을 떠올려야 했다. 아버지가 돌아가시고 일주일쯤 지났을 때였다. 그때 정민은 초등학교 5학년이었다. 정민이 학교에서 돌아오자 어머니가 거실에서 몸을 동그랗게 만 채 울고 있었다. 왜 그러냐고 정민이 묻자 어머니가 손바닥을 펴 보였다. 거기에 초승달 모양으로 잘린 발톱이 있었다. "니 아빠 발톱. 청소하는데 소파 밑에서 나왔어." 정민은 아버지의 발톱을 만져보았다. 무좀에 걸려 누렇게 변한 엄지 발톱. 정민은 울고 있는 어머니를 안아주며 말했다. "내가 행복하게 해줄게요. 다시는 울지 마요." 그 말을 듣고 어머니가 더 서럽게 울었다. 퇴원을 하는 날, 정민은 어머니에게 그 발톱을 어떻게 했는지 물어보았다. "무슨 발톱?" 어머니는 처음 듣는 이야기라고 했다. “꿈꾼 거 아니니?” 어머니가 되물었다. 그날 민정은 퇴원 선물이라며 만보기를 사왔다. 그리고 사고 당시 119 구급차를 기다리는 동안 정민이 했던 말을 들려주었다. “니가 내 가슴을 가리키면서 말했어. 피, 피가 나. 그 말을 하고 기절했어. 기절한 니 뺨을 때리며 내가 말했지. 떡볶이 국물이라고.” 정민은 웃었다. 입원한 뒤로 처음으로 소리를 내서 웃어보았다. 정민이 웃자 민정도 따라 웃었다. “고마워. 오늘부터 선배라고 부르지 말고 민정이라고 불러.” 민정이 말했다. 정민은 민정에게 아버지가 돌아가시고 난 뒤에 소파 밑에서 찾은 발톱에 대해 이야기를 들려주었다. 그걸 만졌던 감촉이 아직도 느껴진다고. 그런 말을 한 다음 정민이 말했다. “선배, 누워 있는 동안 곰곰이 생각해보니 선배는 제 이상형이 아니었어요.” 민정이 떠나고 난 뒤 정민은 떡볶이집 아주머니가 했던 마지막 말을 떠올렸다. 그럼 친구네. 재활 치료를 마치고 학교로 돌아가면 민정에게 처음 그 말을 하리라고 결심했다. 하지만 정민은 다시 학교로 돌아가지 않았다. 여섯 달을 치료했지만 오른쪽 다리를 살짝 절게 되었고, 그래서 군 면제를 받았다. 군대에 가지 않게 되자 시간을 벌었다는 느낌이 들었다. 정민은 재수를 했다. 재활을 하며 견뎠던 시간을 생각하며 공부를 했더니 서울에 있는 대학에 합격할 수 있었다.

2

민정은 대학을 졸업하고 부모님 집으로 돌아왔다. 졸업식을 며칠 앞두고 부모님이 교통사고를 당했기 때문이었다. 고향에 사는 큰아버지의 생일이어서 내려가던 길이었다. 칠 남매의 첫째인 큰아버지는 열다섯 살에 역 앞에서 찐빵을 팔아 동생들을 가르쳤다. 처음에는 노점에서 팔았는데 장사가 잘되자 나중에는 역 앞에 가게를 차리게 되었다. 그 찐빵 가게는 사십 년 동안 그 자리를 지켰다. 그러다 큰아버지의 장남이 가게를 이어받았고, 텔레비전에 몇 번 방송되더니 사람들이 전국에서 찾아왔다. 가게 밖으로 길게 늘어선 줄을 본 동생들이 하나둘씩 똑같은 이름으로 찐빵 가게를 내기 시작했다. 그때부터 형제간에 이런저런 송사가 시작되었다. 큰아버지는 모두와 인연을 끊었고 유일하게 찐빵 가게를 차리지 않은 민정의 아버지만을 동생으로 받아들였다. 민정의 아버지가 찐빵 가게를 차리지 않은 것은 욕심이 없어서가 아니었다. 어머니가 찐빵을 싫어했기 때문이었다. 어머니는 찐빵 냄새조차 싫어했다. 운전을 한 아버지는 현장에서 사망했고 어머니는 목숨은 건졌지만 오른팔과 오른발을 못 쓰게 되었다. 머리를 다쳐 언어장애까지 왔다. 민정은 어머니를 돌봐야 했기에 저녁에만 일을 했다. 처음에는 동네 보습학원에서 중학생을 상대로 국어를 가르쳤다. 육 개월 후 원장이 불미스러운 일에 휘말려 잠적했고 민정은 두 달 치의 월급을 받지 못했다. 새 일자리를 구하다 어느 식당 앞에 붙은 구인광고를 보았다. 갈비찜을 파는 식당이었다. 민정은 갈비찜 요리만큼은 배우고 싶었기에 한 달만 일해보자는 마음으로 식당 문을 열었다. 그후 민정은 계속 식당에서 일을 했다. 몸이 힘들어서 좋았다. 또 언제든지 그만둘 수 있어서 좋았다. 민정이 사는 동네에서 한 블록 떨어진 곳이 유흥가라서 저녁에만 일을 하는 아르바이트 자리를 구하는 것은 어렵지 않았다. 일주일에 한두 번씩 민정은 자신이 일하는 식당에서 가장 맛있는 음식을 사서 퇴근했다. 가끔 공짜로 가져가라는 주인도 있었지만 민정은 꼭 돈을 냈다. 집에 오면 밤 열두시가 넘었다. 욕조에 물을 받아 반신욕을 했다. 새벽 한시가 되면 민정은 식당에서 사온 음식을 안주로 술을 마셨다. 그러다 음식이 지겨워지면 다른 식당을 알아보았다.

민정은 어머니가 마흔에 낳은 딸이었다. 부모님은 동갑이었는데, 스물여섯에 만나 스물여덟에 결혼을 했다. 그리고 다음해에 아들을 낳았다. 다섯 살 때 서예 학원에 보냈더니 한 달 만에 천자문을 다 외웠다는 아들. 민정은 그 이야기를 듣고 또 들으면서 자랐다. 그 아들은 여덟 살 때 주산 학원에서 단체로 수영장에 갔다가 사고로 죽었다. 부모님 집의 거실 창 너머로 주산 학원이 보였다. 어머니는 거실 창의 커튼을 치고 살았다. 주산 학원이 없어진 뒤로도 커튼은 그대로였다. "그래서 우울증에 걸린 거야. 사람이 햇빛을 봐야 하거든." 대학에 합격하고 난 뒤 민정이 자취를 하겠다고 했을 때 아버지가 말했다. 꼭 해가 잘 드는 집으로 구하라고. 그리고 아버지는 사과를 했다. 다시 아이를 낳으면 어머니가 예전으로 돌아올 줄 알았다고. 미안하다고. 민정은 독립을 하기 위해 일부러 집에서 먼 거리에 있는 대학을 골랐다. 자취방에서 처음 잠을 자던 날 민정은 졸업을 해도 다시는 부모님 집으로 돌아가지 않으리라 결심을 했다. 아버지가 돌아가시고 옷장을 정리하다 민정은 오래된 상자 하나를 발견했다. 상자에는 죽은 오빠가 탄 상장들이 있었다. 그중에는 암산 대회에 나가 탄 상장도 있었다. 그 상장들을 본 뒤로 민정은 저녁마다 악몽을 꾸었다. 물에 빠져 허우적대는 꿈이었다. 그때부터 자기 전에 술을 마셨다. 그렇게 오 년이 지나자 매일 소주 한 병을 마셔야만 잠을 잘 수 있게 되었다. 몸무게가 십 킬로그램이나 늘었다. 장례식장에서 정민을 다시 만났을 때 정민이 민정을 한 번에 알아보지 못한 것은 그래서였다.

돌아가신 분은 민정 어머니의 사촌언니였다. 어머니는 친자매가 없어서 사촌언니와 자매처럼 지냈다. 아버지가 지물포 처형이라고 불러서 민정도 지물포 이모라고 불렀다. 어렸을 때 민정은 어머니와 함께 이모네서 일주일 정도 지낸 적이 있었다. 이모가 도배를 하러 갈 때 어머니와 같이 따라가기도 했다. 무엇 때문에 울었는지는 기억이 나지 않지만 어머니한테 혼난 적도 있었다. "뭘 잘했다고 우니?" 어머니는 앙칼지게 말했다. 그때 도배를 하던 이모가 목에 두르고 있던 수건으로 어머니의 등을 때렸다. "넌 뭘 잘했다고 애를 혼내니!" 그리고 이모는 수건으로 민정의 얼굴을 닦아주었다. 수건에서 나던 땀냄새. 그 냄새는 오래 민정을 따라다녔다. 만나는 친척마다 어머니의 안부를 물었고 그때마다 민정은 그냥 그래요, 하고 말했다. 그렇게 서른 번쯤 대답을 한 다음 자리에서 일어났다. 그리고 발인에는 못 올 것 같다는 말을 하려고 육촌오빠를 찾았다. 육촌오빠는 회사 사람들하고 이야기를 하고 있었는데 그 테이블 끝자리에 정민이 있었다. 어, 하고 민정은 자신도 모르게 소리를 냈다. 정민이 민정을 보고는 "누구세요?" 하고 되물었다. "도깨비분식에서 마지막으로 떡볶이를 먹은 사람." 민정이 말했다. "민정 선배구나." 정민이 자리에서 일어나 손을 내밀었다.

둘은 장례식장 로비에서 커피를 마셨다. 정민은 아직 취직이 된 건 아니고 두 달 전부터 인턴으로 일을 하고 있다고 말했다. 육촌오빠가 대리라고 했다. 민정은 네모네모 동아리는 없어졌다고 말했다. 회장이 학교에서 받은 동아리 보조금을 몰래 쓰다 걸렸다고 했다. 그 일로 동아리방에서 쫓겨나 갈 곳이 없어진 회원들끼리 서로 네 탓 내 탓을 하다 결국 해체를 했다. "그러니 너네가 마지막 기수야." 민정이 말했다. 정민이 종이컵을 만지작거리다 말했다. "저 아직도 그 만보기 가지고 있어요." 만보기라는 말을 듣자 민정은 정민에게 그걸 선물했던 날이 떠올랐다. 정민과 헤어지고 병원을 나섰더니 비가 오고 있었다. 우산이 없었지만 민정은 그냥 걸었다. 비가 금방 어깨를 적셨다. 민정은 주차장 쪽에서 휠체어를 탄 사람이 자기 쪽으로 다가오는 것을 보았다. 휠체어를 탄 아빠의 무릎에 아이가 앉아 있었다. 아이가 두 손으로 우산을 들고 아빠는 두 손으로 휠체어 바퀴를 굴리고 있었다. 다행이다. 부자가 민정 옆을 지나갈 때 민정은 자기도 모르게 그렇게 중얼거렸다. 만약 정민이 민정의 고백을 받아주었다면 민정은 정민에게 왜 떡볶이를 먹자고 했는지 말해주려 했다. 운명 같지 않아요? 정민이 그 말을 해서 그랬다. 그 말을 못 들은 척하려고. 정민은 민정의 죽은 오빠 이름이었다. 그날 민정은 죽은 아들의 이름을 뒤집어 딸의 이름을 지어준 부모님을 얼마나 원망하는지 고백할 뻔했다. 그 이야기를 하지 않게 되어서 다행이다. 민정은 생각했다.
"선배, 술 한잔할까요?" 정민이 물었다. 민정이 나중에, 라고 대답했다. 그날 이후로 정민은 가끔 민정에게 전화를 걸었다. 주로 퇴근을 하고 집에 가는 길에 전화를 했는데, 그 시각 민정은 식당에서 일을 하고 있어서 전화를 받을 수가 없었다. 그때마다 정민은 짧은 메시지를 남겼다. '뭐해요?' '저녁 먹었어요?' '오늘 덥네요' 같은 말들. 집에 돌아와 술을 마시면서 민정은 그 메시지를 여러 번 반복해서 읽었다. 답은 보내지 않았다. 그렇게 몇 달이 지나자 메시지는 더이상 오지 않았다.

3

둘은 사 년 후 어느 장례식장에서 다시 만났다. 민정은 식당 사장의 장례식에 갔다. 영업이 끝나고 나면 직원들에게 야식으로 제육볶음이나 짬뽕을 자주 만들어주던 사장이었다. 전날 딸이 결혼을 한다며 직원들에게 자랑했는데 심장마비로 세상을 떠났다. 정민은 부장님의 어머님이 돌아가셔서 회사 사람들과 장례식장에 왔다가 복도에서 민정과 마주쳤다. 민정은 화장실에 갔다 나오는 길이었고 정민은 화장실을 찾아 두리번거리는 중이었다. 이번에는 정민이 먼저 민정을 알아보았다. 그사이 정민은 살이 팔 킬로그램이나 쪘다. 인턴으로 일하던 회사에는 취직을 하지 못했다. 인턴을 오십 명 뽑았는데 그중 정직원이 된 사람은 세 명에 불과했다. 그후 몇 군데 서류를 더 냈고, 국수 공장으로 시작해서 다양한 식품을 생산하는 중견 기업에 취직을 했다. 본사는 서울에 있지만 정민은 제1공장이 있는 S시로 발령이 났다. S시는 민정이 사는 C시와 이웃해 있었고, 둘이 만난 장례식장은 그 두 도시의 경계에 있었다. 정민은 회사 앞에 오피스텔을 얻어 독립을 했다. 식품 회사라 그런지 구내식당 밥이 너무 맛있었다. 정민이 밥을 먹는 걸 보고 부장이 웃으며 말했다. "고봉밥을 먹네." 그러면서 장모님이 식당을 하는데 가게 이름이 고봉밥과 갈치조림이라는 이야기를 해주었다. 부장이 그렇게 말한 후 정민의 별명은 고봉밥이 되었다. 별명을 그렇게 지어서 살이 찐 거라고 정민은 민정에게 말했다. "아, 우리 동네에 그런 이름의 식당이 있는데." 아직 가보지 않았지만 점심시간에 늘 사람으로 꽉 차 있는 곳이라고 민정은 말했다. "갈치조림 하니까 먹고 싶네. 선배, 우리 술 한잔할까?" 정민의 말에 민정이 그러자고 했다. "그럼 상주에게 인사하고 나올게." 민정이 말했다. "나도 인사하고 나올게. 로비에서 봐요."

장례식장을 나와 한참을 걸었지만 갈치조림을 파는 집은 보이지 않았다. 둘은 설렁탕 가게에 들어가 수육에 소주를 시켰다. 민정은 앞접시에 수육을 놓고 그 위에 부추와 양파절임을 올렸다. 그리고 건배를 하자며 정민을 향해 술잔을 내밀었다. 민정은 술을 한 잔 마시고 앞접시에 덜어놓은 안주를 먹었다. 민정은 술을 마시기 전에 꼭 앞접시에 다음 먹을 안주를 올려놓았고 어느 순간 정민도 그걸 따라 하게 되었다. 수육 한 점에 소주 한 잔씩. 그러다보니 소주 두 병이 금방 비워졌다. "한 병 더요?" 정민이 묻자 민정이 고개를 끄덕였다. 그리고 메뉴판을 들고 첫 장부터 하나씩 살펴보다가 소주병을 들고 온 종업원에게 비빔냉면과 녹두전을 주문했다. 민정은 녹두전 위에 비빔냉면을 올려 먹었다. 술을 마시면서 정민은 민정에게 일을 하면서 알게 된 것들을 말해주었다. 케첩 용기는 은박지로 막혀 있는데 마요네즈 용기는 은박지가 없다는 사실 같은 것들. 그걸 말하면 대부분의 사람들은 왜?라고 되물었다. 하지만 민정은 왜 그런지 묻지 않았다. "난 이상하게도 케첩이라 부르면 맛이 없게 느껴져. 케찹은 케찹이지." 민정이 말했다. 그러고는 마요네즈를 너무 좋아해서 라면에 넣어 먹는 남자도 있다는 말을 덧붙였다. "애인이에요?" 정민이 묻자 민정이 예전에, 라고 대답했다. "케찹을 뿌릴 때 늘 하트 모양을 내야 하는 여자도 있어요." 정민이 말하자 민정이 애인이냐고 물었다. "예전에요." 정민이 대답했다. 2차를 가겠느냐고 정민이 묻자 민정이 나중에, 라고 대답했다. 정민이 술값을 계산하면서 말했다. "약속했어요. 나중에. 그때 2차는 선배가 내요." 그리고 육 개월 뒤 우연히 또 장례식장에서 만났을 때 정민은 민정에게 말했다. "2차 안 잊었죠?"

돌아가신 분은 민정 아버지의 친구였다. 아버지와는 같은 중고등학교를 나와서 군대도 같은 부대를 갔던 사이였다. 자식을 낳으면 둘이 결혼을 시켜 서로 사돈을 맺자는 약속까지 했었다. "그러니 니가 태어났을 때 아저씨가 얼마나 기뻤게. 아들이 셋이니 니가 골라." 그렇게 말하며 어린 민정에게 용돈을 자주 주었다. 그 세 아들 중 막내아들이 정민의 회사 동료였다. 같은 부서 사람들은 전날 조문을 왔다 갔는데 정민은 아버지의 제사여서 뒤늦게 혼자 왔다. 정민은 아는 사람이 있나 두리번거리다 혼자 앉아 있는 민정을 보았다. 정민은 민정의 테이블에 맥주 두 캔을 내려놓았다. "회사에 입사하고 이 장례식장에 열 번은 왔나봐요. 그래서 알게 된 사실. 여기 코다리조림이 진짜 맛있어요." 둘은 코다리조림을 안주 삼아 맥주를 한 캔씩 마셨다. 그리고 장례식장을 나와 택시를 탔다. 정민이 택시 기사에게 민정이 사는 동네 근처를 말해서 민정은 깜짝 놀랐다. "며칠 전에 직원들이랑 거기 가봤어요. 고봉밥과 갈치조림. 거기가 동네라면서요. 그때 누군가 알려줬어요. 근처에 맛있는 닭갈빗집이 있다고." 민정은 닭갈빗집은 문을 닫았다고 말해주었다. 사장 부부가 결혼 삼십 주년 기념으로 여행을 갔다고. "문 닫은 것도 알고, 단골이에요?" 정민이 물었다. 민정은 단골이라고 거짓말을 했다. "맛있어요?" 정민이 물어서 아주아주 맛있는 집이라고 말해주었다. 그건 사실이었다. 맛있어서 육 개월째 그곳에서 일을 하고 있었으니까. 민정은 정민을 데리고 무한 리필 참치집에 갔다. 맛있어서가 아니라 민정이 일을 하지 않았던 식당이라서. 초밥을 만들어 먹을 수 있도록 초밥용 밥도 무한으로 제공해주는 집이었다. 민정은 참치에 와사비와 무순을 올려 먹었고 정민은 참치를 밥 위에 올려 초밥을 만들어서 먹었다. "밥을 그렇게 먹으니 별명이 고봉밥이지." 민정이 정민을 놀렸다. 그 말을 들은 사장님이 초밥으로 먹을 때 더 맛있는 부위라고 정민 쪽에만 새로운 참치를 올려주었다. "돈은 제가 내는데요?" 민정이 농담을 하자 이번에는 민정에게만 새로운 참치를 올려주었다. "배꼽살이에요." 민정은 그 부위를 먹으면서 생각했다. 참치도 배꼽이 있구나, 하고.

밖에 나오니 비가 오고 있었다. 우산을 사기에는 애매한 양이었다. 그래서 그냥 비를 맞으며 걸었다. 걸으면서 정민은 민정이 자기에게 한 첫말이 무엇인지 기억하느냐고 물었다. 민정은 기억이 나지 않았다. "바나나우유 나도 좋아하는데." 정민이 인문대 앞 매점에서 바나나우유를 사는데 그 옆을 지나가며 민정이 그렇게 말했다. "그러면서 선배가 노래를 흥얼거렸어요. 원숭이 엉덩이는 빨개, 그 노래요. 그런데 이렇게 부르는 거예요. 빨가면 자두, 자두는 맛있어, 하고요." 민정은 어릴 적부터 그렇게 불렀다. 사과를 싫어했기 때문이었다. 정민이 그 노래를 불러보았다. "원숭이 엉덩이는 빨개. 빨가면 자두. 자두는 맛있어. 맛있으면 바나나." 그러자 민정이 이렇게 바꿔 불렀다. "원숭이 엉덩이는 빨개. 빨가면 앵두. 앵두는 맛있어. 맛있으면 바나나." 갑자기 비가 세차게 내리기 시작했다. 비를 맞으면서 둘은 계속해서 노래를 불렀다. 정민은 이렇게 바꿔 불러보았다. "원숭이 엉덩이는 빨개. 빨가면 떡볶이. 떡볶이는 맛있어. 맛있으면 바나나." 민정은 이렇게 바꿔 불러보았다. "원숭이 엉덩이는 빨개. 빨가면 쫄면. 쫄면은 맛있어. 맛있으면 바나나." 그렇게 노래를 부르며 길을 걷다보니 감자탕집이 보였다. "빨가면 감자탕. 감자탕은 맛있어. 맛있으면 소주." 정민이 그렇게 중얼거리며 감자탕집 문을 열었다. 식당 주인이 수건 두 장을 가져다주며 말했다. "비 맞고 감자탕 먹으면 진짜 맛있어요." 그 말에 둘이 웃었다. 정민은 술을 마시다가 취했다. 취하자 갑자기 민정아, 라고 이름을 불렀다. "한 번만 더 장례식장에서 만

나거든 그땐 사귀자." 민정은 정민의 첫인상을 떠올려보았다. 동아리에 왜 가입을 했냐고 물었더니 얼굴이 네모나서 왔다고 말했다. 그 말을 들은 이후에 민정은 네모난 것을 보면 정민의 얼굴이 떠오르곤 했다. "그래. 만약 장례식에서 다시 보거든." 민정이 정민에게 대답했다.

4

정민은 장례식장에 가게 되면 주변을 두리번거리는 버릇이 생겼다. 일부러 화장실을 왔다갔다하기도 했다. 그런 날은 저녁에 민정에게 문자메시지를 보냈다. 누가 죽었다는 말은 하지 않고 날씨 이야기만 적었다. '내일 비가 온대. 일교차에 감기 조심' '오늘 밤에 눈이 온다네' 같은 말들. 민정도 가끔 답장을 보냈다. 민정은 어머니를 요양원에 입원시켰다. 뇌졸중이 찾아와 대소변을 가리지 못하게 되었기 때문이었다. 뇌졸중. 민정은 그 단어가 이상했다. 뇌가 졸업하는 중이라니. 어머니를 보러 갈 때마다 민정의 머릿속에는 졸업이라는 단어가 맴돌았다. 그러고 보니 부모님은 한 번도 민정의 졸업식에 오지 못했다. 초등학교 때는 졸업식 날 외할아버지가 돌아가셨다. 중학교 때는 민정이 맹장 수술을 받았다. 민정의 아버지가 학교에 가서 졸업장을 받아왔다. 고등학교 때는 민정이 오지 말라고 했다. 친구들도 다들 부모님을 부르지 않는다고, 부모님이 오면 친구들한테 놀림받는다고 거짓말을 했다. 민정은 누워 있는 어머니에게 사과를 했다. 그때 꽃다발을 들고 부모님이랑 졸업 사진을 찍었어야 했다고. 고등학생 때 민정은 따돌림을 당했다. 그 아이들 앞에서 부모님과 웃으며 사진을 찍을 자신이 없었다. 민정은 어머니에게 그때 이야기를 들려주었다. "절 가장 많이 괴롭혔던 아이가 있었어요. 그 아이가 부모님이랑 웃으며 사진을 찍더라고요. 그걸 본 순간 제가 무엇을 잘못했는지 알았어요. 그 아이 앞에서 제가 더 환하게 웃으며 가족사진을 찍었어야 했다는 걸." 그날 민정은 그 아이의 부모님에게 다가가 이렇게 말했다. "딸 마음에 뭐가 있는지 들여다보세요. 검은색 구멍이 얼마나 많은지." 그리고 민정은 웃었다. 강당을 빠져나오는데 등뒤에서 누군가가 미친년이라고 욕하는 소리를 들었지만 뒤돌아보지 않았다. 민정은 일주일에 한 번씩 요양원으로 어머니를 보러 갔고 그때마다 긴 수다를 떨었다. 어머니가 자신의 말을 듣지 못할 거라는 생각이 들자 감춰두었던 속 이야기가 터져나왔다. 주로 어린 시절 이야기였는데, 말을 하다보니 행복했던 기억들도 꽤 있다는 것을 알게 되었다. 만두를 빚다 남은 밀가루 반죽으로 수염을 만들어 붙였던 일. 수염을 붙인 민정을 보고 어머니가 배꼽 빠지겠다, 라며 웃었던 일. 그 말에 민정이 어머니 배꼽이 궁금해져 옷을 들춰 배꼽을 구경했던 일. 그날 어머니는 딸이 배꼽을 구경하는 동안 가만히 있었다. 열 살 때인가 어머니 화장대 서랍에 감춰져 있던 오빠의 사진 중 한 장을 훔친 적이 있었다. 그걸 지갑에 넣고 다니다 고등학생 때 수학여행을 가서 캠프파이어를 하는 도중 불 속에 던졌다. 원래는 쪽지에 소원을 적고 그걸 태우는 행사였는데 민정은 오빠의 사진 뒤에 소원을 적었다. "엄마, 사진 뒤에 뭐라고 적었게요?" 민정은 어머니에게 말했다. "제 꿈에 찾아오면 그때 말해줄게요." 하지만 민정의 어머니는 돌아가신 뒤에도 꿈속에 찾아오지 않았다. 조문을 온 사람들은 민정의 등을 두드리며 할 만큼 했다고 말했다. 그 말을 들은 민정은 달리 대답할 말을 찾지 못해 코다리조림이 맛있으니 식사를 하고 가시라는 말만 했다. 장례식이 끝나고 일주일 뒤 큰아버지가 찾아와 암에 걸려 몇 달밖에 살지 못한다는 이야기를 했다. 그러면서 미안하다고 사과를 했다. "니 아빠가 바빠서 못 온다는 걸 내가 역정을 냈거든. 대학 등록금까지 내준 사람이 누구냐면서. 미안하다. 내가 외로워서 그랬어." 큰아버지는 민정에게 돈봉투를 주었다. 봉투를 열어보고 민정은 깜짝 놀랐다. 아껴 쓴다면 일을 안 하고도 십 년은 버틸 수 있을 만큼의 큰돈이었다. 민정이 거절하자 큰아버지는 그걸 받지 않으면 죽어서 동생을 볼 수가 없다고 말했다. "사촌오빠들은요? 상의했어요?" 그러자 큰아버지가 망할 놈들이라고 중얼거렸다. "내가 번 돈이다. 걱정 마라." 큰아버지가 민정에게 손을 한번 잡아보자고 해서 민정이 손을 내밀었다. 민정은 식당 일을 그만두었다. 집을 다시 도배했고 화장실을 수리했다. 그리고 커다란 책상을 사서 거실 한가운데 두었다. 거기 앉아서 앞으로 무슨 일을 할 것인지 민정은 생각하고 또 생각했다.

정민은 대학 동기의 돌잔치에 갔다가 민정의 육촌오빠를 만났다. 육촌오빠는 이 년 전에 회사를 옮겼는데 그게 대학 동기가 다니는 회사였던 것이다. 둘이 이런저런 안부를 주고받다가 정민은 민정이 얼마 전에 상을 치렀다는 이야기를 전해들었다. 그날 집으로 돌아오는데 정민은 이유를 알 수 없이 화가 났다. 화가 나서 정민은 대청소를 했다. "화가 나면 청소를 해." 그건 정민이 어렸을 때 아버지가 알려준 방법이었다. 그러면서 친구한테 놀림을 받아 화가 난 정민에게 유리창 청소를 시켰다. 아버지는 마당 수도에 호스를 연결해주었고 정민은 호스를 들고 거실 유리창을 향해 물을 뿌렸다. 그때 무지개가 생겼다. "엄마, 무지개 봐요." 정민이 소리쳤다. "우리 정민이 자주 화나야겠다. 우리집 유리 깨끗해지게." 어머니가 무지개를 보며 말했다. 오피스텔은 창문이 활짝 열리지 않았다. 그래서 밖의 유리를 닦을 수가 없었다. 정민은 그게 불만이었다. 계약 기간이 지나면 창이 활짝 열리는 집으로 이사를 가야겠다고 정민은 생각했다. 정민은 맥주잔을 모으는 취미가 있었다. 그 맥주잔을 전부 꺼내 닦으면서 정민은 왜 화가 났는지 생각해보았다. 장례식장에서 다시 만나고 싶지 않아서 민정이 연락을 하지 않았다는 생각이 들었다. 말도 안 되는 생각인 줄 알았지만 그래도 자꾸 그 생각만 들었다. 설거지를 하다 맥주잔이 하나 깨졌다. 물로 헹구는데 컵 하나가 어디에 부딪히지도 않고 그냥 깨진 것이다. 그 바람에 오른손 손바닥을 다쳤다. 응급실에 가서 열여섯 바늘을 꿰맸다. 택시 기사가 정민의 손을 보고 어쩌다 다쳤냐고 물어서 설거지를 하다 다쳤다고 대답했다. 그랬더니 가정적인 남편이라며 칭찬을 했다. 그리고는 자기가 좋아하는 야구 선수도 어제 설거지를 하다 다쳐서 손가락을 꿰맸다는 이야기를 했다. 팀이 4강에 들어가느냐 마느냐 하는 중요한 시기인데 하필이면 이때 다쳤다며 속상해했다. 꿰맨 상처가 아물 동안 정민은 손가락을 다친 선수가 있는 팀의 경기를 종종 보았다. 5위로 내려갔다가, 4위로 올라갔다가, 다시 5위로 내려갔다. 정민은 그 팀이 지길 바랐다. 그러면서 뒤늦은 후회를 했다. 민정의 소식을 들었을 때 화를 내면 안 되었다. 걱정을 했어야 했다. 자신이 그것밖에 안 되는 놈이라는 사실 때문에 정민은 실망스러웠다. 손가락을 다친 선수는 삼 주 후에 돌아왔다. 팀은 간신히 5위를 해서 와일드 카드를 얻었지만 첫 게임에서 5대 1로 패했다. 내년에는 잘하길. 중계를 보면서 정민은 생각했다. 그리고 다음해 정민은 그 팀을 열심히 응원했다. 주말이면 경기장을 찾았다. 전국의 야구장을 모두 가보는 걸 목표로 세우기도 했다. 대전 야구장에서 정민은 파울볼을 피하려다 옆자리에 앉은 여자의 옷에 맥주를 쏟았다. 정민이 사과를 하자 여자가 말했다. "제 맥주도 쏟았으니 한잔 사주세요." 그래서 정민은 생맥주를 사러 갔다. 생맥주 두 잔을 들고 돌아와보니 여자가 자리에 없었다. 한참 후에 여자가 떡볶이를 들고 왔다. "농심가락 떡볶이예요. 여기 오면 꼭 먹어야 하는 거예요." 그날 둘은 떡볶이에 맥주를 두 잔씩 마셨다. 헤어질 때 여자가 말했다. "마산 경기장 가실 계획 있어요? 거기 가면 단디마셔라는 막걸리 꼭 마시세요." 그래서 정민이 갈 거면 같이 가는 건 어떠냐고 물었다.

5

정민은 신혼집을 얻기 위해 무리해서 대출을 받았다. 회사에서 차로 삼십 분 정도 떨어진 곳에 있는 전원주택을 샀다. 똑같은 모양의 땅콩집이 수십 채 모여 있는 단지였다. "너무 똑같잖아." 아내의 말에 정민은 입구에 앵두나무를 심을 계획이라고 말했다. "음식을 시킬 때마다 이렇게 말할 수 있잖아. 마당에 앵두나무가 있는 집이에요." 그 집에서 정민은 삼 년을 살았다. 이혼을 했을 때 집을 팔려고 내놓았지만 팔리지 않았다. 바람 부는 날이면 근처 공장에서 이상한 냄새가 넘어왔다. 집은 전세를 주었다. 그리고 전세금으로 대출금을 갚았다. 정민은 다시 회사 앞에 있는 오피스텔로 이사를 갔다. 아들이 이혼을 했다는 사실을 안 어머니는 집을 팔아서 이모가 살고 있는 제주도로 내려갔다. 제주도에는 은퇴한 뒤 살려고 자매들끼리 사둔 집이 있었다.

정민은 과장이 되었다. 출장을 가는 일이 잦아졌다. 예전에 잠깐 다녔던 대학이 있는 도시로 간 적도 있었다. 그래서 정민은 학교 앞에 베를린이란 술집이 그대로 있는지 궁금해서 찾아가보았다. 술집은 없어졌다. 정민은 학교에서 나와 예전에 민정이 자취를 했던 동네 쪽으로 차를 몰았다. 그 일대는 아파트 단지가 되었다. 사거리에서 신호를 기다리다 정민은 떡볶이집을 보았다. 도깨비분식. 가게 이름도 그대로였다. 정민은 떡볶이와 튀김 1인분씩을 주문했다. 정민 또래의 남자가 일을 하고 있었다. "주인이 바뀌었나봐요?" 정민이 물어보자 남자가 이십팔 년째 같은 자리에서 장사를 한다고 말했다. 그러고는 주방 안쪽에 딸린 방을 향해 소리쳤다. "엄마 나와봐. 옛날 단골이 왔나봐." 안에서 아주머니가 나왔다. 잠을 잤는지 머리가 한쪽으로 눌려 있었다. 그럼 친구네, 라고 말해주던 그 아주머니가 맞는지는 잘 기억이 나지 않았다. 아주머니가 정민의 얼굴을 보더니 고개를 갸웃했다. "예전에 차가 여기로 돌진한 적 있죠?" 정민의 말에 아주머니가 크게 박수를 쳤다. "혹시?" "네, 그때 차에 깔린 그 남학생이에요." 아주머니가 정민에게 다가와 껴안았다. "잘 컸네. 잘 컸네. 다행이다." 그날 정민만 다친 것은 아니었다. 아주머니는 갈비뼈가 골절되면서 폐를 다쳤다. 아주머니는 남편과 이혼을 하고 아들을 혼자 키우고 있었다. 중학생 때는 설거지나 청소도 잘 도와주던 착한 아들이었는데 고등학생이 되면서 엇나가기 시작했다. 그러다 친구들이랑 오토바이를 훔치다 걸려서 소년원까지 가게 되었다. "그랬는데 내가 다치는 바람에 저 녀석이 정신을 차렸잖아." 그 말에 떡볶이 판을 국자로 젓고 있던 남자가 벽에 걸린 광고판을 가리켰다. "접니다, 저. 이젠 떡볶이 달인이 되었어요." 벽에는 이 떡볶이집이 맛집을 소개하는 텔레비전 프로그램에 나왔다는 홍보판이 붙어 있었다. 그 말에 매장 밖에 서서 떡볶이를 먹던 여학생이 헐, 하고 소리를 질렀다. "아저씨 소년원 출신이에요?" "그래, 그러니 떡볶이 남기면 혼나." 남자의 말에 여학생이 입을 삐죽거렸다. "내가 언제 남긴 적 있어요?" 정민은 아주머니에게 척추를 다치는 바람에 가난한 집에서 대학까지 갈 수 있었던 아버지 이야기를 들려드렸다. "인생 새옹지마란다. 아버지는 늘 그렇게 말했어요." 그러자 그 말을 엿들은 여학생이 또 물었다. "새옹지마가 뭐예요?" 정민은 새처럼 날고 말처럼 뛰란 뜻이란다, 라고 거짓말을 해주었다. 도깨비분식집을 갔다 온 뒤로 정민은 편두통이 사라졌다.

신입사원 중에 면 요리를 너무나 좋아해서 그걸로 웹툰을 그리는 친구가 있었다. 정식 연재는 아니었고 도전 만화라는 코너에 연재를 했다. 그 친구의 만화를 보려고 사이트에 들어갔다가 정민은 네모네모라는 이름의 만화가를 보았다. 그 사람이 그린 것을 따라 읽다가 정민은 그 작가가 민정일지도 모른다는 생각이 들었다. 주인공이 노래를 부르기 때문이었다. 원숭이 엉덩이는 빨개. 빨가면 자두. 자두는 맛있어. 그렇게 노래를 불렀다. 정민은 그 만화에 댓글을 달았다. '도깨비분식은 아직도 있어. 아주머니도 여전하고.'

민정은 '나의 식당 알바기'라는 제목의 만화를 그렸다. 누구에게 보여주고 싶은 마음이 있었던 것은 아니었다. 처음에는 노트에 낙서를 하는 수준이었다. 일기를 쓰듯 매일매일 네모를 그렸다. 하루에 네모를 네 개만 만들자. 그렇게 생각했다. 그렇게 몇 년이 지난 뒤 민정은 웹툰을 그리기 위한 태블릿을 샀다. 노트에 그린 그림을 첫 장부터 태블릿에 다시 그렸다. 그리고 그것을 도전 만화에 올렸다. 누가 보는지 서너 개의 댓글이 꾸준히 달렸다. 그러다 어느 날 네모얼굴이라는 아이디를 가진 사람이 남긴 댓글을 보았다. 민정은 네모얼굴에게 쪽지를 보냈다. '정민이구나. 잘 지냈어?' 이틀 후에 답장이 왔다. '이번주 토요일에 볼까?' 민정이 정민에게 만날 장소를 적어 보냈다. 정민과 민정이 사는 곳 중간쯤에 있는 식당이었는데, 얼마 전에 텔레비전에 나와서 꼭 한번 가봐야지 하고 민정이 메모를 해둔 곳이었다. 만두전골을 파는 가게였다. 음식을 먹기 전에 민정이 사진을 찍자 정민이 달라졌네, 라고 말했다. "뭐가?" 민정이 묻자 정민이 음식 사진 같은 거 안 찍잖아요, 라고 말했다. "내가 언제?" "참치회 먹을 때 그랬어." 그 말에 민정이 고개를 끄덕였다. "내가 그랬네. 미안. 그땐 내가 재수없었지." 민정의 말에 정민이 고개를 끄덕였다. "어느 정도는." 민정은 어머니가 돌아가시고 난 뒤 노트에 자로 반듯하게 네모를 그렸다는 이야기를 했다. 노트 한 페이지에 네모를 두 칸 그렸다. 노트를 펼치면 네 칸의 네모가 보이도록. 그걸 오전 내내 들여다 보다가 점심을 먹었다. 그리고 오후가 되면 그 네모에 각기 다른 자신의 모습을 그려보았다. "그러다 알았어. 내가 얼마나 잘못 살았는지." 그래서 민정은 네 칸의 네모 중 한 칸은 반드시 웃는 얼굴을 그려야겠다고 결심을 했다. "그랬더니 지금 이렇게 되었어." 민정이 웃었다.

점심을 먹고 나왔더니 맞은편에 종합 운동장이 보였다. 거기에 '제58회 전국 육상 대회'라고 적힌 깃발이 나부끼고 있었다. 민정과 정민은 찻길을 건너 운동장으로 갔다. 관중은 몇 명 없었다. 민정과 정민은 캔커피를 사서 맨 뒷자리에 앉았다. 허들 경기가 열리고 있었다. 선수들이 출발선에 설 때마다 민정과 정민은 응원할 선수를 골랐다. 그리고 한 게임에 천원씩 내기를 걸었다. 민정이 오천원을 벌었다. "다시 태어나면 허들 선수가 되고 싶어." 정민이 말했다. "다쳤을 때 허들을 뛰어넘는 꿈을 종종 꾸었거든." 민정은 허들 선수가 나오는 만화를 그려주겠다고 말했다. 주인공 이름은 정민이라고. 정민이 손가락을 걸고 약속해달라고 해서 민정이 손가락을 걸고 약속해주었다. 허들 경기가 끝나고 둘은 밖으로 나왔다. 버스 정류장 쪽으로 길을 걷다가 정민이 물었다. "우리 장례식장에서 다시 만나면 사귀기로 한 거 안 잊었지?" "안 잊었어." 민정이 대답했다. 버스 정류장이 나왔는데도 정민이 계속 걸었다. 자기네 집에 가는 버스는 거기에 서지 않는다고 해서 민정도 따라 걸었다. 사거리를 지나 다음 길로 들어섰다. 그리고 어느 버스 정류장에 도착했다. 민정은 노선도를 살펴보았다. 다행히 집에 가는 버스가 지나가는 곳이었다. 버스 정류장에 앉아서 버스가 오길 기다렸다. "넌 몇 번 타야 해?" 민정이 묻자 정민이 다른 말을 했다. "저기 봐." 민정은 정민이 손가락으로 가리키는 곳을 보았다. 맞은편이 종합병원의 후문이었다. 장례식장이 보였다. 정민이 장례식장의 네온사인을 가리키며 웃었다.

눈꺼풀

1

아빠는 엄마를 새마을호 기차 안에서 만났다. 그때 아빠는 서른여덟 살. 마흔 살이 되기 전에 결혼을 안 하면 인연을 끊겠다고 할머니는 입버릇처럼 말하곤 했다. 할머니가 선 자리를 구해올 때마다 아빠는 할머니의 반대로 헤어진 옛 애인 이야기를 꺼냈다. 그때 받았던 상처를 못 잊은 척. 아빠가 스물아홉 살에 만났던 그 여자는 이웃 동네의 동사무소 직원이었다. 버스를 타고 동사무소에 가서 몰래 여자를 보고 온 할머니는 그날 큰고모에게 전화를 걸어 참한 아가씨라는 말을 다섯 번도 더 했다. (할머니와 통화를 하다가 큰고모는 행주 삶던 중임을 깜빡하고 홀라당 태워먹었다.) 아홉수고 뭐고 당장 결혼식을 올릴 기세였던 할머니의 마음이 변한 것은 상견례를 한 뒤였다. 여자의 고모와 고모부가 부모 대신 나온 것이었다. 어렸을 때 아버지가 돌아가시고 어머니가 재혼을 해서 고모네서 자랐다고 여자는 말했다. 상견례를 마치고 돌아온 뒤 할머니는 여자가 부모 없이 자라서 젓가락질을 못한다는 둥, 눈이 처진 게 음흉해 보인다는 둥 흠을 잡기 시작했다. 그 말에 아빠가 화를 냈는데, 아빠는 여자의 얼굴 중에서 약간 처진 그 눈을 가장 좋아했기 때문이었다. 여자는 웃을 때 눈꼬리에 주름이 생겼고 그래서 웃을 때면 양쪽 검지손가락으로 눈꼬리를 만지는 버릇이 있었다. 그걸 볼 때마다 아빠는 자신도 그렇게 웃고 싶어졌다. 먼저 헤어지자고 말한 쪽은 여자였다. 부모가 없어도 댁의 아들보다는 더 괜찮은 사람으로 자랐다고 여자는 할머니에게 말했다. (할머니는 아무 대답도 하지 못했다. 그리고 그게 억울했는지 그때부터 소화가 잘 되지 않더니 돌아가시기 전까지 위장병을 앓았다.) 아빠는 할머니가 미워서 앞으로는 가족들하고 말을 하지 않겠다는 결심까지 했다. 암튼, 그 실연 이후 아빠는 더이상 연애를 하지 않았다.

사실 아빠가 서른여덟 살이 되도록 결혼을 하지 않은 것은 옛애인을 잊지 못했기 때문이 아니었다. 가족들하고 말을 하지 않겠다는 결심은 얼마 가지 못했다. 삼 개월 후에 아빠의 여동생, 그러니까 막내 고모가 아이를 낳았다. 그 말을 듣자마자 아빠는 침묵을 깨고 할머니에게 이렇게 물었다. "딸이에요, 아들이에요?" 큰 고모가 아들만 둘을 낳아서 아빠는 여조카를 몹시 기대하고 있었다. 딸이라고 하자 아빠는 또 이렇게 물었다. "누구 닮았어요?" 아빠는 막내 고모가 결혼을 하던 날 울기까지 했다. 예쁜 동생이 아까워서. (막내 고모가 햄버거 가게에서 아르바이트를 할 적에 근처 고등학교의 남학생들이 고모를 보려고 하루에 한끼씩 햄버거를 사 먹었다는 일화가 있을 정도였다.) 못생긴 매제가 미워서. (고모부가 못생기긴 했다. 어릴 때 나는 고모부를 호빵맨이라고 불렀다.) 막내 고모가 산후조리를 하러 친정에 와 있는 동안 아빠는 매일매일 조카의 얼굴을 들여다보았다. (미국에서 박사학위중인 우리 집안의 자랑 연정이 누나. 아기일 때는 고모부를 닮았는데 다행히 자라면서 고모의 얼굴이 나왔다.) 연정이 누나는 자면서도 웃었다. 웃는 조카의 얼굴을 매일 봤더니 아빠는 실연의 아픔을 잊을 수 있었다.

그러던 어느 날이었다. 친구들하고 술을 한잔하고 오던 길에 아빠는 보름달을 보았다. 보름달을 보고 아빠는 기도를 했다. 우리 조카에게는 늘 웃는 일만 생기게 해달라고. 술에 취한 아빠는 집에 돌아와 연정이 누나를 안아보았다. 아주 잠깐만 안았다 내려놓으려 했는데 그만 떨어뜨리고 말았다. 다행히 침대 위로 떨어졌고 연정이 누나는 울지도 않았다. 아빠는 별일이 아닐 거라고 생각했다. 그랬는데, 일주일이 지난 뒤 기저귀를 갈다 막내 고모가 이상한 점을 발견했다. 아이의 다리 길이가 다르다는 거였다. "내가 보기엔 똑같은데." 할머니는 대수롭지 않게 여겼다. 막내 고모는 아이를 병원에 데려갔고 고관절 탈구라는 진단을 받았다. 의사는 아기들에게 종종 발생하는 병이라고 너무 걱정하지 말라고 했지만 연정이 누나는 쉽게 치료되지 않았다. "아빠는 아무한테도 그 말을 못했단다. 사실은 내가 떨어뜨려서 그런 거라고. 그래서 내 조카가 다리를 절게 된 거라고." 아빠는 내 손을 잡고 고백을 했다. "그래서 결혼을 하지 않으려 했지. 누군가의 아빠가 되는 게 무서워서." 아빠가 내 손을 잡았을 때 따뜻함이 느껴졌다. 온기가 손가락을 지나 손목을 지나 팔꿈치 위로 올라오는 게 느껴졌다. 아주 천천히. 아빠에게 그걸 알려주기 위해 손가락을 움직여보려 했지만 되지 않았다. 나는 속으로 중얼거렸다. 다 들려요. 그러니 울지 마세요.

2

엄마는 아빠를 새마을호 기차 안에서 만났다. 그때 엄마는 서른여섯 살. 여섯 살짜리 딸을 혼자 키우고 있었다. (뭐든지 거꾸로 하는 청개구리 민주 누나. 누나가 고등학생 때 엄마는 학교에 일곱 번이나 불려갔다.) 그날 엄마는 민주 누나를 서울에 사는 큰외

삼촌 집에 맡기고 내려오는 길이었다. 애가 더 크기 전까지 악착같이 돈을 벌라고, 전세금이라도 벌 때까지 아이를 키워주겠다고 외숙모가 말했다. 외숙모는 아이를 좋아했지만 불행히도 아이를 낳지 못했다. 엄마가 재혼이라도 하면 민주 누나를 입양하겠다는 마음을 먹기까지 했었다고 언젠가 고백한 적이 있었다. "민주 같은 딸이 있다면 하루에 백 번씩 웃었을 거야." 딸을 삼고 싶을 만큼 예쁜 아이였다고, 외숙모는 방황하는 누나에게 말했다. 엄마는 서울에서 기차를 탔고 아빠는 수원에서 기차를 탔다. 원래는 아빠의 자리가 창가였는데 거기 이미 엄마가 앉아 있었다. 새해가 지난 지 며칠 안 되었고 함박눈이 내렸다. 엄마는 창에 입김을 불어 동그라미를 그리고 있었다. 아빠가 다가가자 엄마가 자리를 바꾸려고 일어났다. 아빠는 괜찮다고 말했다. 엄마가 그린 동그라미를 보자 아빠는 왠지 만두 생각이 났다. 뜨거운 만두를 반으로 잘라서 후후 불면 안경에 김이 서리겠지. 아빠는 김 서린 안경을 낀 채 만두를 먹는 자신의 모습을 상상해보았다. 아빠가 자리에 앉자 엄마가 고맙다며 귤을 하나 주었다. 아빠는 귤을 오랫동안 만지작거렸다. "이래야 달아져요." 아빠는 말했다. 엄마도 아빠를 따라 했다. 한참 후에 아빠가 귤을 깠다. 귤냄새가 퍼졌다. 그때 열차가 급정거를 했다. 열차 통로를 걷던 사람들이 넘어졌다. 선반 위에 올려진 물건들이 쏟아졌다. 오래된 다리가 철거 도중 무너졌는데 하필이면 그 아래를 지나가던 열차를 덮친 것이다. 다리는 3호 차량과

4호 차량을 덮쳤다. 부모님은 다행히 9호 차량에 타고 있었다. 누군가가 밖에 나갔다가 돌아오더니 사람들에게 말했다. "다음 역까지 십 분 정도만 걸으면 될 것 같아요. 그게 빠르겠어요." 몇몇 사람들이 자리에서 일어났다. 엄마도 아빠도 그들을 따라나섰다. 십 분밖에 걸리지 않는다고 했지만 실은 삼십 분도 더 걸렸다. 역에 도착하자 사고가 복구될 때까지 모든 열차 운행이 중단된다는 안내 방송이 나왔다. 아빠가 조심스럽게 엄마에게 말했다. "어디 가서 따뜻한 국수라도 먹을래요?" 엄마는 좋다고 말했다. 아빠가 마음에 들어서가 아니라 발이 너무 시렸고 배가 너무 고팠기 때문이었다. 그날 둘은 역 앞에 있는 가게에서 칼국수를 먹었다. (그래서 결혼기념일이면 우리 가족은 꼭 칼국수를 먹었다. 바지락칼국수, 사골칼국수, 장칼국수, 김치칼국수 등등.) "다행이에요." 엄마가 말했다. "그러게요. 운이 좋았어요." 아빠가 말했다. 칼국수를 먹는데 엄마의 안경에 김이 서렸다. 아빠의 안경에도 김이 서렸다. 둘은 서로를 보고 웃었다.

엄마는 아빠랑 싸울 때면 자주 그 이야기를 했다. 그때 칼국수를 먹는 게 아니었다고. 혼자 가락국수나 사 먹었어야 했다고. 엄마는 아빠를 또 만날 생각이 없었다. 딸을 맡기고 돌아오는 길이었으니까. 악착같이 돈을 벌기로 결심한 날이었으니까. 그래서 엄마의 것까지 계산하겠다는 아빠의 제안을 거절했다. 엄마는 자신의 칼국수값을 내면서 저는 딸이 있어요, 애엄마라고요, 라고 말했다. (사실 아빠도 엄마를 또 만날 생각은 없었다. 그런데 하필이면 가게 주인이 찜통에서 막 만두를 꺼내고 있었다. 김이 모락모락. 그 안에 하얀색 만두가 가지런히 있는 것을 보면 누구든지 사주고 싶은 생각이 드는 법이라고 아빠는 말했다.) 아빠는 만두 2인분을 사서 엄마에게 주었다. "아이에게 갖다주세요." 그 말을 듣자마자 엄마가 눈물을 흘렸다. 엄마가 눈물을 흘리는 모습을 보는 순간 아빠는 엄마가 혼자라는 것을 알아차렸다고 했다. 그리고 자신도 모르게 이렇게 말을 하고 말았다. "어린이날 제가 짜장면 사줄게요."

엄마는 한 달에 한 번씩 민주 누나를 만나러 서울에 갔다. 그날 이외에는 단 하루도 쉬지 않았다. 아빠도 한 달에 한 번씩 엄마를 따라 기차를 탔다. 서울역에 도착하면 둘은 헤어졌다. 엄마는 큰삼촌 집으로 가고 아빠는 남산으로 걸어갔다. 그리고 다시 서울역에서 만나 돌아왔다. 민주 누나에게 짜장면을 사주겠다는 약속은 그해 어린이날이 아니라 다음해 어린이날이 되어서야 지킬 수 있었다. "그때 엄마는 일을 정말 많이 했어. 하루에 두세 개씩. 아빠를 만나고 다음해 봄이 되었어. 새벽에 건물 복도 청소를 하고 낮에는 대학교 구내식당에서 일을 했지. 그리고 밤에는 야식집 주방 일을 도왔어. 늘 막차를 타고 집에 왔지. 그런데 그날은 이상하게 걷고 싶더라고. 아마 벚꽃이 활짝 펴서 그랬을 거야." 엄마가 내 이마를 만지는 게 느껴졌다. 엄마의 손길을 느끼며 나는 얼마 전에 벚꽃 구경을 가보고 싶다는 엄마에게 퉁명스럽게 대답한 걸 후

회했다. (벚꽃나무 아래에 돗자리를 깔고 앉아 가족들이 같이 유부초밥을 먹는 게 엄마의 소원이었다. 아, 상상만 해도 부끄러운 일이다. 하지만 퇴원을 하게 되면 눈 딱 감고 그렇게 해주겠다고 나는 결심했다.) "바람이 좀 불었어. 그 바람에 꽃잎이 떨어지는데 어찌나 아깝던지. 한참을 걷는데 스티로폼 상자 하나가 바람에 날아가더라. 꽃잎은 내 머리로 떨어지고 달빛은 환한데, 이상하게 스티로폼 상자가, 그 버려진 상자가, 꼭 나 같더라고. 그래서 바람에 날아가는 상자를 쫓아갔지. 쫓아가서 막 발로 밟았어." 스티로폼 상자가 부서지면서 하얀색 알갱이들이 날렸을 것이다. 눈처럼. 나는 그 눈을 맞고 있었을 엄마를 상상해보았다. 벚꽃 잎들과 부서진 스티로폼의 잔해들이 깔려 있는 길가에 쪼그리고 앉아서 울었을 엄마를. 그날 엄마는 결심을 했다. 어떤 일이 있어도 저런 스티로폼 상자처럼 되지는 않을 것이라고. 누가 밟아도 절대 부서지지 않을 것이라고. 그래서 아빠에게 말했다. 약속한 짜장면을 내 딸에게 사주라고.

나는 엄마의 이야기를 더 듣고 싶었지만 그만 깜빡 잠이 들었다. 꿈속에서 나는 엄마랑 아빠랑 누나랑 셋이서 짜장면을 먹는 장면을 보았다. 엄마랑 누나랑 나란히 앉았고 그 맞은편에 아빠가 앉았다. 엄마가 곱빼기를 시켜서 나눠 먹으면 된다고 했지만 아빠는 세 그릇을 시켰다. 일곱 살인 누나는 짜장면을 남겼다. "거봐요. 아깝게." 엄마의 말에 아빠가 대답했다. "내가 먹으면 되죠."

아빠는 누나가 남긴 짜장면을 먹었다. 아빠는 몰랐겠지만 엄마의 마음이 기운 것은 바로 그 순간이었다. 엄마가 내 이마에 뽀뽀를 하는 게 느껴졌다. 나는 속으로 중얼거렸다. 누가 봐요. 창피하단 말이에요.

3

나는 버스 정류장에 앉아 있었다. 처음 가본 동네였다. 아마 부모님은 내가 왜 그곳에 앉아 있었는지 궁금해할 것이다. 그날 학교에서 속상한 일이 있었다. 수업 끝나고 우현이한테 라면을 먹으러 가자고 했다. 그랬더니 부모님이 친척 장례식에 가서 자기가 동생들 저녁을 차려줘야 한다는 것이었다. (우현이에게는 열 살 차이가 나는 쌍둥이 동생이 있었다. 쌍둥이 이름은 신이와 진이였다. 이신. 이진. 우현이는 동생들 이름을 내게 말해주면서 이런 농담을 했다. "아빠가 신라면을 좋아하고 엄마가 진라면을 좋아해서 이름을 그렇게 지었대." 그 말을 듣고 나는 이렇게 대답했다. "짜파게티 좋아했으면 큰일날 뻔했다.") 그랬는데 하교를 하다 우현이가 다른 친구들하고 피시방으로 들어가는 것을 보았다. 나는 좀 속상했다. 그래서 혼자라도 자전거를 타고 정자에 가서 라면을 먹을까 하는 마음으로 공용 자전거 하나를 빌렸다. 우현이랑 나는 자전거가 없었다. 우리는 종종 공원에 있는 공용 자전거를 이용했다. 한 시간에 천원. 이십 분쯤 자전거를 타고 가다보면 우리의 아지트인 정자가 나온다. 내가 작년에 발견한 곳이었다. 중간고사 기간이었다. 시험도 망치고 해서 학교 근처 공원을 어슬렁거리고 있었는데 거기서 공용 자전거를 보았다. 이용 방법을 살펴보다가 결제를 하고 말았다. 돈이 아까워 자전거를 탔고, 타다보니 낯선 곳을 가게 되었고, 그러다 다리가 아파 어느 정자에 앉아 쉬게 된 것이다. 여름에 여기 앉아서 수박 먹으면 좋겠네. 그런 생각이 들었다. 그때 어느 할아버지가 오더니 정자는 자기 거라고 했다. 자신이 직접 지은 거라고. 내가 죄송하다며 일어나려고 하자 할아버지가 라면 먹고 가라고 했다. 그러고는 정자 아래에서 냄비와 휴대용 가스버너를 꺼냈다. "물 받아와." 할아버지가 내게 냄비를 주며 정자 뒤쪽을 가리켰다. 물을 받으면서 나는 할아버지한테 소리쳤다. "몇 개요? 두 개요?" "네 마음대로." 나는 세 개를 끓일 물을 받았다. 라면을 다 먹은 다음 할아버지가 내게 말했다. "심심하면 여기 와서 라면 끓여먹어. 라면은 니가 사오고." 할아버지는 손자를 위해 정자를 지었는데 정자를 다 짓기도 전에 아들네가 이민을 갔다고 했다. "친구들이랑 와서 놀아도 된다. 술 담배만 안 하면." 할아버지가 말했다.

그후로 혼자 다니다가 우현이랑 친구가 된 뒤로는 둘이 다녔다. 올여름에는 삼겹살도 구워먹기로 약속했는데. 우현이랑 같이 피시방에 간 녀석들 중 한 명은 작년에 나를 괴롭혔다. 내 신발에 침을 뱉기도 했다. 그런 녀석들하고 어울리다니. 이제 다시는 우현이랑 라면을 끓여먹는 날은 오지 않을 것 같았다. 그 생각을 하자 갑자기 정자에 가기 싫어졌다. 그래서 삼거리에서 우회전을 했다. 그 길은 처음 가보는 길이었다. 우회전을 하고 또 우회전을 하고 그리고 좌회전을 했다. 그리고 계속 자전거를 탔다. 오르막길을 오르는데 허벅지가 터질 것만 같았다. 그러다 중간에 포기. 자전거를 끌고 가다가 버스 정류장이 보이길래 거기 의자에 앉았다. 내가 앉자 꼬마 아이가 옆으로 움직여 자리를 넓혀주었다. 나는 고맙다고 말했다. "뭘요." 아이가 대답했다. "혼자 어디 가는 거니?" 내가 물었다. 아이가 엄마를 기다리는 중이라고 했다. 엄마는 다섯시 반에 퇴근을 해서 다섯시 사십오분 버스를 타고 여섯시 십분이면 이 정류장에 도착한다는 거였다. 내가 똑 부러지게 말도 잘한다고 했더니 아이가 왕년에는 더 똑똑했어요, 하고 대답했다. 그 말이 웃겨 나는 웃었다. 왕년이라니. 내가 웃으니 아이가 정색하며 말했다. "우리 할아버지가 자주 하던 말이에요. 작년에 돌아가셔서 대신 내가 쓰는 거예요." 그 말에 나는 웃음을 멈추었다. 그리고 아이에게 사과를 했다. 웃어서 미안하다고. 그런데…… 그 말을 내가 입 밖으로 했던가. 잘 기억이 나지 않는다. 내가 마지막으로 본 장면은 버스 한 대가 차선을 넘나들며 빠른 속도로 달려오는 것이었다. 운전을 왜 저렇게 하지. 그 생각을 하자마자 버스가 앞서 달리던 승합차의 뒤를 받았다. 승합차가 한 바퀴 돌더니 정류장을 덮쳤다. "어!" 하고 누군가 큰 소리로 외쳤다. 그게 마지막이었다. 아무리 기억하려 해도 그다음은 기억나지 않는다. 그런데 꼬마 아이는 무사할까?

4

응급실이 소란스러워졌다. 발소리가 여기저기서 들렸다. 누군가 뛰는 소리. 바퀴 소리. 신음소리. 우는 소리. 손가락도 움직일 수 없고 발가락도 움직일 수 없고 눈도 뜰 수 없는데 모든 소리가 내 옆에서 속삭이는 것처럼 들렸다. 내 침대로 자주 오는 발소리들도 있다. 삑삑. 피식. 딱딱. 이 세 발소리가 가장 자주 왔다.

삑삑은 신발 한 짝에 문제가 있는 것 같았다. 걸을 때마다 한쪽에서만 삑삑 소리가 났다. 오른쪽인지 왼쪽인지는 잘 모르겠다. 나는 삑삑이 내 링거를 갈아줄 때면 한쪽에 의족을 낀 사람을 상상해보곤 했다. 어릴 때 사고를 당해 한쪽 다리를 잃은 사람. 어떤 사고라고 할까? 교통사고? 그건 너무 평범했다. 나 같은 사람도 당할 정도니까. 지진. 그래, 지진이 일어났다고 생각했다. 지진으로 무너진 건물 아래에 깔려 한쪽 다리를 절단할 수밖에 없었던 사람. 그래도 좌절하지 않고 공부를 해서 응급실 간호사가 된 사람. 삑삑은 늘 손이 차가웠다. 그래서 주삿바늘을 갈거나 할 때마다 나는 깜짝 놀라곤 했다. 피식은 걸을 때마다 신발에서 바람 빠지는 소리가 났다. 왠지 키가 작고 배가 나온 아저씨일 것 같았다. 그 소리를 들을 때마다 나는 브라운 박사를 떠올렸다. (만화 〈명탐정 코난〉에 나오는 그 박사 말이다.) 뭐든지 척척 만들어내는 박사가 내 의사 선생님이길. 하지만 현실은 그렇지 않았다. 피식은 목소리가 굵은 남자에게 자주 혼났다. 누군가의 질문에 대답할 때마다 목소리가 떨렸다. 자주 한숨을 쉬었다. 그래도 나는 피식이 좋았다. 아침마다 내게 잘 잤니?라고 말해주기 때문이었다. 아침이면 내가 깨어난다는 걸 믿는 사람처럼. 딱딱은 콧노래를 자주 흥얼거렸다. 늘 같은 노래였는데 나는 모르는 노래였다. 딱딱은 발이 재빨랐다. 저 멀리서 발소리가 들리는 것 같은데 어느 순간에 내 쪽에 와 있곤 했다. 딱딱의 콧노래 소리를 들으면 나도 속으로 노래를 부르려고 노력했다. 까무룩. 잠은 시도 때도 없이 왔다. 그때마다 나는 엄마가 즐겨 부르던 노래의 가사를 생각하려고 애를 썼다. 아 어쩌란 말이냐 흩어진 이 마음을. 아 어쩌란 말이냐 이 아픈 가슴을. 엄마는 자주 그 노래를 불렀다. 특히 음식을 하면서. 엄마가 그 노래를 부르며 칼질을 하는 날은 이상하게도 음식이 맛이 있었다. (어렸을 때 다 같이 노래방에 간 적이 있었다. 아빠 친구가 노래방을 개업했다고 해서. 그때 엄마는 그 노래를 불러 구십구 점을 받았다. 엄마 말에 의하면 고등학교 3학년 때 학교 축제에서도 그 노래를 불러 우수상을 받은 적이 있다고 했다.) 엄마가 노래를 부르며 음식을 하면 누나는 이렇게 개사를 해서 따라 부르곤 했다. "아 어쩌란 말이냐 텅 빈 이 지갑을. 아 어쩌란 말이냐 돈 없는 마음을." 물론 엄마한테 씨알도 먹히지 않았다. 그건 엄마 말투였다. "씨알도 안 먹혀." 엄마가 그 말을 하면 그건 정말로 정말로 안 된다는 뜻이었다. 엄마의 노래를 흥얼거리다보니 왠지 배가 고파졌다. (예전에 지독한 독감에 걸린 적이 있었다. 아빠랑 빙어 낚시 축제에 갔다 온 뒤로. 그때 사흘을 앓고 난 뒤 내가 엄마한테 한 첫말은 배고파, 였다. 그때 엄마가 이렇게 말했다. "이제 됐네. 배고프면 다 나은 거야.") 배가 고픈 건 좋은 징조겠지. 아직 생각나는 음식은 없지만 그래도 배가 고프다는 느낌은 들었다. 꼬르륵. 그 소리가 났으면 좋겠다. 이제 나는 들을 수도 있고 냄새를 맡을 수도 있고…… 배가 고픈 것도 느껴졌다.

5

아빠가 왔다 갔다. 아빠는 어제저녁에 웃기는 손님이 왔었다는 이야기를 들려주었다. 삼십대로 보이는 남녀였는데 주문을 하는 데만 십 분이 걸렸다고 했다. "메뉴판을 첫 장부터 끝까지 세 번이나 읽더라고. 맞은편에 앉은 여자친구는 익숙한 듯 한숨만 쉬고."

남자는 처음에는 파전에 잔치국수를 시키더니 바로 김치전으로 바꾸었다. 그리고 아빠가 김치전 반죽을 팬에 올려놓자마자 감자전으로 바꿀 수 없느냐고 물었다. 갑자기 감자전이 너무 먹고 싶어졌다고. 아빠가 안 된다고 했더니 남자는 잔치국수를 감자수제비로 바꿔달라고 했다. "옆에서 가만히 듣고 있던 여자가 갑자기 이렇게 소리치더라고. 다 먹어. 다 먹으라고. 남자는 정말로 다 시켰어. 그러곤 반도 못 먹고 남겼지." 아빠는 나보고 나중에 애인을 사귀게 되면 절대 그런 남자는 되지 말라고 덧붙였다. (아이고, 별게 다 걱정이에요. 나는 속으로 대답했다.) 지난번에 왔을 때는 해물파전을 시킬 것인지 감자전을 시킬 것인지 싸우던 부부 이야기를 해줬었다. 아빠네 가게 단골인데 올 때마다 늘 싸운다는 거였다. "그렇게 싸울 거면 두 개를 시키세요." 한번은 아빠가 그렇게 말했더니 절대 그런 일은 있을 수 없다고 부부가 동시에 대답했다. 그러면 가위바위보를 하라고 했더니 그건 너무 쉬워서 싫다고 또 부부가 동시에 대답했다. 말싸움에서 이긴 사람이 자기가 원하는 안주를 시키고 진 사람은 계산을 하는 게 그들 부부의 규칙이었는데, 아빠가 지난 일 년 동안 자세히 살펴보니 반반이었다는 거였다. 한 번은 여자가. 한 번은 남자가. 아빠는 그 부부가 싸우는 게 귀여워서 절대 반반전은 만들지 않겠다고 했다. 반반전은 두 가지 전을 반반씩 만들어주는 안주인데 작년부터 엄마가 만들자고 강력하게 주장하고 있다.

아빠가 왔다 가면 나는 또 잠을 잤다. 엄마는 오후가 되어서 오니까. 점심에는 엄마가, 저녁에는 아빠가 가게를 운영했다. 엄마는 아침 일찍 가게에 가서 멸치 육수를 냈다. 그리고 점심시간이 되면 잔치국수와 수제비를 팔았다. 아빠가 두시쯤 출근하면 두 분은 저녁 장사를 위해 재료들을 손질했다. 그리고 네시쯤 엄마는 퇴근을 하고 아빠는 저녁 장사를 시작했다. 아빠가 가게문을 닫는 시간은 새벽 세시. 그러니까 아빠는 나한테 왔다 출근을 하고 엄마는 퇴근을 한 다음 나한테 왔다. (어떻게 아느냐고? 엄마의 몸에서 멸치 국물 냄새가 나니까. 아빠한테서는 멸치 국물 냄새가 나지 않으니까.)

엄마는 어제저녁에 텔레비전에서 본 달인 이야기를 해주었다. 음식 배달을 삼십 년 넘게 하고 있다는 여자가 나왔는데 머리에 쟁반을 이고 오토바이를 몬다고. 쟁반을 손으로 잡지도 않고 좁은 골목길을 이리저리 다닌다고. "심지어 쟁반을 서너 개씩 쌓아 나르는데 국물 한 방울 흘리지 않아." 엄마는 이런 이야기를 좋아했다. 소리만 들어도 금이 간 변기를 찾아낼 수 있는 변기 공장 공장장이라거나, 꽈배기를 일 분에 육십 개나 만드는 꽈배기집 사장이라거나, 그런 사람들의 이야기. (솔직히 나는 그런 사람들의 이야기가 싫었다. 아니, 그런 사람들을 놀랍게 바라보는 엄마가 싫었다. 엄마도 노력이라면 남들 못지않게 했다.) 엄마가 달인들 이야기를 할 때면 나는 늘 이렇게 대꾸했다. "시시해. 시시하다고." 엄마는 내가 그런 말을 하는 걸 싫어했다. "세상에 시시한 건 없어." 나는 그 말이 잘 이해되지 않았다. 세상에는 시시한 게 너무 많았다.

엄마가 가고 난 뒤 나는 쟁반을 다섯 개 겹쳐서 이고 오토바이를 모는 엄마를 상상해보았다. 틀림없이 엄마도 국물 한 방울 흘리지 않고 배달을 할 것이다. 엄마라면 짜배기도 일 분에 백 개는 거뜬히 만들 수 있을 것이다. 그깟 게 뭐. 갑자기 화가 나기 시작했다. 화가 났는데 어떻게 화를 내야 할지 몰라 또 화가 났다. 나는 화를 낸 적이 없었다. 엄마는 작년에 담임선생님한테 그렇게 말했다. 화 한 번 낸 적 없는 착한 아들이라고. 엄마와 면담을 마친 선생님이 내게 말했다. 화를 내고 싶으면 내도 된다고. 그 말에 하마터면 나는 화가 나려고 하면 허벅지를 손으로 꼬집는다고 고백할 뻔했다. 손이 움직이지 않으니 허벅지를 꼬집을 수도 없었다. 그래서 할 수 없이 나는 시간을 거꾸로 돌리는 놀이를 했다. 어릴 때 엄마한테 혼나면 나는 방구석에 쪼그리고 앉아서 그 놀이를 했다. 열여섯 살인 나. 열다섯 살인 나. 열네 살인 나…… 그렇게 나이를 한 살씩 줄이다보니 어느새 갓난아이인 내가 보였다. 그 갓난아이를 다시 엄마의 뱃속으로 넣어보았다. 어둡고 축축한 곳으로. 지금 죽는다면 나는 평생 시시하게 살다 죽는 거겠지. 세상엔 시시한 게 많지만 그중 가장 시시한 건 나였다. 그 생각을 하자 눈물이 났다. 한참 후에 삑삑이 내 쪽으로 다가왔다. 그리고 곧 이어 사람들한테 외치는 소리가 들렸다. "눈물이에요. 틀림없이 눈물이라니까요!"

6

학교에 갈 때 타는 마을버스 중에 의자의 비닐이 찢어진 버스가 있었다. 아침 일곱시 오십오분에 출발하는 버스였다. 여덟시 십분에 출발하는 마을버스를 타도 학교에 늦지 않지만 나는 일부러 일곱시 오십오분에 출발하는 버스를 탔다. 뒤에서 세번째 자리. 비닐이 찢어져 누르스름한 스펀지가 보이는 그 자리에 앉기 위해서. 의자가 찢어져서인지 그 자리는 비어 있는 경우가 많았다. 작년에 나는 누군가 그 의자의 비닐을 찢는 걸 보았다. 나보다 어린 남자아이였다. 그 아이가 허벅지 사이에 칼을 꽂고는 버스가 급출발을 할 때마다 다리를 움직였다. 나는 그 아이를 따라 내렸다. 그리고 따라가보았다. 아이는 전봇대에 붙은 전단지를 칼로 잘랐다. 한참을 걷다가 어느 가게 앞에 놓여 있는 화분에서 꽃을 잘랐다. 그걸 들고 걸으면서 꽃잎을 하나씩 떨어뜨렸다. 그리고 또 한참을 걷다 플래카드 앞에 멈추었다. 쓰레기를 버리지 말라는 문구가 적힌 플래카드였다. 아이는 그 플래카드의 가운데에 칼집을 냈다. 그리고 쌓여 있는 쓰레기 사이에 칼을 버렸다. 아이는 또 걸었다. 나는 걸음을 빨리해 아이를 지나쳤다. 지나치면서 고개를 돌려 아이를 보니 울고 있었다. 아이를 혼내려 했는데 우는 모습을 보자 내가 할 수 있는 일은 아무것도 없다는 생각이 들었다. 그날 이후로 나는 비닐이 찢어진 그 자리에만 앉았다. 누군가 거기 앉아 있으면 나는 앉지 않고 서서 갔다. 그러면서 울던 그 아이를 생각했다.

어렸을 때 나는 풍선 간판을 몰래 찢은 적이 있었다. 부모님이 차린 김밥집이 망한 다음이었다. (그해 우리 가족은 지겹게 김밥을 먹었다. 누나는 투덜대며 안 먹었지만 나는 하루 세끼를 먹었다. 묵은지김밥. 그건 정말 맛있었다. 그렇게 맛있는데 왜 장사가 안된 걸까?) 그 자리에 피자집이 생겼다. 오픈 날 사람 모양의 커다란 풍선이 가게 앞에서 춤을 추었다. 두 팔을 흔들면서. 다음날 가보았더니 여전히 풍선이 춤을 추고 있었다. 그래서 그랬다. 우리가 망한 자리에서 풍선이 신나게 춤을 추어서. 풍선을 찢은 날 나는 일부러 비를 맞았다. 감기에 걸리고 싶어서. 풍선에서 바람 빠지는 소리가 들렸을 때 통쾌한 기분이 들었는데 그런 내가 무서웠다. 아이가 찢은 의자에 앉으면 풍선 간판을 찢던 그때가 자꾸 생각났다. 그럴수록 거기에 앉았다. 내가 미워서.

누군가 내 귀에 대고 속삭였다. "그러면 안 되는 거야." 처음 듣는 목소리였다. 그러면 안 된다고, 누군가가 또 말했다. 속삭이는 소리가 귀에서 들리는 것 같기도 하고 머릿속에서 들리는 것 같기도 했다. 누구세요? 나는 속으로 물었다. 내 옆 침대에 있던 할머니라고 누군가가 말했다. 나흘 전에 응급실에 실려와 지금까지 나를 지켜봤다고. (나흘 전이라니. 그렇다면 나는 얼마나 더 오래 있었던 걸까?) 할머니는 무슨 병이었어요? 나는 물었다. 할머니는 경로당에서 주는 떡을 먹다 기도가 막혀 응급실로 실려왔다고 했다. 할머니는 경로당에 자주 가지 않았는데 거기에 자기 자랑만 하는 어떤 할머니가 있었기 때문이었다. "손자가 검사라서 사람들이 검사 할머니라고 불렀는데 그것도 꼴 보기 싫었고. 목소리가 큰 것도 듣기 싫었고. 그래서 안 갔는데 그날은 며느리가 화장실 공사를 해야 한다고 그래서 할 수 없이 갔지." 경로당에 갔더니 검사 할머니가 자기 생일이라며 떡을 돌렸다. "그걸 한 점 먹었는데 그게 그만 목에 걸렸어." 맛있는 걸 먹을 때는 좋은 생각만 하자는 게 할머니의 평생 신조였는데 미워하는 사람이 준 떡을 먹다가 죽고 말았다고 할머니는 말했다. 나는 할머니에게 죽은 거냐고 물었다. 그랬더니 할머니가 안 그러면 내가 속으로 하는 말을 어떻게 알아듣겠느냐고 대답했다. 그러면 나도 죽은 거예요? 그러자 할머니가 아직은 아니라고 했다. 나는 할머니와 이야기를 하고 싶지 않았다. 나를 데리고 가려고 왔죠? 할머니에게 소리치고 싶었다.

할머니는 응급실에 입원한 나흘 동안 우리 엄마 아빠가 한 이야기를 엿들었다. 아빠가 매일 와서 들려주는 손님들 이야기를 얼마나 기다렸는지 모른다고. 그중에서도 매주 금요일에 혼자 와서 파전과 막걸리를 먹고 가는 손님 이야기가 제일 좋았다고. (파전 가게를 했던 어머니가 돌아가신 뒤 새사람이 되었다는 아저씨 이야기였다. 어머니가 돌아가시자 아저씨는 매일 마시던 술을 끊고 일을 하기 시작했다. 그리고 매주 금요일, 퇴근길에 들러 파전을 먹었다. 막걸리는 딱 한 잔만.) 그런 손님들 이야기를 엿듣는 재미에 나흘이나 버틸 수 있었다고 할머니는 말했다. "그게 고마워서 저위로 가기 전에 너를 찾아온 거야." 할머니는 전쟁통에 고아가 되었는데 그때 돌아가신 부모님의 시체 옆에서 사흘을 울며 보냈다. 그러다 부모님의 영혼과 이야기를 하게 되었고 그 이후로 예지력이 생겼다고 했다. 그러면서 할머니는 내게 앞으로 찢어진 의자에 앉지 않는다고 약속하면 특별히 로또 번호를 알려주겠다고 말했다. 나는 그러겠다고 약속했다. 그리고 할머니에게 말했다. 듣고 까먹으면 어떻게 해요? 우리 엄마 꿈에 들어가서 알려주면 안 돼요? 내 말에 할머니가 그건 안 된다고 했다. 하늘로 올라가기 전에 할일이 많다고. 며느리 꿈에도 들어가 숨겨놓은 비상금 위치도 알려줘야 하고, 십오 년 전 의절한 친구의 꿈에도 들어가 사과도 해야 한다고. 할머니가 숫자를 알려주었다. "하루에 백 번씩 숫자를 외워. 그때마다 배꼽에 힘을 주면서. 알았지?" 할머니가 말했다. 그리고 할머니는 이런 이야기를 들려주었다. 저녁 늦게 어떤 여자가 찾아온다고. 찾아와서 내 얼굴만 빤히 내려다본다고. 알고 있느냐고. "애인이면 나중에 잘해줘." 그 말을 마지막으로 할머니가 떠났다. 나는 그제야 누나가 매일 찾아왔다는 걸 알았다.

7

수많은 꿈을 꾸었다. 그중에서 물장구를 치는 꿈을 반복적으로 꾸었다. 나는 수영을 할 줄 몰랐다. 꿈속에서도 마찬가지였다. 배경은 자주 바뀌었다. 어느 날은 개울가였다. 여섯 살 혹은 일곱 살의 내가 돌에 앉아서 두 발로 물을 차며 놀고 있다. (큰고모가 어린이날 사준 장난감을 손에 들고 있다. 자동차로 변신하는 로봇 장난감이다.) 나는 물장구를 치다 다리가 아프면 로봇을 자동차로 변신시킨다. 그러다 그만 물에 퐁당! 나는 로봇이 멀어져가는 것을 지켜본다. 수영을 할 줄 모르기 때문에 나는 장난감을 건지러 갈 수 없다. 물이 무서워서 한 발도 앞으로 내딛지 못한다. 어떤 날은 수영장에서 물장구를 친다. 얼굴에 여드름이 많은 걸 봐서 나는 중학생인 듯하다. 물에는 들어가지 못하고 수영장 가장자리에 걸터앉아서 물장구를 친다. 다리를 높이 들어 힘차게. 물방울이 내 얼굴에 튀도록. 어떤 날은 바닷가다. 나는 오리 모양의 튜브에 앉아 있다. 아직 대머리가 되기 전인 아빠가 튜브를 끌어준다. 나는 튜브에 앉아 열심히 물장구를 친다. 발이 물에 닿았다가 말았다가 한다. 그래도 열심히 발을 놀린다. 물장구치는 꿈을 반복해서 꾼다는 것은 무슨 뜻일까? 꿈은 현실의 반대라니까 영원히 걷지 못한다는 말일까. 그런 나쁜 생각이 들 때마다 나는 발가락들을 상상했다. 누가 발바닥을 간지럽혀주었으면 좋겠다. 엄마는 내가 뱃속에 있었을 때 유난히도 발차기를 많이 했다고 했다. 그래, 그래서 그런 꿈을 꾸는 것이다. 나는 태어나기 전부터 발차기를 좋아했으니까.

꿈을 꾸지 않는 시간에는, 깨어 있는 시간에는 할머니가 알려준 숫자를 반복해서 외웠다. 3. 8. 11. 26. 44. 숫자를 외우다가 이런 생각을 했다. 눈사람이라고 생각하면 금방 외워질 것 같다고. 8은 눈사람. 3은 배에 있는 세 개의 단추. 11은 양쪽 팔. 거기까지는 금방 상상이 되었다. 44는 양쪽 눈이라고 하자. 반짝반짝 빛나는 눈, 별 모양의 눈이라고. 26은 입하고 코. 2는 이가 연상되니까. 6은 코끝이 동그란 눈사람이라고 하면 되니까. 나는 할머니가 알려준 다섯 개의 숫자로 눈사람을 만들고 또 만들었다. 그러다 문득, 뭔가 이상하다는 것을 깨달았다. 숫자가 다섯 개뿐이었다. 하나가 모자랐다. 내가 잊은 것일까? 할머니가 말을 안 해준 것일까? 할머니, 아직 여기 있어요? 나는 할머니를 불렀다. 불러도 불러도 할머니는 대답이 없었다. 나는 너무 속상해서 만들었던 모든 눈사람들이 녹아 사라지는 상상을 하고 또 했다.

누나가 왔다. 누나가 올 거라는 생각을 하고 기다렸더니 정말 누나가 내 옆에 서 있는 게 느껴졌다. 비를 맞고 다니는 게 방황의 시작이었다. 우리 가족은 우산을 쓰기 귀찮다는 누나의 말을 그대로 믿었다. 누나의 마음속에서 무슨 일이 벌어지는지도 모르는 채. 동생이 생긴다는 말을 들었을 때 누나가 처음으로 한 행동은 오이를 먹는 것이었다고 엄마는 말했다. 누나는 원래 오이를 먹지 않았다. 그랬는데 갑자기 식탁에 있는 오이소박이를 먹으면서 이렇게 말했다. "동생이 생겼으니 이제 나는 편식하지 않을 거야." 내가 걸음마를 시작했을 때 누나는 내가 넘어져 다칠까봐 늘 내 뒤를 따라다녔다고 엄마는 말했다. 그런 누나니까 기다리면 언젠가는 예전의 누나로 돌아올 거라고. (엄마 말대로 누나는 돌아왔고…… 지난달에 첫 월급을 탔다. 학자금 대출을 다 갚고 나면 그때 내가 갖고 싶은 운동화를 사주겠다고 누나는 약속했다.) 누나가 내 귀에 대고 뭐라고 속삭였다. 하지만 소리가 너무 작아서 뭐라고 하는지 들리지 않았다. 개울에 로봇 장난감을 빠뜨렸던 꿈은 꿈이 아니었다. 내가 어렸을 때 누나가 물에 떠내려가는 장난감을 건지려다 개울에 빠져 죽을 뻔한 적이 있었다. 아빠가 누나를 건졌을 때 누나는 로봇을 손에 꼭 쥐고 있었다. 나는 누나에게 그걸 아직도 기억하고 있다고 말하고 싶었다. 꿈속에서 로봇은 떠내려가고 누나는 물에 빠지지 않는다고. 그때 누나가 죽지 않아서 정말 정말 다행이라고, 나는 말하고 싶었다. 곰곰이 생각해보니 할머니는 다섯 개의 숫자밖에 말해주지 않았다. 내가 잊은 게 아니었다. 누나가 또 귓속말을 했다. 누나의 입김은 따뜻했다. 귀가 간질간질했다. 귀가 간질간질하니까 머릿속도 간질간질했다. 입도 간질간질했다. 입술이 본드로 붙은 것 같았다. 누가 붙은 입술을 떼주기만 하면 나는 수다쟁이가 될 수 있을 것만 같았다. 할머니가 왜 내게 숫자를 말해주었는지 알 것만 같았다. 배꼽에 힘을 주고 숫자를 외우라는 말. 그렇게 외우다보면 0부터 9까지 모든 숫자들이 혈관을 따라 내 몸을 돌고 도는 것처럼 느껴졌다. 나는 발가락을 상상했다. 나는 흉터가 있는 오른쪽 종아리를 상상했다. 튀어나와 친구들의 놀림을 받는 배꼽을 상상했다. 그리고 마지막으로 눈 코 입을 상상했다. 누나랑 나는 별명이 똑같았다. 단춧구멍. 아빠 빼고 우리 가족은 눈이 다 작았다. 그렇게 작은 눈인데…… 세상에, 눈꺼풀이 너무나 무거웠다. 이 무거운 눈꺼풀을 들어올릴 수만 있다면 앞으로 뭐든지 할 수 있을 것만 같았다. 나는 역도 선수가 되는 상상을 했다. 내 역기는 봉 양쪽에 동그란 눈꺼풀이 달려 있다. 십 킬로그램짜리 눈꺼풀이. 나는 역도 선수다. 나는 국가대표다. 나는 대회 결승전에 진출했다. 결승전 경기에 나선 나는 0부터 9까지 천천히 숫자를 세면서 심호흡을 한다. 그리고 숨을 멈추고 온 힘을 다해 역기를 든다.

아무도
미워하지
않는 밤

*

여름방학 내내 나는 옥상 평상에서 잠을 잤다. 옥탑방에 놀러왔던 성민이랑 현우가 원터치 모기장을 선물로 사주었기 때문이었다. 녀석들은 에어컨을 사주고 싶지만 돈이 없으니 대신 모기장을 치고 밖에서 자라고 말했다. 옥탑방은 외삼촌이 중고 컨테이너로 지었는데, 여름에는 덥고 겨울에는 추웠다. 내가 초등학교 5학년 때, 사업에 실패한 외삼촌이 우리집에 일 년 정도 머문 적이 있었다. 삼촌은 고등학교를 졸업한 뒤 배낭여행 경비를 벌겠다며 치킨 배달을 시작했다. 그러다 주인이 폐암에 걸려 시골로 요양을 떠난다며 가게를 내놓자 스물한 살에 그만 가게를 인수하고 말았다.

삼촌은 대학을 안 갔으니 등록금이 굳은 것 아니냐며 대신 보증금을 내달라고 외할아버지를 졸랐다고 한다. 그때 엄마도 일 년이나 부은 적금 통장을 해약해 삼촌에게 돈을 주었다. 삼촌은 가족들에게 삼 년 후에 두 배로 돌려주겠다는 약속을 했다. 그후로 삼촌은 돈을 빌릴 때마다 사람들에게 똑같은 말을 했다. 그 말을 믿다니. 세상엔 바보들이 참 많았다. 암튼, 치킨집을 인수하고 몇 달 후에 조류독감이 전국적으로 퍼졌다. 그게 실패의 시작이었다. 삼촌은 계속 무슨 일을 벌였고 계속 망했다. 그러다 서른네 살에 막국숫집의 외동딸과 결혼했는데, 주방에서 일을 배우라는 장인어른의 말을 듣지 않고 돼지갈빗집을 차렸다가 또 망했다. 외숙모는 친정으로 돌아갔고 삼촌은 낡은 자동차를 몰고 우리집으로 왔다. 방이 두 개밖에 없었기 때문에 삼촌은 거실 소파에서 잠을 잤다. 삼촌은 몰랐지만 원래 그 소파는 엄마의 자리였다. 엄마는 저녁밥을 먹고 나면 소파에 누워 텔레비전을 보면서 졸았다. 그러다 잠이 들면 아빠는 안방에서 이불을 가져다 덮어주었다. 그리고 텔레비전을 껐다. 거실 불은 끄지 않았다. 엄마는 늘 그런 식으로 잠을 잤다. 일주일이 지나도 삼촌이 떠날 생각을 하지 않자 엄마가 한마디했다. "게으른 사람은 우리집에 있을 수 없다. 그게 우리집 가훈이야." 그 말을 듣고 있던 아빠가 헛기침을 했다. 그게 진짜 가훈이라면 아빠는 진작에 쫓겨났어야 했다. 삼촌은 낡은 차를 팔아서 그 돈으로 옥상에 조립식 건물을 지었다. 공사 현장에 버려진 나무판들을 주워다가 옥상에 커다란 평상도 만들었다. 평상을 완성한 날 우리는 거기에 앉아 삼겹살을 구워먹었다. "밖에서 먹으니 소풍 온 것 같아 좋네." 엄마가 말했다. 엄마에게 소주 한 잔을 건네면서 삼촌이 말했다. "누나, 앞으로 내가 살림할게." 삼촌은 동생을 어린이집에 보내고, 청소를 하고, 빨래를 하고, 간식을 만들고, 저녁을 지었다. 삼촌은 그동안 열 번도 넘게 식당을 차렸다가 망했고 덕분에 많은 요리를 할 줄 알았다. 삼촌이 사라지기 전날, 나는 삼촌과 함께 만두를 만들었다. 냉동실 가득 만두를 채워놓은 다음 삼촌은 만둣국을 끓여주었다. 그리고 만둣국을 먹는 나를 보면서 말했다. "착하다." 나는 착한 아이가 아니라고 말했다. 그랬더니 삼촌이 나보고 설거지를 하라고 말했다. 미리 칭찬을 들었으니 착한 일을 한 번 해야 한다며. 나는 설거지를 했다. 설거지를 마치고 나니 삼촌이 다시 말했다. "착하다. 착하다. 착하다." 세 번이나 미리 칭찬을 했으니 나중에 착한 일을 세 번 더 하라고 삼촌이 말했다. 그 말이 이상하게 슬펐다. 나는 삼촌이 떠날 것이라는 예감에 사로잡혔고 그래서 착한 아이가 되기 싫다며 화를 냈다. 다음날 삼촌은 돈을 벌어서 돌아오겠다는 쪽지를 남겨두고 떠났다. 부자가 되면 새집을 지어주겠다는 약속도 잊지 않았다. 엄마는 그 쪽지를 보고는 미친놈이라는 욕을 수십 번도 더 했다. 아빠도 삼촌 흉을 보았다. 한심한 놈이라고. 아빠가 삼촌 욕을 하자 엄마가 말했다. 그래도 아이였을 때 얼마나 예뻤는지 모른다고.

그 말을 들은 아빠가 대답했다. "누구나 아이였을 때는 예뻐. 나도 그랬어." 그 말을 듣던 엄마가 웃었다. "당신 말이 맞다. 나도 예뻤고." 엄마는 빈방을 그냥 두기 아깝다며 세를 놓으려 했지만 화장실도 없는 방을 보러 오는 사람은 없었다. 그러다 올봄에 내가 비어 있는 옥탑방으로 방을 옮겼다. 고등학생이 되었으니 공부방이 필요하다는 핑계를 댔다. 나는 아빠와 함께 책상을 옮겼다. 책상을 창문 아래에 내려놓은 다음 아빠가 책상을 손바닥으로 두드리며 말했다. "우리 아들 공부 잘하게 도와주세요." 그 말을 들으니 부모님에게 조금은 죄송한 마음이 들었다. 사실 공부방이 필요해서 방을 옮긴 게 아니었다. 지은 지 오래된 집이어서 겨울이면 웃풍이 심했다. 작년에 초등학생이 된 동생은 평소에는 이층 침대의 이층에서 잤는데 겨울에는 코가 시리다며 바닥에 이불을 깔고 잠을 잤다. 지난겨울에 나는 새벽에 화장실을 가다 실수로 동생의 발을 밟았다. 넘어지면서 책상 모서리에 머리를 찧었다. 아파서 눈물이 저절로 났다. 나한테 발을 밟혔는데도 깨지 않고 잠을 자는 동생을 보니 짜증이 일었다. 겨울잠을 자는 동물도 아니고. 발을 밟혔는데도 어째서 코를 골며 잘 수 있을까. 미련한 놈. 나는 자는 동생의 얼굴을 보고 욕을 했다. 그렇게 욕을 하고 나니 동생이 했던 수많은 미련한 짓들이 떠올랐다. 그날부터였다. 동생의 숨소리가 유난히 크게 들리기 시작했고 나는 잠을 이루지 못했다. 왜 우리집은 방이 두 개밖에 없는지. 그 생각을 하자 모든 게 짜증이 나기 시작했다. 부모님도 밉고 동생도 미웠다. 잠이 오지 않는 밤이면 나는 옥상을 빙글빙글 돌았다. 새벽에 옥상을 서성이다보면 가끔 빨래가 널려 있는 집들을 볼 수 있었다. 낮에 무슨 일이 있었길래 빨래 걷는 걸 잊었을까? 나는 빨래들이 바람에 흔들리는 걸 보는 게 좋았다. 빨래가 흔들리면 그 주변의 어둠이 환해지는 기분이 들었다. 그리고 그걸 보고 있으면 잠시나마 착한 사람이 된 기분이 들었다. 그래서 나는 옥탑방으로 이사를 했다.

옥탑방으로 방을 옮긴 뒤로 나는 옆집 아주머니가 새벽마다 창문을 열고 밤하늘을 올려다본다는 것을 알았다. 어떤 날은 별자리를 찾는 사람처럼 손가락으로 하늘을 가리키며 하염없이 창가에 서 있기도 했다. 그러면 나는 옥상 난간에 몸을 숨긴 채 아주머니의 모습을 몰래 훔쳐보곤 했다. 옆집 형이 교도소에 간 뒤로 아주머니는 단 한 번도 집밖으로 나오지 않았다. "내가 그 아이를 중학생 때부터 봤어요." 마트 사장님이 기자에게 말했다. 예의바르고 똑똑했다고, 그런 일을 저지를 만한 청년이 아니라고. 얼굴이 모자이크 처리되었지만 누구인지 단번에 알 수 있었다. 마트 사장님은 일 년 내내 똑같은 조끼를 입었다. 주머니가 아주 많은 조끼였는데, 오른쪽 맨 위 주머니에 상호가 새겨져 있었다. 얼굴은 모자이크 처리되었지만 조끼에 새겨진 알뜰마트라는 글자는 그대로 방송에 나왔다. 알뜰마트 아저씨를 인터뷰한 기자는 아직까지

피의자가 아무런 진술도 하지 않고 있어서 경찰이 범행 동기를 파악하는 데 애를 먹고 있다고 말했다. 기사가 나간 뒤로도 몇몇 기자들이 옆집을 찾아왔다. 옆집은 창마다 커튼을 쳤고 밤이 되어도 불을 켜지 않았다. 옆집 아저씨는 새벽 일찍 출근을 했다가 밤늦게 퇴근했다. 하지만 아주머니는 인기척조차 없었다. 누군가 마당으로 돌을 던져 항아리가 깨졌는데 그때도 아주머니는 나와보거나 하지 않았다. 깨진 항아리 주변에 파리가 몰려들었다. 보다 못한 엄마가 쪽문으로 건너가 항아리를 치웠다. 옆집과 우리집 사이에는 작은 쪽문이 하나 있었다. 거기로 서로의 집을 드나들 수 있었는데, 우리가 처음 이사를 왔을 때부터 그렇게 되어 있었다. 집을 소개한 부동산 중개인의 말에 의하면 우리집과 옆집에는 원래 형제가 각각 살았다고 했다. 형제는 땅을 반으로 나누어 두 채의 집을 지었다. 그리고 서로의 집을 오갈 수 있도록 마당에 문을 만들었다. 동생네는 형네 마당에 있는 된장과 고추장을 퍼다 먹었고, 형네는 동생네 마당에 있는 상추나 고추를 따다 먹었다. 그렇게 의좋던 형제였는데 부모님이 돌아가신 후 재산 싸움을 하다 사이가 틀어졌다. 그래서 동시에 집을 내놓게 되었다고 중개인이 말했다. 한 채 지을 땅에 두 채를 지었으니 당연히 집은 작았다. "그래도 이 돈에 내 집을 마련할 수 있는 게 어디예요. 불편하시면 자물쇠를 채우세요. 아니면 옆집하고 상의해서 담을 쌓으셔도 되고요." 중개인의 말에 엄마가 말했다. "그럼 담 쌓을 돈을 빼주세요." 우리가 이사를 오고 한 계절이 지나 옆집이 이사를 왔다. 막상 살다보니 쪽문은 그냥 그대로 잊혔다. 쪽문이 있어도 엄마는 옆집에 볼일이 있으면 대문을 이용했다. 아주머니도 마찬가지였다. 내가 여덟 살 때 아빠는 어부가 되겠다는 쪽지를 써놓고 집을 나간 적이 있었다. 엄마는 나를 옆집에 맡기고 아빠를 찾으러 동해의 바닷가 마을을 돌아다녔다. 옆집에서 지내는 동안 나는 위아래가 세트로 된 파자마를 처음으로 입어보았다. 옆집 형이 여덟 살 때 입었던 옷이라고 했다. 체크무늬 잠옷을 입으니 내가 소중한 아이가 된 기분이 들었다. 잠도 더 잘 오는 것 같았다. 동네에는 아빠가 여자와 눈이 맞아 도망간 것이라는 소문이 퍼졌다. 그건 사실이 아니었지만 엄마는 소문을 바로잡으려 하지 않았다. 결혼생활이 지겨워서, 자식을 부양하는 게 버거워서, 그래서 아빠가 집을 나갔다는 사실이 엄마에게는 더 치욕적이었다. 옆집 아주머니는 아침마다 달걀찜을 해주었다. 형은 내게 눌은 부분을 긁어먹을 수 있게 해주었다. 달걀찜, 그중에서 특히 바닥이 눌은 달걀찜은 형이 가장 좋아하는 음식이었다. 횡단보도를 건널 때면 형은 내 손을 잡고 신호를 기다렸다. 같은 반 아이들을 길에서 만나면 나는 아무도 묻지 않았는데 이렇게 말하곤 했다. "안녕, 얘들아. 우리 형이야." 비가 오던 날, 아주머니가 우산을 들고 교실 앞에서 있는 걸 보고 나는 눈물을 터뜨리기도 했다. 엄마는 나를 옆집에 맡기면서 이런 약속을 했다. 어떤 일이 있어도 매일 한 번씩 전화를 하겠다고. 약속대로 엄마는 매일 전화를 걸었다. 저녁 여덟 시에서 아홉시 사이에. 엄마의 목소리는 힘이 없었다. 나는 부러 목소리를 높여 말하곤 했다. 밥도 안 남기고 잘 먹는다고. 이도 잘 닦는다고. 전화를 끊을 때면 엄마는 이틀 후에 갈 거라고 약속을 했다. 하지만 일주일이 지나도 이 주일이 지나도 엄마는 돌아오지 않았다. 그리고 어느 날 나는 학교에서 오줌을 쌌다. 쉬는 시간에 깜빡하고 화장실 가는 걸 잊었는데 수업 중간에 갑자기 오줌이 마렵더니 참아지지가 않았다. 담임선생님이 나를 양호실로 데리고 갔다. 나는 선생님에게 말했다. 제발 엄마에게 전화를 걸지 말라고. 6학년 3반에 박기혁이라는 형이 있는데 그 형을 불러달라고. 형은 입고 있던 남방을 벗어서 내 허리에 묶어주었다. "집에 가자. 형이 데려다줄게." 그 말을 듣고 내가 물었다. "어느 집?" 형이 한참을 머뭇거리더니 대답했다. "니가 가고 싶은 집으로." 그래서 나는 형의 손을 잡고 우리집으로 돌아왔다. 형은 내가 갈아입은 옷을 빨아 베란다에 널었다. 그리고 새끼손가락을 걸고 말했다. "이건 비밀! 너는 여기서 쉬다가 수업이 끝나는 시간에 맞춰 우리집으로 가. 그러면 형이 이따 재미있는 걸 사다줄게." 그날 형은 꽈배기와 스크류바를 사다주었다. 형은 그 두 개를 동시에 먹으면 기분이 좋아진다고 했다. 꽈배기 한입. 스크류바 한입. 형이 시킨 대로 먹었더니 웃음이 났다. 만약 기자가 내게 찾아와 형에 대해 물었다면 나는 마트 사장님처럼 말하지 않았을 것이다. 예의

바르고 똑똑하다니. 형은 새가 우는 소리만 듣고도 새 이름을 맞힐 수 있는 사람이었다. 형은 눈이 많이 내리는 날에는 일찍 일어나 아무도 밟지 않은 눈 위를 맨발로 걷는 걸 좋아했다. 형은 주기율표 외우는 걸 좋아했는데, 화가 날 때마다 그걸 중얼거리면 마음이 차분해진다고 했다. 형이 구속된 뒤에 나는 주기율표를 프린트해서 벽에 붙여놓았다. 왜 그랬을까? 그런 의문이 들 때마다 그걸 들여다보았다.

*

방학중 다섯 명의 아이들이 전학을 갔다. 담임선생님은 빈자리가 눈에 띄지 않도록 개학 전에 책상을 빼두었다. 그런다고 티가 안 나는 건 아니었지만 모두들 모른 척했다. 성민이도 전학을 갈 뻔했다. 성민이 아버지도 해고를 당했다. 성민이 아버지는 십 년 전에도 해고를 당했는데 그때 회사를 상대로 소송을 하다가 동료에게 배신을 당하고 빚도 크게 지게 되었다. 그 사정을 들은 먼 친척이 공장에 일자리를 소개해주었고, 그래서 아무 연고도 없는 우리 동네로 이사를 오게 되었다. 성민이 아버지는 이번에는 복직 농성에 참여하지 않았다. 동료들의 전화도 받지 않았다. 하루종일 베란다에 서서 창밖을 바라보았다. 베란다에서 담배를 피우지 말라는 윗집의 항의 전화를 받을 때마다 성민이 어머니는 이렇게 중얼거렸다. "이러다 내가 미치겠어." 청소기를 돌리면서도, 설거지를 하면서도, 텔레비전 연속극을 보면서도 성민이 어머니는 그 말만 중얼거렸다. 그러던 중 서울에서 주꾸미 전문점을 하는 큰언니에게서 한 통의 전화를 받았다. 니 형부가 암에 걸렸다고. 그러니 올라와서 일을 좀 도와달라고. 성민이 부모님은 이참에 식당 일을 배워보자고 결심을 했다. 이사를 가기로 결정한 날 성민이가 말했다. 대학에 합격해 다 같이 서울에서 만나자고. 전학 가는 학교에서 친구도 안 사귀고 공부만 할 생각이라고. 그랬는데 부모님만 올라가고 성민이는 남게 되었다. 직장을 잃은 사람들이 하도 많아서 집을 내놔도 사려는 사람이 없었기 때문이었다. 게다가 집값이 너무 떨어져서 이십 평짜리 낡은 연립을 판다 해도 그 돈으로는 서울에서 두 칸짜리 전세도 얻기 힘들었다. 성민이 부모님은 당분간 가게에 딸린 방에서 지내기로 했다. 혼자 남은 성민이는 부모님에게 두 가지를 약속했다. 꼬박꼬박 밥 챙겨 먹기. 친구들 재워주지 않기. 성민이 어머니는 가게가 쉬는 월요일마다 내려와 밑반찬을 채워놓았다. 현우와 나는 매주 일요일이면 성민이를 도와 집 청소를 했다. 청소를 마치면 남은 밑반찬으로 비빔밥을 해먹었다. 집도 깨끗하고 밥도 잘 먹어야 성민이 부모님이 안심하고 계속 이곳에 성민이를 남겨둘 테니까. 그래야 우리 동아리도 계속 유지될 수 있을 테니까.

우리는 증명왕이라는 동아리의 회원이었다. 회원은 세 명. 동아리를 만든 사람은 현우였다. 현우는 중학교 3학년 때 전학을 왔는데, 그전에 다니던 학교에서 같은 이름의 동아리 활동을 한 적이 있다고 했다. 그 동아리에서 여자친구를 사귀기도 했다. 현우가 전학을 간다고 하자 눈물을 흘리던 여자친구는 현우가 떠나고 한 달도 안 되어서 이별을 통보했다. 그만 만나자는 메시지를 받은 현우는 노래방에 가서 버즈의 〈겁쟁이〉를 열 번도 더 불렀다. 그날 나와 성민이는 옆방에서 트와이스의 〈치어 업〉을 부르고 있었다. 옆방에서 똑같은 노래가 계속 들려오자 성민이가 말했다. 틀림없이 여자한테 차인 놈일 거라고. 찌질한 놈일 거라고. 옆방에서 나오는 현우와 마주쳤을 때 우리는 좀 당황했다. 현우의 눈이 빨갛게 충혈되어 있었기 때문이었다. "전학생, 너 노래 디게 못 부르더라." 성민이가 말했다. "너네는 뭐. 차마 못 들어주겠더라." 현우가 말했다. 그날 우리는 노래방 앞에 있는 치킨집에서 양념치킨을 먹었다. 현우에게 닭다리 두 개를 다 양보했다. 현우는 사양하지 않았다. 그날 이후로 우리는 늘 붙어다녔다. 그리고 같은 고등학교를 지원했고 같은 반이 되었다. 학기초에 담임선생님은 반드시 한 개 이상의 동아리에 가입해야 한다고 했다. "들고 싶은 동아리가 하나도 없으면요?" 현우가 묻자 선생님이 말했다. 그럼 새로 만들라고. 단 회원이 세 명은 되어야 한다고. 그래서 우리 셋은 증명왕이라는 동아리를 만들었다. 회원 모집 공고를 복도에 붙여두었는데 가입하겠다고 연락을 한 사람은 한 명도 없었다. 성민이가 아버지한테 부탁해서 상자를 하나 만들어왔다. 윗면에는 종이를 넣을 수 있는 구멍이 있고 몸통은 자물쇠가 채워진 문이 달려 있었다. 그 문에 '증명해드립니다'라는 문구가 적혀 있었다. 우리는 상자를 교실 벽에 걸어두었다. 무엇이든 궁금한 걸 적어내면 그걸 증명해주는 게 우리 동아리가 하는 일이었다. '얼마나 많이 먹어야 배 터져서 죽을 수 있는지 증명해주세요.' '사람 몸속에 있는 똥 무게가 어느 정도인지 증명해주세요.' 이런 질문들이 들어왔다. 심지어 담임선생님이 애인이 없다는 사실을 증명해달라는 녀석도 있었다. 질문이 아무리 우스꽝스러워도 답을 해주는 게 동아리의 규칙이었으므로 우리는 답을 써서 교실 뒤에 붙여놓았다. 증명하지 못한 것은 미안합니다, 라는 제목으로 글을 적었다. '미안합니다. 실험을 하다 죽을 수도 있으니 제 앞으로 생명보험을 들어주세요. 그러면 그때 배 터지게 먹어보겠습니다.' '미안합니다. 주말에 데이트를 하는지 알아보려 했으나 차마 선생님을 미행할 수 없었습니다.' 그리고 실험을 한 것은 해보았습니다, 라는 제목을 달았다. 똥 무게를 재기 위해 우리는 장 청소 약을 먹었다. 상자에 '어마어마한 장 청소'라고 적혀 있었는데 정말 말 그대로였다. 그걸 먹은 다음 나는 몸무게가 이 킬로그램이나 빠졌고, 성민이는 일 킬로그램하고 삼백 그램이 빠졌고, 현우는 구백 그램 정도 빠졌다. 나는 일 킬로그램짜리 아령 두 개를 들어보았다. 그런 게 내 장 안에 있었다니 믿기지 않았다. 실험 결과를 본 반 아이들이 나를 똥덩어리라고 놀렸다. 장이 똥으로 가득차 있던 거라고. 그 실험을 한 뒤 우리는 현우네 삼촌 집에 가서 돼지갈비를 10인분이나 먹었다. 현우의 삼촌은 공장 후문 근처에서 돼지갈빗집을 했다. 어머니와 둘이 살던 현우는 어머니가 재혼을 하면서 삼촌 집으로 오게 되었다. "신혼생활 즐기라고 내가 안 따라간 거야." 현우는 그렇게 말하곤 했다.

학기초에는 질문 쪽지를 넣어두는 아이들이 꽤 있었는데 2학기가 되자 관심 밖으로 밀려났다. 그러다 어느 날 이런 쪽지가 들어왔다. '외로운 사람이 감기에 더 잘 걸린다는데 사실일까요? 증명해주세요.' 우리는 질문을 한 사람이 담임선생님일지 모른다는 생각이 들었다. 선생님은 종종 상자를 흔들어 쪽지가 들어 있는지 확인해보곤 했다. "우리 중 감기 잘 걸리는 사람?" 성민이가 물었다. 나는 감기에 잘 걸리지 않았다. 하지만 아빠는 계절이 바뀔 때마다 며칠씩 앓아눕곤 했다. 그때만은 엄마도 아빠에게 친절하게 대했다. 아빠가 좋아하는 소고기미역죽도 끓이고, 속을 파낸 배에 꿀과 대추를 넣고 중탕을 해서 감기차도 만들고, 따뜻한 보리차를 보온병에 담아 머리맡에 놔주기도 했다. "아빠가 감기에 자주 걸리기는 하는데 우리 가족 중 가장 외로운 사람인지는 잘 모르겠어." 나는 친구들에게 말했다. 그리고 아빠가 감기에 걸려서 결혼할 수 있었다는 이야기를 들려주었다. 이십 년 전, 아빠와 엄마는 강원도 어느 바닷가 마을의 민박집에서 만났다. 아빠는 고향 친구들하고 낚시를 하러 갔고, 엄마는 직장 동료들하고 여름휴가를 갔다. 첫째 날, 아빠 쪽에서 소금을 빌리러 옆방 문을 두드렸고 그래서 두 팀은 눈인사를 나누었다. 둘째 날, 혼자 산책을 하던 엄마가 그만 방파제에서 미끄러져 바다에 빠졌다. 다행히 근처에서 낚시를 하던 아빠가 그 사고를 목격하고는 바다로 뛰어들었다. 엄마의 목숨을 구한 아빠는 그날 저녁에 심한 몸살을 앓았다. "한여름에 바다에 빠졌다고 감기에 걸리다니. 그럼 해수욕은 어떻게 하니?" 엄마의 동료들이 키득거렸다. 엄마는 죄책감이 들었고, 그래서 시장에서 닭을 사다가 닭죽을 끓였다. 그날 아빠는 닭죽을 먹다 혓바닥을 데었다. 감기도 걸리고 혓바닥까지 데었으니 책임지라고 아빠가 엄마에게 말했다. "그놈의 닭죽. 그때 괜히 끓여줬어." 엄마는 속이 상할 때마다 아빠에게 그렇게 소리를 질렀다. 내 이야기를 듣던 현우와 성민이가 낄낄거리며 웃었다. 닭죽 때문에 니가 태어났구나, 하면서. 성민이는 형이 있었다는 이야기를 해주었다. 성민이가 태어나기도 전의 일이었다. 어머니의 화장대 서랍에는 액자 두 개가 들어 있었는데, 성민이는 오랫동안 사진 속 사람이 자기인 줄 알았다. 액자에 들어 있는 사진은 백일 사진과 돌 사진이었다. 성민이는 초등학교 4학년이 되어서야 죽은 형이 있었다는 사실을 알게 되었다. 사진 속 주인공이 형이라는 것을 알게 된 날 성민이는 몸살을 앓았다. "내 사진은 없었거든. 돌 사진도, 백일 사진도." 그날 성민이는 아기인 형의 얼굴을 오랫동안 들여다보았다. 그러면서 결심했다. "그 사진 속 아이가 나라고 믿기로 했어. 그랬더니 쓸쓸한 마음이 들더라고. 그 마음이 감기를 부른 게 아닐까." 성민이는 말했다. 현우는 잘 모르겠다고 했다. "외롭다는 말, 난 그 말을 모르겠어." 현우는 주말이면 삼촌 가게에서 아르바이트를 했다. 손님이 반으로 줄었기 때문에 현우는 삼촌에게 돈을 받을 때마다 미안한 마음이 들었고 그래서 자진해서 불판을 닦기도 했다. 암튼, 현우는 음식을 나르면서 손님들에게 물었다. "감기에 자주 걸리세요?" "우리는 소주를 자주 마셔서 감기에 안 걸려." 단골손님들은 그렇게 말하며 소주를 한 병 더 추가하곤 했다. 나는 동네 병원에 가서 진료를 기다리는 사람들을 인터뷰했다. 어느 할머니는 안 외로운 사람이 어디 있느냐는 대답을 했다. 그러면서 자기는 감기 때문에 병원에 온 게 아니라 위염에 걸려 온 거라고 말했다. 진짜 외로우면 위장병에 걸리는 법이라고. 그 옆에 앉아 있던 할아버지는 말도 안 되는 소리라고 역정을 냈다. 아픈 것도 서럽다며. 코감기에 걸렸다는 꼬마 아이가 내게 레모나를 주면서 말했다. "감기는요, 비타민이 부족해서 걸리는 거예요. 그것도 모르세요?" 성민이는 우리를 비웃었다. 감기에 잘 걸리는 사람을 찾을 게 아니라 외로운 사람을 먼저 찾아야 하는 거라고. 그러면서 자기는 식당에서 혼자 밥을 먹는 사람들을 찾아다녔다고 했다. 혼자 밥을 먹는 사람들에게 "외로우세요?" 하고 질문을 했다가 여러 번 미친놈 취급을 당했다. 한번은 그 질문을 받자마자 눈물을 흘리는 아저씨를 만났다. 성민이는 그 아저씨가 순대국밥에 소주 한 병을 비울 때까지 맞은편에 앉아서 이야기를 들어주었다. "아저씨 말이 베란다에 널려 있는 자신의 팬티만 봐도 외롭대. 목이 늘어난 셔츠만 봐도 슬프대." 성민이의 말을 듣고 집으로 돌아왔더니 아빠가 옥상에서 빨래를 걷고 있었다. 나는 평상에 앉아서 빨래를 걷는 아빠의 뒷모습을 바라보았다. "아빠." 내가 부르자 아빠가 뒤돌아봤다. "아빠는 언제 외로워?" 내 말에 아빠가 웃었다. 그리고 팬티를 내 쪽으로 던졌다. "니 건 니가 개. 니 엄마 힘들어." 아빠가 말했다. 팬티를 개다 말고 나는 외로운 사람을 상상해보았다. 부모님이 돌아가시고 혼자 옥탑방에서 살아가는 늙은 남자에 대해. 남자는 낡은 팬티를 입고 출근을 하다 교통사고가 날 것이다. 응급실에 실려갈 것이고, 간호사들이 목이 늘어난 러닝셔츠와 구멍난 팬티를 가위로 자를 것이다. 유령이 된 남자는 응급실 쓰레기통에 버려진 자신의 속옷을 바라보며 울겠지. 그런 상상을 하다보니 나도 모르게 눈물이 나왔다. 나는 일주일 내내 옥탑방에서 혼자 사는 중년 남자를 상상해보았다. 생일에도 만날 사람이 없는 남자. 퇴근길에 편의점 파라솔에 앉아 맥주를 마시는 남자. 눈이 내리면 맨발로 첫눈을 밟아보는 남자. 그런 남자를 상상해보았지만 감기는 찾아오지 않았다. 불면증만 더 깊어졌다. 우리는 물어봤습니다, 라는 제목으로 답을 달았다. 지난 열흘 동안 백 명의 사람에게 물어봤다고. 그중 가장 마음에 드는 답은 이거였다. 이십오 년 동안 내과에서 일을 하고 있다는 간호사의 대답이었다. 외로워서 감기에 걸리는 게 아니라 감기에 걸리니 외롭다는 생각이 드는 거라고. 며칠 후에 그 문장 아래에 누군가 이런 글을 적어놓았다. '조금이나마 위로가 되었음.'

*

중간고사를 앞두고 담임선생님이 병원에 입원을 했다. 며칠 후 학교에 이런 소문이 퍼졌다. 선생님이 차에 뛰어든 거라고. 우리는 그 이야기를 믿지 않았다. 선생님은 수업을 하다가 중간에 초콜릿을 먹는 버릇이 있었다. 그걸 먹은 다음에는 꼭 이렇게 말했다. "에너지 보충 끝!" 그리고 다시 큰 목소리로 수업을 시작했다. 출석을 부를 때도 힘없이 대답하는 것을 가장 싫어했다. 지각을 해도 좋으니 아침밥은 꼭 먹고 오라는 잔소리를 하도 해서 우리는 선생님을 밥순이라고 불렀다. 몇몇 아이들이 중간고사라도 잘 봐서 선생님을 기쁘게 해주자는 의견을 냈다. 선생님을 싫어하던 아이들도 갑자기 착해져서 공부를 하기 시작했다. 그래서 결국 우리 반은 여섯 개 반 중 오등을 했다. '이번엔 꼴찌 아니에요!' 우리는 담임선생님에게 단체 메시지를 보냈다. 선생님이 박수를 치는 이모티콘을 잔뜩 보내왔다. 그리고 며칠 후, 담임선생님이 선생님들 사이에서 왕따였다는 사실을 알게 되었다. 경민이란 친구가 시내에서 횟집을 하는 이모한테 들었다고 했다. 거기서 1학년 담임선생님들끼리 회식을 했다고. 다른 선생님들이 우리 담임선생님을 노골적으로 무시하는 걸 이모가 봤다고. "확실해?" 반장이 묻자 경민이가 말했다. "이모한테 선생님들 사진 보여주고 확인까지 받았어." 반장이 학급회의를 소집했고 우리는 이런 결정을 내렸다. 체육대회 날 선생님을 대신해 복수를 하자고. 매일 팔굽혀펴기를 오백 개씩 하던 종민이가 2반 담임선생님의 얼굴을 배구공으로 맞혔다. 종민이는 코피를 흘리는 2반 담임에게 다가가 공이 잘못 날아갔다며 사과를 했다. 축구 시합을 하던 중 홍기 녀석이 헤딩을 하는 척하며 5반 담임의 뒤통수를 이마로 들이박았다. 둘 다 그 자리에서 쓰러졌고 양호실로 실려갔다. 성우는 슬라이딩을 하는 척하며 심판을 보는 1반 담임의 종아리를 걷어찼다. 여학생들은 핸드볼을 하면서 6반 담임의 뒤통수를 세 번이나 맞혔다. 그리고 그 모든 경기에서 우리 반은 단 1승도 거두지 못했다. 마지막으로 계주경기가 시작되었다. "이것만은 이기자." 계주 주자들을 가운데 두고 우리는 동그랗게 모여서 파이팅을 외쳤다. 첫번째 주자가 삼등으로 달렸고, 두번째 주자가 상대 팀이 바통을 놓치는 틈을 타서 이등으로 올라섰다가, 세번째 주자에서 다시 역전을 당했다. 그리고 마지막 주자. 현우 차례였다. 현우의 아버지는 전국체

전에 나가 백 미터 달리기에서 금메달을 딴 적이 있었다. 그 메달을 목에 걸고 찍은 사진을 현우는 지갑에 넣고 다녔다. 반 바퀴를 남겨놓고 현우는 이등을 따라잡았다. 오래전 돌아가신 아버지의 유전자가 현우를 달리게 만든다는 생각을 하자 왠지 뭉클해졌다. 결승선을 앞에 두고 현우는 일등을 거의 따라잡았다. 우리는 소리쳤다. "현우야, 달려! 달려!" 그리고 결승선 바로 앞에서 현우는 앞서 달리는 아이의 옷자락을 잡았다. 운동장이 순간 조용해졌다. 두 사람이 뒤엉켜 넘어지는 모습이 어느 드라마의 한 장면처럼 천천히 재생되었다. 그리고 삼등으로 달리던 아이가 넘어진 두 아이를 지나쳐 결승선을 통과했다. 체육대회가 끝나고 우리는 만원씩 회비를 걷어 무한 리필 삼겹살집에 갔다. 사장님이 콜라 다섯 병을 서비스로 주었다. 그걸 물컵에 따르고 다 같이 건배를 했다. 그때 누군가가 작은 목소리로 말했다. "억울해. 그런데 조금 부끄럽기도 해."

체육대회가 끝나고 두 명의 아이가 더 전학을 갔다. 현우는 갑자기 말이 줄었다. 증명왕 상자에 누군가 쪽지를 넣었는데도 현우는 열어보지 않았다. 현우가 열쇠를 가지고 있었는데, 나와 성민이는 열쇠를 달라는 말을 하지 않았다. 그리고 내 생일이 다가왔다. 현우와 성민이는 여름에 사주었던 모기장이 생일 선물이었다며 더이상 선물은 없다고 말했다. 나와 동생은 생일이 하루 차이였다. 동생은 자기 생일날엔 미역국을 먹지 않았다. 하루 지난 미역국이라는 게 이유였다. "이 국은 형 거지, 내 게 아니잖아." 동생은 말했고 그러면 엄마가 이렇게 달래주었다. "내년엔 새로 끓여줄게." 그랬지만 그 약속을 지킨 적은 없었다. 그러다 올해, 엄마는 내 생일을 잊었다. 아침에 전날 먹고 남은 콩나물국에 밥을 말아 먹으면서 나는 모른 척했다. 그리고 현관 앞에 서서 엄마에게 말했다. 아들 생일 까먹었으니 용돈이나 달라고. 그 돈으로 나는 현우와 성민이에게 치킨을 사주었다. 노래방 앞에 있는 치킨집에 가서. 생일이니까 닭다리는 내가 먹겠다고 했더니 녀석들이 그러라고 했다. 닭다리를 두 개 다 먹었는데, 이상하게도 다리가 하나 더 나왔다. 그걸 들고 현우가 말했다. "이 다리는 뭘까?" 성민이가 다리를 빼앗으려 하자 현우가 재빨리 한입 뜯었다. 현우는 뭐든 맛있게 먹었고 그래서 현우와 같이 음식을 먹으면 늘 과식을 하게 되었다. 치킨 무를 손으로 집어먹으면서 현우가 말했다. "나 전학 갈 것 같아." 현우는 어머니가 다시 혼자 살게 되었다고 말했다. "나보고 삼촌하고 있고 싶으면 그러라는데 어떻게 그래. 게다가 우리 엄마는 혼자 밥 먹는 걸 제일 싫어하거든." 나는 현우의 머리를 쓰다듬어주었다. "착하다." 현우는 자기는 착한 아들이 아니라고 대꾸했다. 나는 현우에게 미리 칭찬을 들었으니 앞으로 착한 일을 하나 하면 된다고 말해주었다. "우리 스무 살이 되자마자 이 집에서 첫 술 마시자." 현우가 말했다. 그 말에 성민이가 콜라를 들었다. “물론 콜.” 나도 콜라를 들었다. “오케이.” 치킨을 다 먹은 다음 우리는 동네 골목길을 걸어보았다. 길에 바람 빠진 축구공이 버려져 있었다. 성민이가 공을 발로 찼다. 공은 문 닫은 어느 가게의 셔터 문을 맞혔다. “원래 장사가 안되던 집이었어.” 성민이가 말했다. “맞아. 진짜 맛이 없었어.” 내가 대꾸했다. 해가 질 때까지 우리는 골목길을 걷고 또 걸었다. 그러다 편의점 앞 파라솔에서 똑같은 운동복을 입고 있는 아저씨들을 보았다. 옷은 똑같았지만 등에는 제각각 다른 번호가 새겨져 있었다. “인마, 내가 그 이야기 하면 세계 평화가 위험해져.” 등번호 5번인 아저씨가 큰 소리로 말했다. 그 말에 등번호 12번인 아저씨가 맞장구를 쳤다. “맞다. 맞아. 세계 평화가 위험하다.” 그 말에 아저씨들이 웃었다. 하하하. 아저씨들이 캔맥주를 허공에 높이 들고 건배를 했다. 우리는 골목길을 걸으면서 아저씨들을 흉내 내보았다. “인마, 내가 공부를 하면 세계 평화가 위험해.” “인마, 내가 외모를 꾸미면 세계 평화가 위험해져.” 재미는 있었지만 아저씨들처럼 웃음이 나지는 않았다. 그래도 나는 아저씨들처럼 웃었다. 하하하. 그건 그렇고, 무슨 비밀 이야기이길래 세계 평화가 위험해진다는 걸까. 다시 되돌아가서 아저씨들에게 묻고 싶은 생각이 들었다.

*

옆집 아저씨가 형의 물건들을 마당에 버렸다. 책상과 침대, 그리고 천체망원경까지. 며칠 동안 비가 왔고 나는 그것들이 비에 젖는 것을 구경했다. 새벽에 몰래 옆집으로 건너가 책상 서랍을 열어보고 돌아온 적도 있었다. 일부러 축축한 의자에 앉아보았다. 엉덩이가 젖었다. 며칠이 지나자 누군가 천체망원경이 젖지 않도록 비닐을 덮어두었다. 그리고 어느 날 밤에 아빠가 내 방 문을 두드렸다. 나가보니 평상에 침낭 두 개가 놓여 있었다. "우리 여기서 자볼래?" 어디서 났냐고 묻자 주웠다고 했다. 더러워서 안 잔다고 했더니 아빠가 농담이라고 말했다. "정우가 쓰던 거야." 정우는 사촌형의 이름이었다. 큰아버지가 아프다는 전화를 받고 며칠 전에 고향에 다녀왔는데 그때 정우 형이 버린다고 내놓은 걸 들고 왔다고 아빠가 말했다. 나는 침낭에 들어가보았다. "눈이 내리면 좋을 텐데." 내가 말했다. 아빠도 침낭 안으로 들어갔다. 나는 밤하늘을 쳐다보며 침낭 위로 눈이 쌓이는 장면을 상상해보았다. 그때 옆에서 아빠가 말했다. "자니?" 내가 대답했다. "아뇨." 그러자 아빠는 군 입대를 앞두고 무전여행을 떠난 적이 있다는 이야기를 해주었다. 단짝 친구들하고 떠났는데 그때 처음으로 침낭에서 잠을 자보았다고. 아빠와 친구들은 아르바이트를 해서 중고 자전거를 세 대 샀다. 그리고 침낭도 세 개를 샀다. 셋은 서해안을 따라 내려갔다가 남해안을 가로질러 동해안을 따라 올라올 계획이었다. "서해 어느 바닷가에서 침낭을 펴고 잠을 잤는데 얼굴에 수십 방을 모기에게 물리기도 했지." 아빠가 말했다. 서해까지는 문제없이 여행을 했다. 어망을 손질하는 어부들을 도와주고 회나 매운탕을 얻어먹기도 했다. 그러나 여행 일주일 만에 목포에서 일이 생겼다. 한 친구가 교차로에서 넘어지면서 다리가 부러진 것이었다. 있는 돈을 모두 모아 병원비를 내고 나니 집으로 올라올 차비가 없었다. "그때 어떻게 했는지 아니?" 아빠가 내게 물었다. 나는 당연히 모른다고 대답했다. "목포역 앞에서 자전거를 팔았어. 나물 파는 할머니 옆에서. 글쎄, 그 할머니가 우리들이 불쌍하다며 나물로 비빔밥을 해줬는데 아직도 그 맛이 잊히질 않아." 아빠가 말했다. "그래서 팔았어요?" 나는 아빠가 사람들 앞에 서서 자전거 사세요, 라고 외치는 장면을 상상해보았다. 솔직히 상상이 되진 않았다. "팔았지. 다른 친구 하나가 기가 막히게 영업을 잘했거든. 심지어 자전거를 탈 줄 모르는 사람한테까지 팔았다니까." 침낭에 누워 있으니 코끝이 시려왔다. 그런데 발바닥에서는 땀이 났다. 그날 아빠는 친구들하고 이런 약속을 했다. 셋이 동시에 결혼식을 올리고, 같이 신혼여행을 가고, 비슷한 시기에 아이를 낳아 함께 돌잔치를 하자고. "그러다 한 놈이 죽었어." 거기까지 말한 다음 아빠는 한참 동안 아무 말도 하지 않았다. 나는 가만히 기다렸다. 아빠는 한참 후에 혼잣말처럼 하늘을 보고 중얼거렸다. "그냥. 그런 일이 있었어." 나는 용기를 내어 아빠에게 이렇게 물어보았다. "아빠, 그런데 옆집 형은 왜 그랬을까요?" 아빠는 잘 모르겠다고 대답했다. 이십 년 전 친구가 왜 그랬는지도 지금까지 모르겠다고. 그러니 옆집 아이의 마음은 더더욱 모르겠다고. 나는 아빠에게 왜 옥상에서 잠을 자게 되었는지에 대해 고백했다. 왜 그렇게 동생이 미워졌는지 모르겠다고. 내 안에 나쁜 것들이 깃들어 있는 것은 아닌지 모르겠다고. 아빠가 침낭 밖으로 손을 빼서 내게 팔베개를 해주었다. "친구들이랑 자전거 여행을 할 때 이런 적이 있었지." 아빠는 말했다. 시골길에서 아빠와 친구들은 리어카에 꼬맹이들을 태우고 길을 가는 어느 남자를 보았다. 어디 가냐고 물었더니 그 꼬맹이들이 한목소리로 말했다. "학교요." 리어카를 끌고 가는 사람이 아빠라고 했다. 친구들인 줄 알았다고 했더니 세 쌍둥이라고 했다. 아빠는 친구들과 그 리어카를 따라갔다. 리어카의 속도에 맞춰 천천히 자전거를 몰다보니 안 보이던 풍경들이 눈에 들어왔다. 초등학교 정문에 도착하자 아이들이 자전거를 타보고 싶다고 했다. 그래서 아빠와 친구들은 아이들을 자전거 뒷자리에 각각 앉히고 운동장을 돌았다. 한 바퀴. 두 바퀴. 세 바퀴. 그날 아빠는 운동장을 스무 바퀴나 돌았다고 했다. "정말, 정말 좋았어. 그 순간이." 아빠가 말했다. 나는 고개를 돌려 아빠의 옆모습을 보려다가 말았다. 대신 아빠에게 리어카는 못 타봤지만 트럭은 타봤다는 이야기를 해주었다. "아빠가 가출해서 내가 옆집에 맡겨졌을 때 일이에요." 내가 말하자 아빠가 미안하다고 대답했다. 그 당시 옆집 아저씨는 가구 공장에서 일을 했는데, 어느 날 중고 소파를 트럭에 싣고 퇴근했다. 그날은 형의 생일이었다. 형은 생일 선물로 그 소파에 앉아 동네를 한 바퀴 돌아보고 싶다고 했다. 나와 형은 소파에 앉았다. 아저씨가 차에 시동을 걸면서 소리쳤다. "출발한다!" 아저씨는 그날 동네를 돌고 또 돌았다. 풍경들이 다가오는 게 아니라 뒤로 물러났다. 우리를 본 사람들이 손을 흔들어주었다. 우리도 손을 흔들었다. 바람이 불면 벚꽃 잎이 사방으로 흩날렸다. 내 머리 위로도, 형의 머리 위로도 벚꽃 잎이 떨어졌다. 자전거를 탄 아이가 골목길에서 불쑥 튀어나와 아저씨가 급정거를 했다. 그 바람에 나는 혓바닥을 씹었다. 어떤 아이가 우리가 탄 트럭을 따라오면서 비눗방울을 불었다. "정말, 정말 좋았어요. 그 순간이요." 나는 아빠에게 말했다. "아빠, 자요?" 한참 후에 나는 아빠를 불러보았다. "아니." 아빠가 대답했다. 나는 첫눈이 내리면 그때도 이렇게 같이 침낭에서 잠을 자자고 말했다.

블랙홀

1

모든 일은 그 망할 놈의 옆집 할아버지가 넘어졌기 때문이라고 오빠는 술에 취하면 전화를 걸어 말하곤 했다. 부모님이 시골로 내려간 것은 십 년 전쯤이었다. 시골로 내려가기 전에 아버지는 우리 삼 남매를 불러 이렇게 말했다. "이자 갚는 것도 지쳤다. 이제 그만 집을 팔련다." 나는 부모님이 노후 자금을 모으지는 못했어도 빚이 있으리라고는 생각도 못했다. 아버지는 자동차 부품을 납품하는 중소기업의 관리부에서 삼십 년을 근무했는데 회사가 부도나는 바람에 퇴직금도 받지 못하고 퇴직을 했다. 그후로 몇 달 쉬었다가 아는 사람의 소개로 얻은 아파트 경비 일을 오 년째 하고 있었다. 아버지가 경비 일을 시작했을 때 어머니도 동네 세탁소에서 수선 일을 시작했다. 혹시 생활비가 부족하냐고 물었더니 어머니는 심심해서 하는 거라며 우리를 안심시켰다. 깔끔세탁소는 우리가 그 동네로 이사를 갔을 때부터 있던 곳이었다. 한때 어머니는 세탁소 주인아주머니가 꾸린 계원 중 한 명이었다. 주인아주머니는 수선을 잘해서 옆 동네에서도 옷을 맡기러 올 정도였는데, 그만 치매에 걸리고 말았다. 마침 실직을 한 아들네가 세탁소를 이어받겠다고 해서 주인아저씨는 가게를 넘겨주었다. 그래서 손재주가 좋은 어머니가 가끔 가서 일을 돕고 세탁소집 며느리에게 바느질을 가르치기로 한 것이었다. 어머니는 젊은 시절 양장점에서 일을 한 적이 있었다. 우리가 어렸을 때 어머니는 원피스도 직접 만들어주곤 했다. 아버지의 경비 월급과 어머니가 수선을 해서 받는 돈을 합하면 두 분이 사는 데 그다지 부족하지 않을 거라고 나는 생각했다. 공과금을 내고, 먹고 싶은 거 사 드시고, 설날이나 어린이날에 손주들에게 용돈 정도는 줄 수 있는 삶. "그동안 번 돈은 어디 갔어요?" 오빠가 물었을 때 아버지는 화를 냈다. 집을 산 뒤로 단 한 번도 빚이 없었던 적이 없다고. 부모님이 처음으로 산 집이었다. 은행 대출이 집값의 절반을 넘었고 그 절반을 갚기도 전에 우리 삼 남매가 줄줄이 대학에 입학했다. 그래서 또 대출을 받았고 그걸 다 갚기도 전에 언니가 임신을 해서 결혼을 했다. 그때 다시 대출. 누가 쌍둥이 아니랄까봐 언니가 결혼을 하고 이 년 후에 오빠도 애가 생겨서 결혼. 그때 다시 대출. 뭐 일이 그렇게 된 것이었다. 재개발만 되면 아파트값이 오를 것이라는 희망으로 버텼지만 이제 기다리는 것도 지쳤다고 어머니가 말했다. 그러면서 당숙이 사는 시골로 내려가겠다고 했다. 아버지의 외사촌 형인 당숙은 오십대 초반에 대장암에 걸렸다가 그 일을 계기로 귀향을 했다. 딸기 농사를 크게 지었는데 자식들 중 아무도 농사를 이어받지 않아 일손이 부족하다고 했다. "딸기 농사도 돕고 이런저런 농사도 좀 직접 짓고 그러면 둘이 먹고살지 않겠냐." 어머니는 말했다. 부모님은 집을 팔아 빚을 갚았고 우리는 삼천만원을 만들어 부모님의 귀촌 자금에 보탰다. 이사를 하고 며칠 후 어머니는 내게 전화를 걸어 옆집에 사는 할머니랑 같이 나물을 캐고 왔다고 말했다. 그걸로 저녁에 쑥국을 끓이고 씀바귀와 냉이를 무쳐 먹었다고 했다. "그 형님이 내일은 산마늘 캐러 가자 하네. 산마늘 넣고 삼계탕 끓이면 몸에 그리 좋다고." 어머니보다 나이는 많지만 그래도 의지할 이웃이 생긴 것 같아 나는 안심했다. 그리고 내 생각대로 둘은 맛있는 음식을 하면 나눠 먹고 볕이 좋은 날은 평상에 앉아 남편 흉을 볼 정도의 사이가 되었다. 옆집 할머니가 돌아가셨을 때 어머니는 너무 울어 목이 잠겼고 일주일 동안이나 말을 못했다. 그랬는데 혼자가 된 옆집 할아버지가 부모님 집 감나무에서 떨어진 감을 밟고 넘어져서 허리를 다쳤다며 소송을 걸었다. 평소에는 담을 넘어온 가지에 달린 건 다 자기네 거라며 모조리 따먹었으면서 이제 와서 우리 탓을 한다고, 어머니는 담벼락 앞에 서서 옆집을 향해 소리를 질렀다. 치료비의 일부를 지불하라는 판결을 받은 날 아버지는 감나무를 잘라버렸다. 감나무가 쓰러지면서 담을 건드렸고 담이 무너지면서 아버지 발등을 덮쳤다. 아버지는 두 달 동안 깁스를 했다. 걷지 못하는 동안 아버지는 평상에 앉아서 막걸리를 마시며 옆집을 향해 계속 욕을 했다. 그때부터 부모님이 조금씩 변한 거라고 오빠는 말했다. 나는 아버지는 원래 술을 마시면 화를 잘 냈다고 대꾸하려다가 말았다.

언니는 부모님이 판 아파트가 재개발이 된 게 원인이라고 했다. 그때 생긴 마음의 병이 다른 방식으로 폭발한 거라고. 어머니는 이사를 한 뒤에도 103동 아주머니랑 통화를 하며 동네 소식을 전해듣곤 했다. 어머니랑 같이 동사무소 노래 교실을 다니며 친해진 아주머니였다. 시골로 내려간 첫해에 들은 소식은 세탁소 아들 부부가 이혼을 했다는 거였다. "세탁소를 하기 전에는 주말부부였대. 그러다 하루종일 얼굴을 보려니 못 참겠는 거지." 103동 아주머니의 말에 어머니는 수선을 가르칠 때도 며느리는 웃는 법이 없었다고 대꾸했다. 그다음 해에는 노래 교실 선생님이 심장마비로 죽었다는 소식을 들었다. "결혼 안 한 자식이 둘이나 있는데 어째. 불쌍해서." 어머니는 눈물을 흘렸다. 그다음 해에는 아파트 후문에 있던 치킨집에서 불이 났다는 소식. 그다음 해에는 경비 아저씨들끼리 싸움이 나서 한 명이 중태에 빠졌다는 소식. 그런 소식을 듣는 날이면 어머니는 내게 전화를 걸어 그 이야기를 전했다. 그러고는 아버지 흉을 보다가 전화를 끊었다. 어떤 날은 통화가 한 시간씩 이어지곤 했다. 그래도 나는 전화를 안 받거나 먼저 끊거나 하지는 않았다. 부모님이 시골로 내려갈 때 오빠 언니와 달리 오백만원밖에 보태지 못한 게 늘 마음에 남아 있었기 때문이었다. 게다가 매달 용돈도 보내지 못해서 그 정도는 해야 한다고 생각했다. 그러던 어느 날 언니가 내게 전화를 걸어 아파트가 재개발이 된다는 이야기를 했다. 나는 어디서 들었느냐고 물었다. 그랬더니 어머니가 전화를 걸어 말해줬다는 거였다. "아파트값이 일억이나 올랐대. 얼마나 속상하셨는지 십 분이나 우셨다니까." 나는 그때 어머니에게 좀 섭섭했다. 사람들 흉을 볼 때면 내게 전화를 해놓고 정작 마음속 이야기는 언니에게 하는 눈치였다. 재개발 소식을 들은 이후 어머니는 불면증에 걸렸다. "잠을 잘 못 자서 그런지 입맛이 떨어졌다. 도통 먹고 싶은 게 없다." 어머니는 말했다. 먹고 싶은 음식이 없어지자 어머니는 음식을 대충 하기 시작했고 그 일로 부부싸움이 잦아졌다. 아버지는 일주일 내내 쉰 김치에 된장찌개만 먹었다며 오빠에게 전화를 걸어 하소연을 했다. 아파트 하나 지키지 못한 가장이라 그런 대우를 받는 거라고. 오빠는 그 이야기를 언니에게 전했고 언니는 또 내게 전했다. 나는 홈쇼핑에서 고등어와 불고기와 곰탕을 사서 시골로 보냈다. 그리고 아버지한테 전화를 걸어 이제부터 요리에 재미를 붙여 보시라고 권했다. "엄마도 밥하는 게 얼마나 지겹겠어요. 그리고 아버지 비빔국수도 잘하시잖아요." 내 말에 아버지가 알았다며 퉁명스럽게 전화를 끊었다. 어머니는 언니가 해준 한약을 먹고 입맛이 조금 돌아오긴 했지만 예전처럼 달게 드시지는 않았다. "억지로 먹는 거야." 어머니는 그 말을 달고 살았다. 그 시기에 옆집 할아버지가 감을 밟고 넘어진 사건이 일어난 것이다. 언니는 재개발로 아파트값만 오르지 않았다면 부모님이 옆집 할아버지가 입원한 병원에 가서 인사도 하고 병원비도 냈을 거라고 말했다. "엄마가 얼마나 정이 많았니?" 언니의 말에 나는 아무 대꾸도 할 수 없었다.

새언니는 이사를 간 집에 귀신이 붙었기 때문이라고 생각했다. 시골집이라지만 터무니없이 싼 가격에 집이 나왔을 때 알아봤어야 했다고. 그 집에서 누군가 자살을 했다는 사실을 안 것은 이사를 간 해에 맞이한 추석날이었다. 집은 디귿 자 모양이었는데, 안채는 니은 자에 해당되고 사랑방이 독채처럼 있었다. 사랑방에는 장작을 때는 아궁이가 있었다. 시골로 내려간 후 처음으로 맞는 명절이어서 오빠네 식구만 아니라 언니네 식구까지 다 내려갔다. 안채에는 방이 두 개였다. 안방에서는 남자들이, 작은방에서는 아이들이, 그리고 사랑방에서는 여자들이 잠을 자기로 했다. 아버지가 아궁이에 장작을 가득 넣고 불을 때었다. "종일 고생했으니 뜨끈한 방에서 푹 자라." 아버지가 새언니에게 말했다. 그날 사랑방에서 잠을 자던 새언니는 악몽을 꾸었다. 누군가 밤새 목을 졸랐다는 거였다. 뜨거운 방에서 찜질을 했더니 몸이 개운해졌다는 어머니는 새언니에게 방이 너무 뜨거워서 그런 꿈을 꾼 거라고 말했다. 언니도 거들었다. 목이 말라서 그런 악몽을 꾸게 된 거라고. 그랬는데 차례를 지내고 당숙 댁에 인사를 하러 갔을 때 당숙모가 이런 이야기를 들려주었다. 그 집에는 딸을 혼자 키우던 할머니가 살고 있었다고. 할머니의 남편은 결혼한 지 이 년 만에 다른 여자와 살림을 차려 집을 나갔다. 그래도 할머니는 마을을 떠나지 않고 악착같이 일을 해서 딸을 공부시켰다. 그 딸이 미국으로 유학을 가서 박사학위를 받았을 때 할머니는 소를 두 마리나 잡았고 이웃 마을 사람들까지 이틀 내내 먹고 마셨다. 그랬는데 그 남편이 사십팔 년 만에 돌아왔다. 남편이 돌아오자 어찌된 일인지 할머니는 한 달 동안 극진히 음식을 대접했는데, 화를 내지 않아 더 무섭다고 남편이 동네 경로당에 가서 하소연을 하기도 했다. 그리고 어느 날 할머니는 아무 말 없이 사라졌다. 미국에 사는 딸한테 가버린 것이다. "혼자 남은 남자는 내내 술만 마시다가 자살을 했대요. 바로 그 사랑방에서요." 당숙모가 목소리를 낮춰 속삭이듯 말했다. 오빠는 그런 집을 소개했다고 화를 냈다. 그러자 당숙 아저씨가 그 돈으로 살 수 있는 집은 거기밖에 없다고 말했다. "그리고 생각하기 나름이지. 그 집 딸은 미국에서 교수를 한다. 그런 자식이 나온 집이라고." 어머니는 차례를 지내고 남은 음식을 사랑방 방문 앞에 놓고 제사를 지내주었다. 그러고는 사랑방을 허물어버리자는 우리 삼 남매에게 이렇게 말했다. "그렇게 따지면 아무데서도 못 산다. 전쟁통에 이 마을에서 얼마나 많은 사람이 죽었는데."

아버지는 깁스를 풀기 전에 넘어져서 골반을 다쳤다. 막걸리를 마시고 화장실에 갔다가 슬리퍼를 잘못 밟아 넘어졌는데, 어머니가 외출을 하는 바람에 몇 시간 후에야 발견되었다. 아버지는 화장실에서 목이 쉬도록 사람 살려달라고 외쳤다. 하지만 그 소리는 옆집까지만 들렸고, 옆집은 할아버지가 허리를 다친 뒤 요양원에 들어가서 빈집이었다. 어머니는 사랑방을 황토방으로 개조했다. 아버지를 거기로 모시고 아침저녁으로 아궁이에 불을 지폈다. 아버지는 짜증이 많아졌고, 어머니를 아주머니라고 부르더니, 나중에는 욕창이 생겨도 아프다는 말을 하지 못했다. 그렇게 일 년 반을 누워 있다가 돌아가셨다. 몇몇 동네 주민들이 감나무를 잘라 저주를 받았다는 뒷말을 했다. 옆집 할머니가 그렇게 잘해주었는데 그 정을 생각해서라도 옆집 할아버지에게 그러면 안 되었다고 말한 사람들도 있었다. 어머니는 마을회관으로 달려가 화투판을 뒤집었다. 그리고 화투를 치던 아주머니들에게 그렇게 살지 말라고 소리쳤다. 어머니가 체포되었을 때 경찰은 그 사건을 거론했다. 그게 동기였다고. 저녁 뉴스에는 어머니가 병을 들고 마을 체육대회가 열리는 운동장으로 걸어가는 모습이 찍힌 CCTV 화면이 나왔다. 그리고 삼십 분 후 빈손으로 돌아오는 모습도. 음식을 내기 전 부녀회장이 간을 보지 않았다면 동네 사람들이 전부 죽을 뻔했다고 경찰은 오빠에게 말했다. 어떻게 된 일이냐고 오빠가 다그쳤을 때 어머니는 말했다. "나는 그게 매실 엑기스인 줄 알았다." 어머니의 말은 터무니없었다. 농약과 매실액을 헷갈릴 사람이 누가 있겠는가. 오빠는 그 말을 믿고 싶어했다. 새언니는 육개장에 매실액을 넣는 사람이 어디 있느냐고 말했다. 그 말에 오빠가 발끈했다. "우리라도 믿어야 해. 믿어야 한다고." 오빠는 새언니한테 소리치며 울었다. "뭐에 홀린 거야. 홀린 거라고." 새언니도 울며 오빠한테 소리쳤다. "이놈의 집에 귀신이 붙어서 그런 거라고." 나는 새언니가 계속 귀신 탓을 하길 바랐다. 어머니를 미워하는 것보다는 그게 더 나았다.

2

오빠가 시골집에 내려간 지 일주일이 지났는데 돌아오지 않는다며 새언니가 전화를 걸어왔다. 집을 사겠다는 사람이 나와 내려갔다는 거였다. 그런 집을 누가 살까 싶어 거의 포기하고 있었는데, 옆집과 부모님 집을 허물어 펜션을 짓겠다는 작자가 나타났다. "계약이 미뤄져 하루 자고 온다고 하더니 지금까지 안 와요." 새언니가 말했다. "내가 거기서 자지 말고 당숙 댁에 가서 자고 오라고 그렇게 말했는데." 통화가 되느냐고 묻자 하루에 한 번씩 잘 지낸다는 메시지가 온다는 거였다. 처리할 일이 있다고. 내일 간다고. 늘 같은 내용이라고 했다. 새언니랑 통화를 하고 오빠한테 전화를 했더니 받지 않았다. 조금 기다렸다 다시 했는데 역시나 받지 않았다. 나는 언니한테 전화를 걸어 새언니한테 들은 얘기를 알려줬다. 그랬더니 언니가 어제 오빠 꿈을 꾸었는데 나쁜 일은 없을 거라며 안심하라고 했다. 둘은 쌍둥이라 그런지 서로에게 무슨 일이 생기면 꿈에서 미리 알아차리곤 했다. 오빠가 군대에 가 있는 동안 여자친구에게 차였는데, 그 여자친구에게 다른 사람이 생겼다는 사실을 오빠보다 먼저 안 것도 언니였다. 언니가 결혼 전에 임신을 해서 고민할 때 먼저 알아차린 사람도 오빠였다. 언니 대신 태몽을 꾼 것이었다. 어제 언니는 이런 꿈을 꾸었다. 오빠랑 학교 앞 문방구에서 달고나를 만드는 꿈이었다. 언니랑 오빠는 여덟 살. 둘은 똑같은 스웨터를 입고 있었는데 초등학교 입학 기념으로 어머니가 떠준 옷이었다. 언니는 연탄불 앞에 앉아 달고나를 만들다가 스웨터의 소매를 태웠다. 혼날까봐 언니는 울었다. "그랬더니 오빠가 스웨터를 바꿔 입어줬지. 그래서 나 대신 혼났고." 오빠는 어머니에게 등짝을 맞았다. 언니는 예전에도 몇 번 같은 꿈을 꾼 적이 있는데 그때마다 나쁜 일은 일어나지 않았다고 했다. 처음 그 꿈을 꾸었을 때 오빠는 길에서 만원을 주웠다. 언니가 자신의 꿈 덕분이라고 말하자 오빠가 오천원을 주었다. 두번째 그 꿈을 꾸었을 때 오빠는 길에서 넘어진 할아버지를 발견하고는 도와드렸다. 그 할아버지의 손녀가 오빠에게 전화를 걸어 고맙다고 인사를 했고 그걸 계기로 둘은 잠깐 사귀었다. "내일 월차 낼 수 있어?" 언니가 물었다. 왜 그러냐고 물으니 오빠를 찾으러 시골집에 가자고 했다. "새언니는?" "귀신 붙은 집이라고 얼씬도 안 할걸. 괜히 같이 내려갔다가 부부싸움 생길지도 모르고." 그러면서 언니는 우리끼리 갔다 오자고 말했다. "미리 학교 태워다주고 너한테 가면 여덟시 정도 되겠다. 내일 보자." 언니가 전화를 끊었다. 우리 집안의 첫째 조카인 미리. 뭐든지 미리미리 준비하는 마음으로 살라고 이름을 미리로 지었더니 정말 뭐든지 스스로 준비하는 아이. 내 생일날 종이백에 샤넬 로고를 붙여 선물했던 아이. 나는 미리가 성년이 되는 날 처음으로 같이 술을 마시는 사람이 되고 싶었다. 그건 미리가 태어났을 때부터 품어온 소원이었다. 자신에게 그런 피가 흐를까봐 끔찍하고 징그럽다고, 외가 쪽 식구들 얼굴도 보기 싫다고 미리는 말했다. 그 이후로 나는 미리를 한 번도 보지 못했다. 미리는 내년에 스무 살이 된다.

새벽에 일어나 동네를 돌아다녔다. 네시 반. 나는 가로등을 세면서 걸었다. 작년 겨울, 폭설이 내리던 날이 시작이었다. 옆방에서 여자가 신음소리를 내는 바람에 눈을 떴다. 새로 이사온 여자였는데 악몽을 꾸는지 새벽마다 소리를 질렀다. 창밖을 보니 함박눈이 내리고 있었다. 나는 창을 열어 몸을 반쯤 밖으로 내밀고 눈을 맞았다. 한참을 그러고 있다가 나도 모르게 신발을 창밖으로 던졌다. 아침에 누군가 그 신발을 본다면 지나온 발자국도 지나간 발자국도 없는데 신발만 덩그러니 놓여 있는 걸 궁금해할 거란 생각이 들었다. 이 신발 주인은 어디로 사라진 건가? 그러면서 하늘을 한 번 쳐다보겠지. 그런 상상을 하면서 나는 눈을 맞았다. 나는 어릴 적 눈이 내리면 일찍 학교에 갔다. 초등학교가 가까워서 방학 때도 눈이 내리면 학교 운동장으로 달려갔다. 그리고 운동장을 뒤로 걸었다. 내가 지나온 발자국을 보면서 걷는 것. 그 발자국을 보면서 나는 유령이 된 또다른 내가 나를 따라온다는 상상을 하곤 했다. 그날 나는 밖으로 나가 맨발로 동네를 돌아다녔다. 가로등을 서른 개까지 셀 동안 걷다가 되돌아왔다. 그리고 집 앞에서 눈에 파묻힌 신발을 찾아 신었다. 집에 돌아와 뜨거운 물에 발을 담갔다. 발바닥이 간지러워서 나는 오랫동안 울었다. 그날 이후로 옆방 여자가 소리를 지르지 않아도 새벽이면 눈이 떠졌다. 오늘은 가로등을 백서른 개까지 세며 걸었다. 서른번째 가로등에는 낙서를 했다. 어제는 마흔번째 가로등에 등신이라고 썼다. 그제는 쉰여섯번째 가로등에 바보라고 썼다. 오늘은 꼴값하네, 라고 적었다. 오빠와 언니는 초등학생 때 그 말을 자주 썼다. 당시 유행했던 드라마에서 주인공의 할머니가 자주 하던 말이었다. 그 할머니는 족발집을 운영하며 손자들을 키웠는데 술 취한 손님이 허튼소리를 하면 그렇게 받아쳤다. 오빠와 언니는 꼴 자를 길게 늘렸다가 값 자에 힘을 주며 말하는 것까지 흉내를 냈다. 길을 걷다 오줌을 누는 강아지를 보아도 꼴값하네. 옆집에 사는 미희가 생일잔치를 한다는 소문을 들어도 꼴값하네. 언니가 좋아하는 가수의 열애설이 나와도 꼴값하네. 그러다 둘은 서로에게 좋은 일이 생겨도 그 말을 쓰기 시작했다. 오빠가 시험에서 백 점을 받아도 꼴값하네. 언니가 달리기에서 일등을 해도 꼴값하네. 꼴값하네 놀이. 오빠 언니는 그 놀이에 나를 끼워주지 않았다. 그래서 나는 그 말을 나 혼자에게 하곤 했다. 집에 돌아와 벽에 귀를 대고 옆방에서 나는 소리를 들어보았다. 아무 소리도 들리지 않았다.

언니는 일곱시 오십분에 도착했다. 휴게소에서 우동을 사 먹었다. 언니는 많이 먹지도 않는데 자꾸만 살이 찐다며 우동을 반만 먹었다. 어머니가 살인미수로 오 년 형을 받은 뒤 언니는 급작스럽게 살이 쪘다. 그랬는데도 면회를 가면 어머니는 왜 이렇게 말랐냐는 말만 한다고 언니는 말했다. 고속도로 옆으로 하얀 꽃들이 군락을 이루며 피어 있었다. 나는 자동차 창문을 내렸다. 향긋한 냄새가 날 줄 알았는데 아무 냄새도 느껴지지 않았다. 언니는 그

꽃이 이팝나무 꽃이라고 했다. 나는 조팝나무 꽃이라고 했다. "내기할까?" "응, 내기하자." 우리는 무엇을 걸지 한참을 생각했다. 터무니없는 것을 거는 것. 그게 우리 자매의 내기 방법이었다. 나는 나무 위에 집을 지어주겠다고 했다. 단, 계단은 없으니 밧줄을 타고 올라가야 한다고. 언니는 화장실만 있다면 괜찮다고 했다. 한번 올라간 다음 다시는 안 내려오면 된다고. 그리고 집을 선물받았으니 자신도 내게 집을 주겠다고 했다. "나는 호수 한가운데 별장을 지어줄게. 그런데 그 호수에는 악어가 바글바글해." 나는 언니한테 악어 고기가 의외로 맛있다고 말해주었다. "그러니 악어를 잡아 매일 바비큐를 해먹지 뭐." 나는 휴대폰을 꺼내 이팝나무와 조팝나무를 검색해봤다. 세상에. 이팝나무는 물푸레나뭇과이고 조팝나무는 장미과였다. "이름만 봐서는 쌍둥이 같은데 말이야." 내 말에 언니가 쌍둥이들도 얼마나 성격이 다른데, 하고 받아쳤다. "그건 그렇고 그래서 저 꽃은 뭐야?" 언니가 물었다. "잘 모르겠어. 너무 멀어서 그런가. 똑같아 보여." 우리는 확실해질 때까지 당분간 고속도로 옆에 핀 흰 꽃을 이조팝나무 꽃이라고 부르기로 했다. 시골집에 도착하기 전에 언니는 어제 꾼 꿈 이야기를 마저 해주었다. 정말로 그 스웨터 소매를 태운 적이 있었다고. 달고나를 만들다 그렇게 된 건 아니고 난롯불을 쬐다 그렇게 되었다는 것이었다. 그것도 학교 난로가 아니라 만화방에 있던 난로였다. "그런데 그게 내가 아니라 오빠였어. 오빠가 겁쟁이잖아. 엄마한테 혼나는 게 무섭다며 막 울더라. 그래서 내가 스웨터를 바꿔 입었어." 언니는 그날 어머니한테 등짝을 맞았다. "그때 내가 혼난 게 억울했는지 자꾸 그 꿈을 꾸네. 오빠가 엄마한테 혼나는 꿈." 쌍둥이이지만 둘은 똑같은 옷을 입은 적이 없었다. 내 기억에 의하면 그 스웨터가 유일했던 것 같다.

집에 도착해보니 오빠는 없었다. 오빠한테 전화를 했는데 받지 않아서 메시지를 남겼다. 한 시간쯤 지났을까. 오빠가 왔다. 어디 갔었느냐고 묻자 뒷산에 다녀왔다고 했다. 뒷산은 정상까지 한 시간 정도 걸리는데 그 정상에 너럭바위가 있다는 거였다. 오빠는 도시락을 싸서 산에 올랐다. 반찬은 김치 하나면 되었다. "거기 앉아서 밥을 먹으면 그렇게 꿀맛이다." 소박한 식사를 하고 돌에 누워 낮잠을 자면 그렇게 마음이 편안해질 수가 없다고 오빠는 말했다. "왜 그런 프로그램 있잖아. 산속에서 은둔하며 혼자 사는 사람들이 나오는. 예전에는 그런 사람들이 한심해 보였는데 막상 내가 해보니 어떤 마음인지 알겠어." 그 말을 들어서인지 오빠의 얼굴이 맑아 보였다. "그래서 일주일이나 집에 안 돌아가고 이러고 있는 거야? 〈나는 자연인이다〉, 그거 흉내내면서?" 그렇게 말하고 언니는 한숨을 쉬었다.

3

오빠가 일주일이나 시골집에 머문 이유는 꼭 그것 때문이 아니었다. 계약하기로 한 사람이 오는 도중에 차가 고장났다며 세 시간이나 늦게 왔다. 은행 영업시간이 지나 계약금을 입금할 수 없어서 다음날 아침에 만나 계약하기로 했다. 그래서 하루를 잤다. 계약을 하고 오빠는 시내에 있는 '중고의 모든 것'이라는 가게에 전화를 했다. 그랬더니 사장이 지금 장례식장에 와 있다며 다음날 가겠다고 말했다. 그래서 하루를 더 잤다. 중고 가게 사장은 집을 둘러보더니 세탁기와 김치냉장고 그리고 텔레비전 정도만 사겠다고 했다. 다른 것들은 쓸 만한 게 별로 없다고. 김치냉장고는 부모님이 귀촌을 할 때 언니가 사준 것이었다. 그전에 쓰던 김치냉장고는 십오 년이나 사용한데다가 뚜껑형이어서 안쪽에 있는 김치통을 꺼낼 때마다 고생을 해야 했다. 어머니는 김장도 안 해먹고 살 거라며 시골로 가면서 김치냉장고를 버렸다. 그랬는데 이사를 간 그해 겨울 언니가 스탠드형 김치냉장고를 사서 배달시켰다. 형부가 승진을 해서 월급이 올랐다는 거였다. "이걸 사줄 테니 나보고 김장을 해달라는 말이지?" 부모님은 텃밭에서 직접 키운 배추와 무로 김장을 해서 김치냉장고를 가득 채웠다. "세탁기는 몇 년 안 된 거라 돈을 좀 받았어. 그런데 세탁기를 살펴보던 중고 가게 사장이 갑자기 우는 거야." 오빠는 세탁기 앞에서 쪼그리고 앉아

우는 사장에게 무슨 일이냐고 물었다. 그랬더니 사장이 양말 한 짝을 오빠에게 보여주며 말했다. "이게, 이게, 여기 들어 있어요." 사장은 뒤꿈치가 해진 양말이 슬퍼 운다고 했다. 오빠는 사장이 갱년기일 거라고 생각했다. 오빠의 직장 상사 중에서 그렇게 심하게 갱년기를 보낸 사람이 있었다고. "주꾸미를 먹다가도 울었다니까. 이름이 슬프다나." 오빠는 그때 그 상사와 매일 술을 마셔주었다. 다른 동료들은 피곤하다며 상사를 피했지만 오빠만은 그러지 않았다. 상사가 울 때면 오빠는 첫사랑에게 차인 이야기를 해주었다. 헤어지면서 여자가 했던 말을. "너 코 파는 버릇 있는 거 알아. 더러워서 못 만나겠어." 오빠는 여자의 목소리로 흉내를 냈고 그러면 상사는 울다가도 웃었다. 어머니의 일이 뉴스에 보도되어 오빠가 동료들에게 따돌림을 당했을 때, 그 상사만이 오빠에게 술을 사주고 밥을 사주었다. 오빠가 퇴사를 했을 때 회사 앞까지 나와 잘살라고 인사를 해준 유일한 사람이기도 했다. 그래서 오빠는 사장이 울도록 그냥 두었다. 한참을 울던 사장은 오빠에게 전날 장례식장에 갔던 이야기를 해주었다. 중학교 때 같이 야구를 한 친구였는데 그만 자살을 했다고. "전 어깨를 다쳐 일찍 운동을 포기했지만 친구는 유망주였거든요." 고등학교를 졸업하고 프로팀에 입단한 친구는 2군에서 육 년을 버텼다. 그리고 칠 년 만에 찾아온 기회. "1군에서 공 열두 개를 던졌어요. 그게 처음이자 마지막 기록이었죠." 열두 개의 공 중 볼이 아홉, 스트라이크가 둘, 몸에 맞은 공이 하나. "그후 고향으로 내려가 큰형이 운영하는 돼지갈빗집에서 일을 했어요. 그렇게 돈을 모아 자기 가게도 차리고. 일주일 전에 내게 전화를 해서는 곧 가게를 확장할 거라며 자랑을 했거든요." 그랬는데 길 가던 사람의 머리를 벽돌로 내리치고는 자살을 했다. CCTV에 찍힌 영상에는 사건 전에 둘이 잠깐 대화를 나누는 장면이 나오지만 무슨 말을 했는지는 파악할 수 없다고 경찰은 말했다. "맞은 사람도 혼수상태거든요. 왜 그랬는지 도통 모르겠어요." 사장이 떠난 뒤 오빠는 왠지 마음이 아파 술을 한잔할 수밖에 없었다. 그래서 마트에 가서 막걸리 한 통하고 두부 한 모를 사왔다. 술 한잔을 하고 낮잠을 자면 저녁에 운전을 할 수 있을 거라고 생각했다. 오빠는 막걸리를 한 잔 마시고 두부를 한 점 먹었다. 그러다 김치냉장고를 팔면서 버리려고 꺼내놓은 김치통이 생각났다. 첫번째 통을 열어보니 파김치가 있었다. 두번째 통은 깍두기. 세번째 통을 열어보니 총각김치. 쉰 냄새가 코를 찔렀고 하얀 골마지가 가득했다. 골가지. 어머니는 골마지를 골가지라고 불렀다. 오빠는 마지막으로 네번째 통을 열어보았다. 그랬더니 손을 대지 않은 김장김치가 한 통 들어 있었다. 비닐을 벗기고 또 배추 겉잎까지 걷어내니 멀쩡한 배추김치가 보였다. "두부에 그 배추김치를 싸서 먹는데 젠장, 너무 맛있는 거야." 그날 오빠는 막걸리를 세 통이나 마셨다. 그래서 또 하룻밤. "그럼 그후로는?" 언니가 묻자 오빠는 배추김치가 아까워 다음날도 또 다음날도 떠날 수가 없었다고 했다. 아침에는 라면이랑 먹고, 점심에는 도시락을 싸서 뒷산 정상에서 먹고, 저녁에는 막걸리에 두부랑 곁들여 먹고. "그렇게 먹는데도 김치가 줄지 않아. 그래서 못 갔어."

오빠가 말한 김치통을 열어보니 배추김치가 반 정도 남아 있었다. "내가 오늘 이거 다 먹는다. 다 먹으면 집에 갈 거지?" 언니의 말에 오빠가 고개를 끄덕였다. 언니는 싱크대에서 커다란 냄비를 꺼내고는 남은 김치를 다 집어넣었다. 그리고 참기름 통을 꺼내 냄새를 맡았다. 먹어도 될라나, 그렇게 중얼거리더니 참기름도 다 쏟아부었다. 가스레인지에 냄비를 올려놓으며 언니가 말했다. "이제 한 시간만 기다려." 언니가 평상에 누워 나도 그 옆에 누웠다. 그러자 오빠도 내 옆에 누웠다. 아버지는 이사를 하자마자 평상을 만들 계획을 세웠다. 목공소까지 직접 가서 나무를 사왔는데 만들다 실패를 하고 말았다. 할 수 없이 인부를 불러 마무리를 했다. 그 일로 어머니는 못질 하나도 제대로 못한다며 아버지 흉을 오래 보았다. "끝말잇기 할까?" 오빠가 하늘을 보다가 갑자기 말했다. 오빠의 말이 끝나자마자 언니가 재빨리 대답했다. "구름." 나는 왼쪽으로 고개를 돌려 언니를 한 번 보고 오른쪽으로 고개를 돌려 오빠를 한 번 보았다. 마흔여섯 살이나 되었는데도 둘은 같이 있으면 언제나 십대처럼 굴었다. 나는 고등학교 2학년 때 경주로 수학여행을 갔었다. 그때 오빠랑 언니가 캔맥주 두 개를 사서 내 가방에 넣어주었다. 그러면서 버스 안에서 끝말잇기를 할지도 모른다며 필살기를 알려주겠다는 거였다. "기름. 구름." 오빠가 말했다. "고드름. 여드름." 언니가 이어 말했다. "그거만 기억해도 반은 이기는 거야." 오빠의 말에 나는 끝말잇기 같은 유치한 게임은 하지 않는다고 했지만, 그때 수학여행에서 나는 끝말잇기를 해서 두 번이나 이겼다. "구름, 주름, 흐름, 여름, 이름, 보름, 늠름." 오빠가 름으로 끝나는 단어들을 중얼거렸다. "늠름. 난 그 단어가 좋네." 언니가 말했다. 그리고 하늘을 향해 손바닥을 펼쳤다. 언니의 얼굴에 손바닥 그림자가 드리웠다. "내가 미리 임신했을 때였는데." 언니가 말을 시작했다. "지하철역에서 사람을 때린 적이 있어." 언니는 임신한 사실을 알고도 형부에게 바로 말을 못했다. 그즈음 형부의 큰형이 사기를 당하는 일이 생겼기 때문이었다. 큰형의 집은 물론 부모님 집까지 넘어갈 지경이 되었다. 형부는 언니한테 자주 짜증을 냈다. 그리고 자기 형수의 욕을 했다. 언니는 자기 형이 아니라 형수를 욕하는 형부가 이해되지 않았고 그런 남자와 결혼하고 싶지 않았다. 그래서 언니는 형부에게 말하지 않고 아이를 없앨 생각이었다. 친구가 고등학교 동창회에 가자며 전화를 했을 때 언니가 거절하지 않은 것은 그래서였다. 가서 술도 한잔하고 신나게 수다도 떨려고. 그랬는데 막상 가니 술이 마셔지지 않았다. "그때 한 친구가 다음주에 세계 일주를 떠난다고 하더라고. 고등학생 때부터 꿈이었대." 언니는 그 친구의 이름을 떠올려봤다. 기억이 나지 않았다. 항상 창가 쪽에 앉아서 쉬는 시간이 면 멍하니 밖을 바라보던 모습만 생각났다. 그랬는데 그 순간 그 친구의 얼굴이 빛나 보였다. 언니는 갑자기 눈물이 났고, 친구들한테 화장실에 간다고 거짓말을 한 뒤 자리에서 일어났다. 지하철역으로 걸어가다 꽃다발을 든 사람을 보았다. 한 명. 두 명. 세 명. 꽃다발을 든 사람을 세 명이나 보다니. 언니는 누군가 장난을 치는 것 같았다. 역 입구에 도착해보니 머리가 하얀 할머니가 꽃다발을 팔고 있었는데 가판대에 이런 문구가 적혀 있었다. '오늘 하루가 행복했다면 꽃다발을 사세요.' 언니는 가판대 앞에 서서 이렇게 물었다. "행복하지 않은 사람은요?" 그러자 할머니가 옆에 적힌 또다른 문구를 가리켰다. '오늘 하루가 힘들었다면 꽃다발을 사세요.' 언니가 그 문구를 보고 또 물었다. "힘들지도 않았고 행복하지도 않은 사람은요?" 그러자 할머니가 꽃다발을 언니에게 주었다. "그냥 가져가요. 선물이에요." 언니는 꽃다발을 받았다. 지하철역으로 들어가 열차를 기다리는데 젊은 여자 둘이 다가와 언니에게 영혼이 맑아 보인다는 말을 했다. "그 말에 갑자기 화가 났어. 나도 모르게 여자를 밀었지." 두 여자 중 한 여자가 넘어졌다. 언니는 들고 있던 꽃다발로 넘어진 여자의 얼굴을 때렸다. 붉은 장미가 떨어지고, 분홍 장미가 떨어지고, 노란 장미가 떨어지고, 마지막으로 안개꽃이 날렸다. 꽃다발을 휘두르면서 언니는 이렇게 소리쳤다고 한다. "니가 내 영혼을 어떻게 알아. 나도 모르는데." 언니는 미리를 낳을 때까지 매일 그 일을 복기하고 또 복기했다. 그런데도 자신이 왜 그랬는지 이해되지 않았다. "그날 이후…… 뭐랄까, 마음에 커다란 구멍이 뚫린 것 같아. 블랙홀 같은 거. 조금만 잘못해도 그 안으로 빨려들어갈 것만 같았어." 언니는 말했다.

언니의 말을 가만히 듣던 오빠가 이런 고백을 했다. "나는 군에 있을 때 후임병을 괴롭힌 적이 있었어." 오빠는 스무 살에 군대를 갔다. 언니랑 같은 해에 대학을 입학했는데, 부모님의 등록금 걱정을 덜어드린다며 한 학기를 마치고 바로 군대를 간 것이다. "상병 때였는데 이병 중 좀 어리바리한 녀석이 들어왔어. 뚱뚱하고 얼굴이 하얀 친구였는데 조금만 훈련을 하면 금방 양볼이 새빨개졌지." 처음 시작은 병장이 이병을 불타는 돼지라고 놀리면서였다. 병장이 놀릴 때마다 오빠도 속으로 놀려보았다. 그러다가 어느 순간 자신도 자연스럽게 이병을 놀리게 되었다. 한번 놀리자 다른 것들도 다 쉽게 되었다. 욕을 하는 것도. 구타를 하는 것도. 그리고 아무도 보지 않는 곳에서 괴롭히는 것도. "병장이 제대를 한 다음날이었어. 이병을 화장실에서 마주쳤지. 늘 그렇듯 자연스럽게 뒤통수를 때렸는데, 그날은 뒤돌아 나를 보더라. 그 눈빛을 뭐라 해야 할까. 분노가 가득한 눈빛이었다면 나도 지지 않으려고 화를 냈을 텐데 그게 아니었어. 연민이 가득한 눈빛이었어." 오빠는 그날 이후로 제대할 때까지 이병의 눈을 똑바로 보지 못했다.

대신 오빠는 아침저녁으로 이를 닦으면서 자신의 눈을 똑바로 쳐다보았다. 그러면서 속으로 자신에게 욕을 했다. "엄마가 그렇게 되고…… 자꾸 그때 그 일이 생각나. 그 친구한테 원산폭격을 시켜놓고 그 옆에서 웃으면서 빵을 먹던 내가." 오빠는 울었다. 하지만 나도 언니도 오빠를 달래주지 않았다. 오빠, 그런 이야기라면 나는 수십 개도 더 말할 수 있어. 나는 속으로 말했다. 내 안에는 언니가 말한 구멍보다 더 큰 구멍이 있다고.

언니가 자리에서 일어나더니 부엌으로 달려갔다. "탔네, 탔어." 언니의 말과 동시에 부엌에서 탄 냄새가 났다. 내가 따라가보았더니 많이 타지는 않아서 위의 것만 건져 먹으면 될 듯싶었다. 언니가 식탁 가운데 냄비를 올려놓았다. 오빠가 밥을 펐다. "젠장." 언니가 말했다. "왜?" 내가 물었다. "오빠 말이 맞았어. 젠장, 맛있네." 우리는 말없이 밥을 먹었다. 밥 한 숟가락에 김치를 올리고 또 올려 먹었다. 그래도 김치는 줄지 않았다. 오빠는 밥을 세 그릇이나 먹었다. 나와 언니는 두 그릇씩. 타서 바닥에 눌어붙은 김치만 남았다. 언니가 냄비를 들어 오빠 쪽으로 기울였다. "이제 됐지? 집에 갈 거지?" 언니의 말에 오빠가 고개를 끄떡였다. 언니는 어차피 다 버려질 거라며 설거지도 하지 말자고 했다. 우리는 먹은 그릇과 냄비를 식탁 위에 그대로 두었다. 밥공기 세 개와 수저 세 벌도.

언니는 낯선 사람이 우리 가족 앨범을 보는 게 싫다며 그걸 태우겠다고 했다. 오빠는 사랑방 아궁이에 장작을 넣고 불을 지폈다. 언니가 아궁이로 사진을 한 장 한 장 던졌다. 나는 그 앨범에 오빠랑 언니랑 똑같은 스웨터를 입고 찍은 사진이 있는지 궁금했지만 묻지 않았다. 오빠는 혹시 태워야 할 서류들이 있을지도 모른다며 안방 옷장과 화장대 서랍들을 뒤졌다. 예전에는 몰랐는데 언니의 얼굴에서 어머니의 얼굴이 보였다. 나이가 들면 점점 더 비슷해질 것이다. 쌍둥이인데 오빠의 얼굴에서는 어머니의 얼굴이 보이지 않았다. 아궁이 앞에 쪼그리고 앉아 사진을 태우는 언니를 보면서 나는 어머니가 치매에 걸리길 간절히 기도했던 지난날들을 생각했다. 사건의 실체가 밝혀졌을 때 나는 오빠 언니에게 말했다. 치매 검사를 받아봐야 한다고. 치매라는 판정만 나면 모든 게 해결될 수 있었다. 실형을 받고 감옥에 가게 된 뒤로 나는 밤마다 어머니가 치매에 걸리게 해달라는 기도를 했다. 어머니가 아무것도 기억하지 못하도록. 외할머니가 돌아가시기 전의 기억만 간직하도록. 쑥버무리를 해서 먹었던 행복한 어린 시절만 기억하도록. "난 이런 생각이 들어. 엄마가 평생 새엄마를 미워했잖아. 거기서부터 잘못된 거라고." 나는 언니에게 말했다.

어머니가 열 살 때 외할머니가 돌아가시고 외할아버지는 재혼을 했다. 재혼을 해서 들어온 외할머니는 어머니를 몹시도 괴롭혔다. 그게 어머니의 상처이면서 무기이기도 했다. 어머니는 아버지가 조금만 무심하게 굴어도 자신의 어린 시절을 이야기하며 울었다. 부모 복이 없어서 남편 복도 없는 거라며. 우리가 조금만 속을 썩여도 그랬다. "그 여자는 겨울에도 나보고 냇가에 가서 빨래를 하라고 했어. 겨울이면 동상으로 손등이 터졌다." 그러면서 어머니는 손등에 남아 있는 흉터를 어린 우리에게 보여주곤 했다. 나는 늘 그게 무서웠다. 어머니가 지금의 언니보다 더 젊었을 때, 일곱 살인 나를 데리고 어딘가를 간 적이 있었다. 우리는 버스를 두 번 갈아탄 다음 낯선 동네 골목길을 한참이나 걸었다. 같은 길을 돌고 또 돌았다. 마침내 어머니는 철문 아래가 녹슬어 삭아버린 대문 앞에서 숨을 골랐다. 마당에는 수도가 있었다. 나는 그 수돗가에 앉아서 안에 들어간 어머니를 기다렸다. 더운 여름이었다. 수도꼭지에 기다란 호스가 연결되어 있었다. 나는 수도를 틀어 호스가 뱀처럼 꿈틀대는 것을 구경했다. 수도꼭지를 틀었다 잠갔다, 몇 번이나 반복했는지 모른다. 안에서는 아무 소리도 들리지 않았다. 한참 후에 어머니가 나왔다. 어머니의 뒤에 처음 보는 여자가 서 있었다. 어머니랑 얼굴이 너무 닮아서 누가 말을 해주지 않아도 이모라는 걸 알 수 있었다. 어머니의 배다른 동생이었다. 나는 인사를 했다. 그때 어머니가 소리쳤다. "못된 년." 그러고는 마당 가운데에 침을 뱉었다. 골목길을 내려오는 동안 어머니는 내 손을 놓지 않았다. 너무 꽉 쥐어서 손이 아팠지만 나는 아무 말도 하지 못했다. 못된 년. 나쁜 년. 어머니는 계속 그 말만 중얼거렸다. 버스 정류장에 도착했을 때 어머니의 얼굴은 땀으로 범벅이 되어 있었다. 마당에 침을 뱉을 때의 얼굴 표정은 사라진 뒤였다. 어머니는 내게 다정하게 말했다. "아이스크림 먹을래?" 어머니의 면회를 갈 때마다 나는 그때 그 얼굴을 떠올리려고 노력했다. 하지만 자꾸만 마당에 침을 뱉던 모습만 떠올랐다. 오빠가 김치를 너무 많이 먹어서 물이 먹힌다고 했다. 그러면서 마당에 있는 수도에 입을 대고 물을 벌컥벌컥 마셨다. 나는 언니가 어느 사진 한 장을 물끄러미 바라보다가 그걸 반으로 접어 주머니에 넣는 걸 보았지만 못 본 척했다.

스위치

1

한 해의 마지막날이면 나는 늘 양말을 샀다. 올해 고른 양말은 수박이 그려진 연두색 양말이었다. 여름에 어울릴 듯했지만 그래도 자꾸만 눈길이 갔다. 세모 모양의 수박 그림에 씨가 다섯 개씩 박혀 있었는데 그게 마음에 들었다. 출근할 때는 검은색이나 회색을 신으니까 새해 첫날 신을 양말만은 밝은색으로 사보자는 생각을 했고, 독립을 한 후 지난 팔 년 동안 늘 그렇게 해왔다. 양말을 고르고 난 뒤 나는 카트를 끌고 마트를 한 바퀴 돌았다. 새해 첫날은 무얼 먹어야 할까? 먹고 싶은 음식이 마땅히 떠오르지 않았다. 식욕이 없어서 연애도 못하는 거라고, 작년 추석 때 형은 말했다.

원래도 그런 인간이었지만 나이가 드니 말투가 더 거침없어졌다. 부하 직원들은 어떻게 견디는지. 도대체 무슨 능력이 있길래 그런 성격으로도 승진을 거듭하는지.

나는 육 년 전에 대리로 진급한 뒤 계속 제자리이지만 과장이 되고 싶어 조바심이 나지는 않는다. 입사 동기 중 대리로 남아 있는 사람은 현재 나까지 두 명뿐. 오늘 종무식이 끝나고 내게 다가와 그럼 백만원은 부사장이 먹는 거야?라고 묻던 박대리가 나머지 하나다. 일 처리가 깔끔하지 못해 두 번이나 시말서를 쓴 적이 있으니 그래도 둘 중엔 내가 더 빨리 진급하게 되겠지. 한 달 전쯤 회사의 새 슬로건을 뽑는다는 공모가 사내 게시판에 올라왔다. 상금은 백만원이었다. 백만원이라는 말에 대부분의 직원이 공모에 참여했다. 나는 하지 않았다. 어렸을 때부터 표어 짓기 같은 행사라면 질색이었다. 오늘 종무식 때 '가족 같은 동료, 내 집 같은 회사'라고 적힌 옛 플래카드가 내려가고 '초심을 잃지 않는 회사'라는 새로운 플래카드가 올라갔다. 부사장은 주먹을 불끈 쥐고는 외쳤다. 이제부터 우리 회사는 다시 한 살이 되는 겁니다! 새 슬로건을 만든 사람은 부사장이었다. 그럴 거면서 뭐하러 공모를 했느냐는 불만이 직원들 사이에서 터져나왔다. 새삼 그런 일로 흥분하다니. 부사장이 늘 그랬다는 걸 잊고 있었나. 그렇게 생각했지만 나도 직원들과 같이 부사장의 흉을 봤다. 초심. 초심. 초심. 부사장이 하도 초심을 강조하니 회사 실적이 부진한 게 초심을 잃은 직원들 탓이라는 생각이 들 정도였다. 회사가 어수선해진 것은 부사장이 아버지인 회장을 공금횡령으로 고소하면서부터였다. 회장도 부사장인 큰아들과 전무인 둘째 아들을 맞고소했다. 튼실한 중소기업이라고 자부했는데 가족 분쟁으로 회사가 휘청거릴 수 있다는 사실에 나는 조금 놀랐다. 회장은 부인이 죽자 기다렸다는 듯이 바로 내연녀와 혼인신고를 했고, 자식들이 그 사실을 알게 되면서 가족 간의 전쟁이 시작되었다. 내연녀와의 사이에 네 살짜리 아들까지 있다는 게 밝혀졌다. 사 년 전이라면, 회장의 부인이 유방암 판정을 받은 시기였다. 또, 사 년 전이라면, 내가 그해 마지막날에 양말 두 켤레를 산 해이기도 했다. 제야의 종소리를 같이 들은 후 나는 그녀에게 양말을 선물했다. 커플 티는 입어봤어도 커플 양말은 처음이라며 그녀는 웃었다. 나는 군대에 있었을 때를 제외하고는 1월 1일에 새 양말 신는 일을 거른 적이 없다고 말해주었다. 어렸을 때부터 늘 그래왔다고 했다. 어머니가 좋은 분인가봐요. 그녀는 말했다. 나는 다가오는 설날에는 같이 떡국을 먹자고 했고, 그녀는 만두도 꼭 넣어달라고 말했다. 그녀는 내가 사준 양말을 신고 새해 첫 출근을 하겠다고 약속을 했다. 하지만 1월 2일에 그녀는 출근하지 않았다. 총무부의 다른 직원에게 물어보니 갑자기 사표를 냈다고 했다. 회장이 아들에게 고소를 당한 뒤 소문의 내연녀가 총무부에서 일하던 그녀였다는 게 밝혀졌고, 그제야 나는 왜 그녀가 휴대폰을 없애고 연락을 끊었는지를 알게 되었다.

나는 마트를 한 바퀴 돌고 다시 양말 코너로 돌아왔다. 아무래도 수박이 그려진 연두색이 촙게 느껴졌다. 딸기가 그려진 분홍색 양말로 바꿀까 고민을 하다 그냥 두 켤레를 다 사기로 했다. 직원이 포도가 그려진 보라색 양말을 보여주며 원래는 세 켤레가 한 세트라고 말해주었다. 나는 고개를 끄덕였다. 사겠다는 뜻은 아니었는데 직원이 잘못 알아듣고 카트에 보라색 양말도 넣었다. 안 산다고 말하는 게 번거로워 아무 말 없이 양말 코너를 나왔다. 다시 마트를 한 바퀴 돌고 나서 사골 국물과 떡국용 떡을 샀다. 만두도 살까 고민하다 시식 코너에서 군만두 반쪽을 집어먹고는 말았다. 즉석 코너를 지나가는데 직원이 잡채에 가격 인하 스티커를 붙이고 있었다. 그걸 보다 엉겁결에 잡채를 카트에 넣었다. 카운터에 서서 내 차례를 기다리는 동안 나는 엉겁결이란 단어의 맞춤법이 어떻게 되는지 떠올려보았다. 생각이 나지 않았다. 나는 휴대폰으로 맞춤법을 검색해보았다. 엉겁결. 눈으로 글자를 보니 생전 처음 보는 단어처럼 느껴졌다.

2

집에 돌아와 잡채에 맥주 한 캔을 마셨다. 텔레비전을 보다 잠이 들었는데 일어나보니 아침이었다. 제야의 종소리도 듣지 못하고 잠들다니. 아이들을 놀리기 위해 생겨난 말인 줄 알면서도 나는 화장실로 달려가 거울을 들여다보았다. 눈썹은 멀쩡했다. 열두시가 되기 전에 잠들면 눈썹이 하얗게 된다는 말이 정말이라면 얼마나 좋을까. 그럼 세상이 조금은 재미있어질 텐데. 나는 세 가지 양말을 바닥에 늘어놓고 무엇을 신을까 고민했다. 아무래도 처음으로 고른 것에 마음이 갔다. 수박이 그려진 양말을 신으니 작년 여름에 수박을 한 번도 먹지 않았다는 것이 생각났다. 수박 반 통을 허벅지 위에 올려놓고 숟가락으로 퍼먹던 열 살 무렵의 어느 여름방학도 생각났다.

냄비에 사골 국물을 넣고 가스레인지에 올려놓았다. 국이 끓기를 기다리는 동안 어머니에게 전화를 걸어 새해 인사를 했다. 아침은 드셨냐고 물었더니 아버지가 선지해장국을 사러 가서 그걸 기다린다고 했다. 동네에 있는 선지해장국집은 부모님 두 분 다 좋아하는 곳이어서, 어머니는 밥하기 싫은 날이면 늘 그곳에서 해장국을 포장해왔다. 나도 먹고 싶다. 내가 말하자 어머니가 웃으면서 기다릴 테니 먹으러 오라고 했다. 내가 사는 곳에서 부모님 집까지는 차로 두 시간이 넘게 걸린다. 나는 어차피 다음주에 집에 갈 거니 그때 사달라고 말했다. 다음주 토요일은 사촌 여동생의 결혼식이 있는 날이었다. 창문에 방한용 에어캡도 붙여드리고 자꾸 말썽인 변기도 손볼 겸, 금요일 저녁에 갔다가 일요일 오후에 돌아올 생각이었다. 형도 온대요? 내가 물었다. 그러겠지. 어머니가 말했다. 그러고는 참, 너 새 양말 신었어? 하고 물었다. 새해 첫날, 나와 형과 아버지가 소파에 나란히 앉아서 새 양말을 신던 풍경이 떠올랐다. 나는 어머니에게 예쁜 연두색 양말을 사서 신었다고 말했다. 지금 떡국을 끓이는 중이라고도 했다. 착하네. 어머니가 말했다. 어미니는 잘했다는 말 대신 늘 착하다는 말을 했다. 성적이 올라도 착하다. 심부름을 해도 착하다. 밥을 남김없이 먹어도 착하다. 그 말을 듣는 게 그렇게 싫었는데 이상하게도 오늘은 그 말이 싫지 않았다.

떡국을 먹고 청소기를 돌렸다. 어머니가 착하다고 했으니 계속 착해지고 싶었다. 그래서 걸레질을 하고, 가스레인지를 닦고, 화장실 청소도 했다. 커피를 한 잔 끓여 소파에 앉자 어디선가 요란한 기계 소리가 들려왔다. 놀라 창밖을 보니 굴착기가 앞집을 허물고 있었다. 내가 이 집으로 이사를 왔을 때만 해도 앞집에는 노부부가 살고 있었다. 디귿 자의 한옥집이었는데, 노부부가 보낸 세월만큼 오래된 집이었다. 휴일이면 마당 화단에 물을 주는 노부부를 볼 수 있었다. 물은 늘 할머니가 주었다. 할아버지는 쪽마루에 앉아 담배를 피웠다. 작년에 추석을 쇠고 돌아와보니 할머니는 보이지 않고 쪽마루에 할아버지 혼자 앉아 계셨다. 그리고 며칠이 지난 뒤 더이상 할아버지도 보이지 않았다. 몇 달 동안 집은 방치되었고 화단의 꽃들은 시들었다. 눈이 내리던 작년 크리스마스

날, 장독대에도 눈이 쌓였다. 할머니가 있었다면 장독대에 쌓인 눈을 가만두지 않았을 텐데. 시간만 나면 장독대 뚜껑을 닦던 정갈한 분이셨다.

나는 밖으로 나와 앞집으로 갔다. 대문은 이미 사라지고 없었다. 안전모를 쓴 남자가 굴착기 기사에게 뭐라고 소리를 지르고 있었다. 뭘 지을 거래요? 나는 남자에게 말을 걸었다. 남자가 사층짜리 다세대주택을 짓는다고 했다. 사층이라. 나는 고개를 들어 내 방 창을 쳐다보았다. 다 지어지면 저 창문은 건물에 가려질 것이다. 밖에 나온 김에 동네를 한 바퀴 걸었다. 아무도 없을 거라고 생각하고 초등학교 운동장에 가보았더니 남자들이 두 편으로 나뉘어 축구 시합을 하고 있었다. 한 팀은 연두색 조끼를 입었고 한 팀은 빨간색 조끼를 입었다. 공이 내 쪽으로 굴러와 빨간색 조끼를 입은 골키퍼를 향해 공을 찼다. 공은 생각했던 방향으로 가지 않았다. 생각해보니, 축구공을 차본 게 십여 년 만의 일이었다.

집에 돌아와 휴대폰을 확인하자 부재중 전화가 와 있었다. 집이었다. 전화를 거니 어머니가 아버지를 바꿔주었다. 나는 건강하시라고 새해 인사를 했다. 어, 그래. 아버지가 말했다. 작년 추석 때, 나는 형과 큰 소리를 내며 싸운 뒤 아버지에게 인사도 하지 않고 집으로 돌아왔다. 그뒤로 아버지와 처음으로 통화를 하는 거였다. 그날 아버지는 우리를 말릴 생각을 하지 않았다. 우리를 혼내지도 않았다. 소파에 앉아 말없이 우리 둘을 번갈아 보다가 혼잣말처럼 이렇게 중얼거렸다. 민선이만 있었어도…… 민선은 열한 살 때 죽은 누나의 이름이었다. 사실 형 때문이 아니라 아버지의 말이 속상해서 집에 와버린 거였다. 선짓국 맛있게 드셨어요? 내가 묻자 아버지가 어제 술을 안 마신 게 아까울 정도로 맛있었다고 대답했다. 나는 아버지에게 떡국을 끓여먹었다고 말했다. 서른여섯 살 먹은 놈이 혼자 떡국을 끓여먹은 게 자랑이냐? 아버지가 말했다. 그런데 왜 전화하셨어요? 나는 잔소리가 더 길어지기 전에 재빨리 화제를 바꾸었다. 참, 너 오늘 시간 있냐? 아버지가 물었다. 나는 집에 오라는 거라면 피곤해서 가기 싫다고 대답했다. 어차피 다음주에 갈 거라고도 말했다. 아버지는 그게 아니라며, 시간이 되면 막냇삼촌한테 한번 갔다 오지 않겠냐고 했다. 할머니가 요양원에 입원했으니 막냇삼촌을 찾아갈 사람이 아무도 없을 것이라는 게 아버지의 설명이었다. 그래도 새해 첫날인데 가족 중 누구라도 면회를 가줘야 하지 않겠니. 나는 아버지에게 사 남매와 일곱 명의 조카 중 왜 하필이면 내가 가야 하느냐고 물으려다 말았다. 변호사 비용을 마련한다며 할머니가 마지막 남은 텃밭을 판다고 하자 작은아버지들과 고모가 고향으로 달려가 한바탕 난리를 피웠다는 얘기를 어머니한테 전해들은 적이 있기 때문이었다. 그렇다고 운전도 못하는 아버지보고 버스를 갈아타며 왕복 여덟 시간 거리를 다녀오라고 할 수도 없는 노릇이었다. 그 녀석이 조카 중 널 제일로 예뻐했거든. 처음 듣는 말이었다. 형은요? 내가 묻자 아버지가 말했다. 니가 그나마 가장 가까운 곳에 살잖니. 그 말은 사실이었다. 차가 막히지 않으면 사십 분도 걸리지 않는 거리였다. 나는 시계를 쳐다보았다. 오전 열한시 삼십분이었다. 그럴게요. 제가 갔다 올게요. 나는 말했다. 착하다. 아버지가 말했다. 아버지가 착하다고 하니 이상하게도 착하다는 말이 다시 듣기 싫어졌다.

3

교도소에 도착하고서야 공휴일은 면회가 불가능하다는 것을 알았다. 그럼 양말은 전해줄 수 있나요? 나는 민원실 직원에게 딸기가 그려진 분홍색 양말을 보여주었다. 교도소에서 신기에는 다소 민망한 디자인이라는 건 알았지만 그래도 오늘은 새해 첫날이니까. 막냇삼촌은 틀림없이 웃어줄 것이다. 양말은 반입 금지 품목입니다. 직원이 말했다. 전직 대통령이 감옥에 있었을 적에 부인이 털양말을 짜 넣어주었다는 이야기를 들은 적이 있는데 그건 어떻게 된 거냐고 묻자 직원이 피식하며 웃었다. 그건 옛날 일이잖아요. 나는 교도소 정문 앞에 서서 집에 전화를 걸었다. 그니까, 헛걸음했단 얘기네. 아버지가 말했다. 옆에서 어머니가 뭐라고 하는 소리가 들렸다. 잘 알아보지도 않고 애를 보냈다며 아버지에게 핀잔을 주는 소리였다. 통화를 끝내고 주차장 쪽으로 걸어가다 갑자기 이십대 초반에 들었던 우스운 이야기가 떠올랐다. 어느 나라인지는 까먹었는데, 암튼 세상 어딘가에 이런 이름의 카페가 있다는 거였다. '맞은편보단 이쪽이 낫지 않은가'. 그 이야기를 들려준 사람은 기숙사 룸메이트였다. 경영학과에 다니던 녀석이었는데, 자기 가게를 차리는 게 꿈이라며 재미있는 간판만 보면 사진을 찍어두었다. 그 카페 이름을 말해준 다음 녀석은 내게 이렇게 물었다. 그런데 카페 맞은편에는 뭐가 있었게? 정답은 감옥! 룸메이트는 질문을 한 다음에 상대방의 대답을 일 초도 기다려주지 않고 바로 답을 말하는 버릇이 있었다. 웃기지? 그러고는 항상 그렇게 되물었다. 나는 웃긴다고 대답했다. 실제로도 우스운 작명이라는 생각이 들었기 때문이었다. 카페라면 창밖의 풍경도 중요할 텐데 커피를 마시며 교도소를 쳐다보는 일이 뭔가 싶었다. 나는 자동차 운전석에 앉아 찻길 건너 가게들을 바라보았다. 교도소 맞은편이라 그런지 죄다 두부 전문 식당들이었다. 배는 고프지 않았지만 식당 간판을 보니 그래도 집에 가기 전에 뭐라도 먹어야 하지 않을까 하는 생각이 들었다. 게다가 집에 돌아가봤자 불어터진 떡국밖에는 없었다. 나는 차에서 나와 무단횡단으로 도로를 건넜다. 횡단보도가 멀리 있었기 때문이었다. 지나가는 차가 거의 없기도 했다. 나는 길거리에 쓰레기 하나도 버리지 않는 사람이지만 이상하게 경찰서만 보이면 그 앞에서 보란듯 무단횡단을 하고 싶은 충

동에 사로잡히곤 했다. 어쨌든, 경찰서는 아니지만 교도소 앞에서 무단횡단을 하는 기분도 나쁘지 않았다. 나는 교도소가 정면으로 보이는 식당으로 들어가 창가 자리에 앉았다. 그리고 메뉴판을 보지도 않고 맑은 순두부찌개를 주문했다.

밑반찬이 나왔다. 반찬의 모양새를 보니 주인이 깔끔한 성격인 것 같았다. 앞 테이블에 앉은 남자가 주방을 향해 막걸리 한 병이요, 하고 소리쳤다. 주방에서 종업원이 연기가 모락모락 나는 모두부를 들고 나왔다. 맛있겠다. 그런 생각이 절로 들었다. 밤막걸리랑 누룽지막걸리 중에 어떤 걸로 드릴까요? 종업원이 두부를 앞 테이블에 내려놓고는 물었다. 막걸리 한 병을 외쳤던 남자가 아무거나 달라고 했다. 그러자 그 맞은편에 앉은 여자가 밤막걸리요, 하고 대답했다. 술이 나오자 남자가 급히 한 잔을 따라 벌컥벌컥 마셨다. 곧이어 내 자리로 하얀 순두부가 뚝배기에 담겨 나왔다. 순두부를 먹을 때마다 나는 양념장을 순두부에 넣을지 말지 망설이곤 했다. 고춧가루가 들어간 간장을 하얀 두부 위에 뿌리는 게 보기 싫었기 때문이었다. 어렸을 때부터 나는 그런 걸 싫어했다. 이를테면 뭇국에 밥을 말아 김치를 올려 먹는 것. 그렇게 먹다보면 맑은 국물에 김칫국물이 섞이게 마련이니까. 나는 앞접시를 달라고 해서 순두부를 두 숟가락 덜고 그 위에 양념장을 살짝 뿌렸다. 따뜻한 게 들어가서 그런지 허기가 조금 느껴졌다. 혼자 밥을 먹다보니 앞 테이블의 대화가 자연스럽게 귀에 들어왔다. 그들도 나처럼 면회를 왔다가 허탕을 친 모양이었다. 교도소에 있는 사람은 아들인 듯싶었다. 남자는 말끝마다 그 자식이, 그 자식이, 하고 말했다. 그깟 여자가 뭐라고 그런 짓을 저질러서. 남자가 말했다. 내 자리에서는 남자의 뒤통수만이 보였는데 가마가 세 개나 있었다. 파래무침이 입에 맞아서 한 접시 더 달라고 했더니 두번째는 접시 가득 담아 내왔다. 앞 테이블에 앉은 여자가 파래무침을 건네주고 돌아가는 종업원에게 막걸리잔을 하나 더 달라고 말했다. 당신도 마시면 운전은? 남자가 말했다. 내가 당신 기사예요? 여자가 대꾸했다. 목소리에서 찬바람이 느껴졌다. 곧, 부부싸움을 하겠군. 나는 혼자 짐작해보았다. 여자의 얼굴은 남자의 몸에 가려 반만 보였다. 여자가 막걸리잔에 술을 따르더니 건배도 하지 않고 한 사발을 들이켰다. 그러고는 두부를 김치에 싸서 먹었다. 남자가 여자의 잔에 술을 따랐다. 두부에서는 아직도 연기가 모락모락 피어올랐다. 오늘 아침에 뉴스를 봤는데. 여자가 말을 꺼냈다. 중국에서 실연당한 코끼리가 난동을 피웠다네. 열 대인가, 암튼 차를 여러 대 부쉈다는 뉴스였어. 거기까지 말하고 여자가 다시 술을 한 잔 들이켰다. 여보? 여자가 나지막이 남자를 불렀다. 왜? 남자가 퉁명스럽게 대답했다. 코끼리도 실연을 당하면 그렇게 괴로워하는데, 승민이는 어땠겠어. 그래서 그런 거야. 나는 이해해. 그렇게 말하고는 여자가 울기 시작했다. 그래도 집행유예는 될 줄 알았는데. 더 나쁜 놈들도 다 나오던데. 나는 코끼리가 자동차를 부숴다는 것보다 코끼리가 실연당한 것을 어떻게 인간이 알게 되었는지 그 사실이 더 궁금했다. 승민이가 코끼리야! 남자가 목소리를 높여 말했다. 승민이가 동물이냐고! 여자는 계속 울었다. 남자는 계속 같은 말을 반복했다. 승민이가 코끼리냐고! 나는 밥은 먹지 않고 순두부찌개 국물만 계속 들이켰다. 종업원이 텔레비전 볼륨을 낮추고는 자리에서 일어났다. 갑자기 하늘이 어두워졌다. 눈이 오려나. 종업원이 혼잣말처럼 중얼거렸다. 창밖을 보니 먼지인지 눈발인지 구분할 수 없는 무언가가 듬성듬성 날아가고 있었다. 저기요! 나는 종업원을 불렀다. 주방으로 들어가려던 종업원이 뒤돌아섰다. 모두부랑 누룽지막걸리 하나요. 나도 모르게 엉겁결에 술을 주문하고 말았다.

4

친척들이 모이기만 하면 막냇삼촌의 이야기를 하던 시절이 있었다. 특히, 막내아들이 태어나는 그 순간까지 임신한 줄도 모르고 있었다는 할머니의 이야기는 술자리에서 빠지지 않는 단골 레퍼토리였다. 정말이야, 할머니? 어른들의 이야기를 엿듣던 우리들은 그렇게 되물었고, 그러면 할머니는 니들 증조할아버지 생일을 보름 앞두었을 때였지, 하며 이야기를 시작했다. 술을 좋아하는 시아버지 때문에 할머니는 매해 여름이면 누룩을 빚어 막걸리를 담갔다. 그해 여름은 유난히 더웠고, 누룩을 빚는 일은 고되었고, 시어머니는 꼬장꼬장했다. 마루에서 누룩을 발로 밟는데 갑자기 허벅지를 타고 물이 흐르는 게 느껴졌다. 양수가 터진 것이었다. 할머니는 고쟁이를 만져보고는 이런 생각을 했다. 내가 오줌을 다 싸다니. 서둘러 옷을 갈아입으러 방으로 들어갔다가 진통을 느꼈고, 한 시간 후 막내아들을 낳았다. 예정에 없던 아이를 낳고 할머니는 울었다. 여섯 달 전에 죽은 남편이 원망스러웠다. 그래서 아이를 윗목에 두고 젖도 주지 않았다. 아기는 울지도 않았다. 고등학생이었던 아버지가 학교에서 돌아와 안자 그제야 아이는 자지러지게 울었다. 그렇게 낳은 막내가 세 살이 되기도 전에 한글을 떼서 온 동네 사람들이 구경을 왔지. 할머니는 막냇삼촌 이야기만 나오면 자랑스럽게 그렇게 말했다. 아무도 가르쳐주지 않았는데 형 누나들이 던져놓은 교과서를 보며 혼자 한글을 익혔다는 것이었다. 막냇삼촌은 네 살 때 천자문을 모두 외웠고 다섯 살이 되었을 때 초등학교 교장이 특별히 허락해서 조기 입학을 하게 되었다. 거기서부터 잘못된 거야. 아버지는 막냇삼촌의 이야기가 나오면 늘 그렇게 말했다. 뭐든지 제 나이란 게 있는데 타이밍이 너무 일렀다는 거였다.

나는 막걸리를 따라 한 모금 마셨다. 두부를 김치에 싸서 한입 먹었다. 해장국이 맛있어서 어제 술을 안 마신 게 억울할 정도였다는 아버지의 말이 생각났다. 지금 두부의 맛이 그랬다. 막걸리를 곁들여주지 않으면 억울할 맛이었다. 먼지처럼 지저분하게 날리던 눈은 이제 눈답게 내리기 시작했다. 조금 지나면 함박눈이 될 듯싶었다. 소복하게 내리네. 앞 테이블에서 술을 마시던 여자가 혼잣말처럼 중얼거렸다. 언제 울었는지 싶을 정도로 맑은 목소리였다. 종업원이 여수에서 직접 사온 갓으로 담근 거라며 갓김치를 가져다주었다. 내 테이블에 한 접시. 앞 테이블에 한 접시. 갓김치에 두부를 싸서 먹는 맛도 괜찮았다.

여섯 살부터 일곱 살 때까지 나는 할머니 집에서 지냈다. 그해, 아버지가 의욕적으로 시작한 가죽 공장이 경영난에 시달렸고, 민선이 누나가 무너진 흙에 깔리는 바람에 어처구니없이 목숨을 잃었다. 학교 뒷동산에 화단을 조성하겠다며 학생들에게 땅을 파라고 시키다 일어난 사고였다. 키가 작은 아이들이 산 아랫자락만 파다보니 자연스럽게 굴이 되었고 그러다 갑자기 흙이 무너진 것이었다. 어머니는 그 충격으로 쓰러져 병원에 입원했다 퇴원했다를 반복했고, 아버지는 부도가 나기 직전인 공장을 수습하랴 교육청에 항의를 하러 다니랴 정신이 없었다. 어린 나는 시골의 할머니 집으로 보내졌다. 형은 혼자 부모님 집에 남아서 스스로 아침을 챙겨 먹고 도시락을 싸서 학교에 다녔다. 그때부터 형은 부모님에게는 든든한 장남이 되었고, 내겐 융통성 없고 엄격한 형이 되었다. 할머니 집으로 보내진 나는 고등학교를 그만둔 막냇삼촌과 방을 같이 썼다. 삼촌은 초등학교까지는 무난히 다니다가 읍내에 있는 중학교에 들어가면서 틀어지기 시작했다. 중학교를 한 해 쉬어 사 년 동안 다니더니, 결국 고등학교를 마치지 못하고 그만두고 말았다. 삼촌은 종일 잠만 잤다. 조카들의 우상이었던 막냇삼촌은, 눈감고 공부해도 서울대는 무난히 들어갈 거라고 믿었던 막냇삼촌은, 시시해졌다. 그래도…… 나는 고개를 돌려 하수구 뚜껑 위로 떨어지는 눈을 바라보았다. 다른 곳은 눈이 쌓이기 시작했는데 하수구 뚜껑으로 떨어지는 눈은 곧바로 녹았다. 그래도, 그래도, 그래도, 나는 계속해서 그래도, 라는 말만 중얼거렸다. 그래도 막냇삼촌은…… 그렇게 시작하는 문장을 떠올려보았다. 그러자 문득 한 문장이 떠올랐다. 그래도 막냇삼촌은 내게 눈사람을 만들어주었지. 내 키보다 커다란 눈사람이었다. 키도 컸지만 뚱뚱하기도 한 눈사람. 눈사람을 만들고 나서 삼촌은 말했다. 처음으로 만들어본 거야. 그리고 다신 만들지 않을 거고. 그때 어린 내가 물었다. 나중에 삼촌 아기가 생겨도 안 만들어줄 거야? 삼촌은 대답하지 않았다. 나는 부엌으로 달려가 찬장에서 고춧가루 통을 꺼내왔다. 고춧가루를 눈 위에 뿌려 빨간색 눈을 만들었다. 뭐하는 거야? 삼촌이 물었다. 심장 만들어주게. 내가 말했다. 빨갛게 물들인 눈으로 나는 눈사람의 가슴에 하트를 그려넣었다. 기특하네. 삼촌이 내 머리를 쓰다듬어주었다. 다음날 일어나보니 눈사람 위로 눈이 더 쌓여 있었다. 삼촌이 꽃삽으로 눈사람의 배 부분을 파고 있었다. 뭐하는 거야? 내가 물었다. 니 아지트. 삼촌이 말했다. 나는 눈사람의 배가 동그랗게 파이는 걸 구경했다. 무너지지 않도록 삼촌은 눈사람의 머리를 지지대로 받쳐두었다. 들어가봐. 나는 삼촌이 시키는 대로 눈사람의 뱃속으로 들어갔다. 공간이 좁아 무릎을 모으고 몸을 동그랗게 말아야 했다. 따뜻해? 삼촌이 물었다. 따뜻하지 않았는데 삼촌이 그렇게 물으니 따뜻한 것 같았다. 눈사람은 며칠 동안이나 녹지 않고 계속 그 자리에 있었다. 나는 방석을 비닐로 싸서 눈사람 안에 들어갔다. 그걸 깔고 앉으면 몇 시간도 있을 수 있었다. 그 안에서 나는 엄마가 바쁠 때면 내게 간장계란밥을 만들어주던 민선이 누나를 생각했다. 그 안에서는 울어도 창피하지 않았다.

눈이 쌓이니 교도소의 담장이 더 높게 느껴졌다. 앞 테이블에 앉은 부부는 두부를 다 먹고는 새 안주를 주문했다. 비지전이었다. 운전은 포기했는지 서로의 잔에 계속 술을 따라주었다. 술을 많이 마시자 그들은 오히려 목소리를 낮추고 조곤조곤 이야기하기 시작했다. 어떤 단어는 들리고 어떤 단어는 들리지 않았다. 들리는 단어들로 짐작해보면 아들이 출소를 한 뒤 어찌해야 하는지에 대해 상의하는 듯했다. 막냇삼촌은 내년 봄에 출소할 예정이었다. 아버지는 할머니를 요양원에 모시고 시골집을 그대로 두었다. 출소하면 막냇삼촌에게 그 집을 물려주는 것으로 마무리하자고 다른 형제들과 합의를 본 모양이었다. 결혼하기 전 아버지는 어머니에게 이렇게 말했다고 한다. 어떤 일이 있어도 막냇동생 대학 학비는 내가 내야 해. 아버지는 자신이 가지 못한 대학을 동생이 대신 가주리라 믿으며 적금을 부었다. 하지만, 정작 막냇삼촌이 스물다섯이라는 늦은 나이에 지방대에 입학하자 아버지는 학비를 한푼도 보태주지 않았다. 거긴 아버지가 꿈꾸던 대학이 아니었으니까. 술잔이 작은 건지 술의 양이 많은 건지 몇 잔을 마셔도 막걸리가 계속 나왔다. 눈사람 말고 삼촌은 또 뭘 해줬더라. 나는 술을 한 모금씩 마시며 계속해서 그래도 막냇삼촌은……이라는 문장을 만들어보았다. 그래도 막냇삼촌은, 새벽마다 오줌이 마렵다는 나를 귀찮아하지 않았다. 내 손을 꼭 잡고 화장실까지 데려다주었다. 추운 겨울이면 나를 안아서 화장실에 가기도 했다. 화장실은 연장을 쌓아두는 창고와 붙어 있었다. 내가 오줌을 누고 나오면 삼촌은 꼭 하늘을 쳐다보게 했다. 그러고는 별자리 이름을 하나씩 읊어주었다. 하루종일 잠만 잤지만, 그래도 막냇삼촌은, 할머니의 잔소리에 짜증을 내지 않았다. 내 눈엔 시시한 사람이 되었지만, 그래도 막냇삼촌은, 내가 울 때면 계집애 같은 놈이라고 흉을 보지 않았다. 형은 늘 내게 그렇게 말했다. 무뚝뚝한 사람이었지만, 그래도 막냇삼촌은, 마가린을 사다 간장계란밥을 만들어주곤 했다. 그래도 막냇삼촌은, 모종삽을 늘 꽃삽이라고 불렀다. 꽃삽이 훨씬 예쁜 이름이라는 거였다. 그래도 막냇삼촌은, 세수는 안 해도 안경만은 깨끗이 닦았다. 나는 삼촌의 안경을 닦아주는 걸 좋아했다. 그래도 막냇삼촌은, 내 손톱을 깎아주고 내 귀지를 파주었다. 그래, 아버지 말이 맞았다. 그래도 막냇삼촌은, 조카들 중 나를 제일로 예뻐했다. 막걸리 주전자가 이젠 가벼워졌다. 잔에 따라보니 반도 채우지 못했다. 나는 마지막 잔을 들어 교도소 쪽을 향해 건배를 했다. 삼촌이 있는 곳에서는 맞은편의 세상이 어떻게 보이는지.

5

나는 다시 무단횡단을 해서 도로를 건넜다. 길이 미끄러워서 서너 번 넘어질 뻔했다. 그러다 자동차 앞에서 꽈당! 엉덩이가 얼얼했다. 쨍! 어디선가 그런 소리가 들리는 듯도 했다. 오래간만에 느껴보는 기분좋은 아픔이었다. 그래서 나는 넘어진 채로 한참을 그렇게 앉아 있었다. 자동차 헤드라이트를 손바닥으로 문질러보았다. 쌓인 눈이 떨어지면서 옷소매 속으로 스며들었다. 내게도 눈이 많이 내리는 나라에서 살고 싶다는 여자친구가 있었지. 지붕이 무너질 정도로 많은 눈이 내리는 나라. 그래서 지붕을 뾰족하게 경사지도록 지어야 되는 나라. 그런 나라로 이민을 가자고 말하던 여자친구가 있었지. 나는 자리에서 일어나 엉덩이를 털었다. 운전석에 앉아 시동을 켜고 히터의 버튼을 눌렀다. 운전석을 뒤로

젖히고는 누워 천장을 멍하니 바라보았다. 깨끗이 쓴다고 썼는데도 천장에 얼룩이 보였다. 다음에 차를 사게 되면 선루프가 있는 차를 사리라. 눈이 오는 날에도 이렇게 차에서 하늘을 보고, 비가 오는 날에도 이렇게 차에서 하늘을 보리라. 몇 달 후면 내 방 창문은 앞 건물에 가려질 테니 이사를 가는 대신 선루프가 있는 차를 사는 게 더 좋을지도 모른다는 생각이 들었다. 라디오를 틀었는데 잡음만 들릴 뿐 어떤 채널도 잡히지 않았다. 이상한 일이었다. 자동차의 디지털시계는 이제 겨우 낮 한시 십분밖에 되지 않았다고 깜빡였다. 나는 휴대폰의 시계를 확인했다. 두시 삼십팔분. 자동차의 시간을 고치려다 그만두었다. 앞유리가 눈으로 덮여 밖의 풍경이 보이지 않아서인지 지금이 몇시인지는 하나도 중요하지 않게 느껴졌다. 나는 한 달에 두어 번씩, 휴일이면 하루종일 시계를 보지 않는 날을 정해보곤 했다. 그건 나만의 놀이였는데, 시계를 보지 않는 날은 이상하게도 시간이 빨리 갔다. 그냥 멍하니 창밖만 쳐다본 것 같았는데 금방 해가 졌다. 해가 지고 나서야 아! 오늘은 아무것도 안 했네, 하고 생각할 때가 많았다. 그게 진짜 휴일이었다. 눈이 쌓인 앞유리를 계속 쳐다보니 눈이 시렸다. 설맹이란 단어가 문득 떠올랐다. 나는 안경을 벗고 눈을 감았다. 히터에서 따뜻한 바람이 나오자 발가락이 가려웠다. 자동차 안의 공기가 금방 답답해졌다. 겨울에 히터를 틀어놓고 자다 죽었다는 뉴스를 언젠가 본 적이 있는 것 같았다. 나는 뒷좌석 창문을 살짝 열었다.

이마 위로 찬바람이 지나가는 게 느껴졌다. 잠깐만, 잠깐만. 잠깐만 잠을 자자. 나는 눈을 감았다.

눈을 떠보니 머리가 지끈거렸다. 나는 히터를 끄고 자동차의 디지털시계를 보았다. 낮 한시 이십오분. 다시 휴대폰을 들여다보니 여섯시가 넘어 있었다. 여긴 자동차 안이니까, 나는 자동차의 시간으로 십오 분만 잤다고 생각하기로 했다. 밖으로 나오니 눈은 그쳤지만 꽤 많은 양이 쌓여 있었다. 저멀리 연기가 피어오르는 목욕탕의 굴뚝이 보였다. 요즘에도 저런 목욕탕이 있다니. 목욕탕을 보자 뜨거운 물에 들어가 땀을 빼고 싶었다. 그리고 바나나우유를 사 마시면 새해 첫날의 마무리로 괜찮을 듯싶었다. 길을 걷다 눈 속에 파묻힌 세발자전거를 보았다. 나는 자전거를 꺼내 눈을 털었다. 자전거 안장에 형호라고 적혀 있었다. 형호는 내 조카의 이름이기도 했다. 방문에 '노크하세요'라는 표지판을 붙여놓은 중학생 남자아이. 올해는 세뱃돈으로 얼마를 줘야 하나. 언덕길에서 넘어진 여자를 부축해 일으켜주었다. 하이힐을 신은 여자는 오늘 벌써 세번째 넘어지는 거예요, 하고 말했다. 언덕 끝에 정자가 있고 그 옆에 우물이 있었다. 우물 옆에 적힌 안내문을 읽어보았다. 예부터 장원급제를 한 인재가 많기로 유명한 동네라고 했다. 주민들은 그 모든 게 우물에서 나오는 맑은 물 덕분으로 믿는다고, 지금도 입시 때면 물을 구하기 위해 전국에서 모여든다고 안내문에 쓰여 있었다. 이깟 물을 마시기 위해 전국에서 찾아온다니. 웃기는 이야기였다. 그래도 물맛은 궁금했다. 앞으로 시험을 볼 일은 없겠지만. 우물 뚜껑은 열리지 않았다. 얼었나? 주변을 살펴보니 뚜껑에 자물쇠가 채워져 있었다. 우산을 쓰고 지나가던 아주머니가 물은 더이상 못 마신다고 말해주었다. 물에서 중금속인가 뭔가가 검출되어 우물이 폐쇄되었다는 것이었다. 나는 아주머니에게 눈은 이제 그쳤다고 말씀드렸다. 알아요. 아주머니가 대답했다. 그러곤 설명하기를, 젖은 우산을 말리려고 일부러 쓰고 있다는 것이었다. 아주머니가 지나가고 나는 오른쪽 골목으로 길을 틀었다. 눈에 보이는 길 끝까지 똑같이 생긴 이층짜리 집들이 나란히 늘어서 있었다. 주택가 골목을 걷는데 갑자기 요의가 느껴졌다. 여태 화장실 한 번 안 간 것이었다. 얼른 목욕탕에 가자. 나는 목욕탕에서 나오는 연기를 향해 빠른 속도로 걷기 시작했다.

마침내 굴뚝 앞에 도착하고 나서야 나는 거기가 목욕탕이 아니라 공장이라는 걸 알게 되었다. 나는 공장 담벼락을 따라 걷기 시작했다. 그러다 더이상 요의를 참지 못하고 담벼락에 노상방뇨를 했다. 오줌 줄기는 끝도 없이 나왔다. 하얗게 쌓인 눈이 오줌에 녹아내려갔다. 오줌을 누고 돌아서니 저멀리 막냇삼촌이 있는 교도소가 보였다. 운동장이 새하얬다. 나는 다시 동네를 내려왔다. 넘어진 여자를 일으켜주었던 언덕길에서 미끄러졌다. 꽈당! 간신히 일어나자마자 또 넘어졌다. 꽈당! 넘어질 때마다 나는 눈이 많이 내리는 나라로 이민을 가자던 첫사랑을 떠올렸다. 하루종일 벽난로 앞에 앉아 있자던 첫사랑을 떠올렸다. 내가 왜 싫어졌는지 말해주었다면 그런 짓은 하지 않았을 것이다. 그래, 코끼리도 실연을 당하니 차를 부쉈다고 하지 않았던가. 나는 헤어진 여자에게 폭력을 행사하는 그런 질 나쁜 놈은 아니었다. 그냥 술에 취해 몇 번 여자의 아파트를 찾아가 소리를 질렀을 뿐이었다. 그래도 대답이 없길래 딱 한 번 현관문에 오줌을 누었을 뿐이다. 찌질한 놈. 그래, 거기서부터 잘못되었다. 그때부터 나는 제대로 사랑할 줄 모르는 사람이 되어버렸다. 눈에 젖은 구두 때문에 발가락 끝이 아려왔다. 언덕길 중간에서 아까 닦아놓았던 세발자전거를 발견했다. 나는 자전거에 앉아보았다. 안장이 작아 엉덩이가 꽉 끼었다. 두 발을 브이 자로 뻗자 자전거가 앞으로 나아가기 시작했다. 이내 자전거에 속도가 붙었고 그 속도에 놀라 나는 핸들을 오른쪽으로 틀었다. 자전거가 오른쪽으로 쓰러졌다. 그 상태로 자전거와 함께 이십 미터 정도 미끄러져 내려갔다. 안경이 벗겨지고 오른쪽 뺨이 바닥에 쓸렸다. 나는 눈 속에서 안경을 찾아 썼다.

6

막냇삼촌이 저지른 일은 하루종일 포털 뉴스의 메인을 장식했다. 막냇삼촌은 대학을 졸업한 후 이런저런 직장을 전전하다 마흔

살 무렵에 마침내 지방의 어느 동물원에 취직을 했다. 막냇삼촌은 팔순이 넘은 할머니를 모시고 동물원을 구경시켜드렸다. 집안 행사 때 만나면 너도 한번 구경 와라, 하고 말하곤 했다. 네, 갈게요. 그렇게 대답했지만 조카들 중 삼촌의 동물원에 놀러간 사람은 아무도 없었다. 동물원을 찾는 사람은 거의 없었다. 몇 년 지나지 않아 관련 업체들이 철수를 하기 시작했다. 아이스크림 가게, 햄버거 가게, 기념품 가게, 그리고 식당들. 막냇삼촌은 하루에 열 명도 찾지 않는 동물원을 지켰다. 표를 팔기도 했고, 매점에서 간단한 음료를 팔기도 했고, 동물들에게 먹이를 주기도 했다. 영양을 제대로 공급받지 못한 동물들은 털이 빠졌다. 그건 살이 빠지는 것보다 더 비참한 일이라고 삼촌은 재판 과정에서 판사에게 말했다. 그래서 그 동물들을 편안하게 해주기로 마음먹었다고. 그게 자신이 할 수 있는 최선의 일이었다고. 삼촌은 항소를 포기하고 1심 재판 결과를 그대로 받아들였다.

나는 다시 자동차를 세워둔 곳으로 돌아왔다. 와보니 누군가가 자동차 앞유리에 손가락으로 글씨를 써놓았다. '차 빼세요.' 나는 그 옆에 이렇게 적었다. '알았어요.' 나는 트렁크에서 새것으로 교체하고 버리지 않은 와이퍼를 꺼내 눈을 쓸어내렸다. 아버지는 막냇동생이 사고를 쳤다는 소식을 듣고는 한동안 삼촌을 미친놈이라고 불렀다. 미쳐서 그래. 그렇게 생각하는 게 아버지는 편한 것이리라. 자동차에 쌓인 눈을 닦은 다음 나는 눈뭉치를 모아 작은 눈사람을 만들었다. 그리고 눈사람을 보닛 위에 올려놓았다. 그걸 한참 들여다보는데 다시 요의가 느껴졌고 나는 자동차 뒷바퀴를 향해 오줌을 누었다. 몇 년에 한 번 할까 말까 한 노상방뇨를 오늘 두 번이나 하다니. 이게 다 막걸리 탓이었다. 막냇삼촌이 군대에서 휴가를 나왔을 적에 우리집에서 며칠 지낸 적이 있었다. 그때 삼촌은 내 방에서 잠을 잤다. 아버지가 침대를 마련해준 지 얼마 되지 않았을 때였는데, 나는 삼촌을 침대에서 자라고 해야 할지 아니면 바닥에서 자라고 해야 할지 밤이 되도록 고민을 했다. 막상 밤이 되자 삼촌이 바닥에 요를 깔고는 먼저 누워버렸다. 그래서 간단히 고민이 해결되었다. 삼촌은 엄마가 해주는 밥을 세끼 꼬박 챙겨 먹고 나머지 시간에는 잠만 잤다. 그래도 막냇삼촌은, 엄마 대신 설거지를 해주었다. 엄마에게 맛있는 커피도 타주었다. 그해, 휴가를 나와 같이 잠을 잤던 사흘 동안 삼촌은 군대에서 만난 이상한 사람들에 대해 이야기를 해주었다. 듣다보면 정말 그렇게 나쁜 사람이 있을까 싶은 이야기투성이였다. 그렇게 이야기를 들려주다가 내가 잠을 자려고 하면 삼촌은 나를 흔들어 깨웠다. 왜? 잠결에 물으면 삼촌은 웃으면서 말했다. 인마, 불 꺼. 나는 졸린 걸 참고 간신히 일어나 스위치를 껐다. 불이 꺼졌다. 그러면 삼촌은 늘 이렇게 말했다. 스위치 같은 거야. 그렇게 이상한 놈이 되는 건. 버튼 하나로 왔다갔다하는 거지. 그러니 스위치를 잘 켜고 있어야 해. 그 말을 할 때 삼촌의 목소리는 비장했다. 마치 내게 그 이야기를 들려주러 온 사람처럼. 나는 자동차 운전석에 앉아 시동을 켰다. 그리고 의자 열선 버튼을 눌렀다. 이내 엉덩이가 따뜻해졌다. 나는 와이퍼를 작동시켰다. 앞유리가 깨끗해졌다. 콘솔 박스에서 안경 닦는 천을 찾아내 안경도 닦았다. 아, 그러고 보니 점퍼 안주머니에 넣어둔 양말이 생각났다. 나는 축축하게 젖은 양말을 벗고 새 양말을 신었다. 딸기에는 씨가 열두 개씩 박혀 있었다. 내일 막냇삼촌은 눈 쌓인 운동장을 걸을까? 양말은 두툼한 걸 신는지. 장갑은 있는지. 그게 궁금해졌다. 나는 보닛에 올려놓은 눈사람을 바라보았다. 눈사람이 다 녹을 때까지 가만히 앉아 있었다. 집으로 돌아오는 길에 나는 다음주 사촌 여동생의 결혼식에 축의금을 얼마나 해야 하는지 잠깐 고민을 했다.

날마다 만우절

엄마가 전화를 걸어 낮에 고구마를 캤다고 말했다. 내일 한 박스 집으로 보내겠다고. "고구마순김치도 했는데 같이 보내줄까?" 엄마의 말에 나는 얼른 대답했다. "좋지." 라면에 고구마순김치를 올려 먹을 생각을 하자 침이 고였다. 아빠가 이른 은퇴를 하고 경기도 인근에 있는 전원주택 단지로 이사를 결심했을 때 엄마는 한 가지 조건을 내세웠다. 벽난로가 있는 집. 거기에 고구마를 구워 먹고 싶다고 엄마는 말했다. 이사를 한 뒤 엄마는 겨울이면 벽난로 앞에 종일 앉아 있었고 군고구마로 점심을 때웠다. 그 바람에 점심에는 혼자 밥을 먹어야 한다고 아빠는 투덜댔다. 그래도 아빠는 겨울이 오기 전에 장작을 패서 차곡차곡 쌓아두고 뿌듯해했다. 가끔 장작에 눈이 쌓이면 그걸 사진으로 찍어 내게 보내곤 했다.

마당 한쪽에 텃밭을 만들어 거기에 고구마를 심는 것도 아빠의 몫이었다. 전화를 끊으려는데 엄마가 참, 하고 말을 이었다. "고모가 자꾸 무얼 보내네." 내가 뭘 보내냐고 물었더니 떡도 보내고 과일도 보낸다고 했다. 처음 보낸 것은 떡이었다. "쿵쑥개떡이라나. 맛있더라고. 그즈음 니 아빠 생일이었어. 그래서 화해의 의미로 보냈나 했지." 아빠와 고모는 삼 년 전에 싸운 뒤 지금까지 얼굴을 보지 않고 지냈다. 고향에 남아 있는 마지막 땅 때문이었다. 싸움 현장에 있던 남동생이 내게 전화를 해서 텔레비전 뉴스에서나 보던 일이 우리집에서도 일어날 뻔했어, 하고 말했다. 초등학교 졸업식을 며칠 앞두고 동생은 크게 교통사고가 났었다. 그 이후로 동생은 뭔가 달라졌다. 무슨 일이든 구경꾼처럼 말을 했다. 암튼, 떡이 배달된 날 엄마는 아빠를 달래 고모한테 전화를 하게 했다. 그날 두 분은 꽤 오래 통화를 했다. 엄마가 살짝 들어보니 어릴 적 읍내 사거리에서 팔던 술빵 이야기를 그렇게 하더라는 것이었다. "술빵 장수한테 아들이 있었나봐. 그 아들이 고모를 좀 좋아했던 것 같아." 고모와 통화를 한 뒤로 아빠는 종종 술빵이 먹고 싶다는 이야기를 했다. 그래서 인터넷으로 술빵을 주문해주었더니 어릴 적 먹던 술빵맛이 아니라며 한입 먹다 말더라고 엄마가 아빠 흉을 보았다. 엄마가 아빠 흉을 보기 시작하면 통화가 한없이 길어져서 나는 짜장면이 막 배달되었다고 거짓말을 했다. "응. 불어, 불어. 얼른 먹어." 그렇게 말하고 엄마가 전화를 끊었다. 엄마와 통화를 마치고 나니 정말로 짜장면이 먹고 싶어졌다. 주문을 할까 망설이다 냉동실을 뒤져 짜장 소스가 곁들여진 중화볶음밥을 꺼냈다. 한 달 전 퇴사를 한 뒤 나는 인터넷에서 살 수 있는 모든 종류의 냉동 볶음밥을 주문했다. 그것들을 냉장고에 가득 채워놓고 하루에 두 개씩 먹었다. 며칠 뒤 고구마순김치가 배달되어 오래간만에 막걸리를 사왔다. 예전에 종영한 예능 프로그램을 틀어놓고 낄낄낄 웃으면서 술을 마셨다.

며칠이 지난 뒤 엄마한테서 다시 전화가 왔다. 목소리가 잠긴 것 같아 감기에 걸렸냐고 물었더니 그게 아니라고 엄마가 대답했다. 그리고 한참을 가만있다가 고모가 아프다는 말을 했다. "어디? 많이?" "몰라. 자세히 말을 안 해줘." 먹을 걸 보내던 고모가 어제는 꽃다발을 보냈다. 거기에는 '사랑하는 오빠에게'라고 적힌 카드가 들어 있었다. "이년이 미쳤나." 카드를 보자마자 아빠가 욕을 했다. 아빠가 고모를 그렇게 부른 것은 사십 년 만에 처음이었다. 고모가 중학생 때 가족들 몰래 동해 바다로 놀러갔다가 지갑을 소매치기 당한 적이 있었다. 고모는 신문지 하나만 덮고 바닷가에서 밤을 새웠다. 그리고 아침에 인근 분식집에 들어가 라면과 김밥을 주문했다. 그걸 다 먹은 뒤 고모는 돈이 없다고 고백했고 가게 주인이 경찰서에 전화를 했다. 할아버지와 함께 고모를 찾으러 간 아빠는 고모를 보자마자 이년이 미쳤나, 하고 소리쳤다. 그리고 사십 년이 지난 뒤 고모가 보낸 꽃다발 속 카드를 읽다가 아빠는 자신도 모르게 다시 욕을 하고 말았다. "니 아빠가 뭔가 이상하다고 하더라고. 고모가 그렇게 다정한 카드를 보낼 사람이 절대, 절대, 절대, 아니라고." 그래서 엄마가 고모한테 전화를 걸어 무슨 일이 있느냐고 추궁을 했더니 암에 걸렸다는 말을 하더라는 것이었다. "아프니까 세상이 달리 보인다나. 그래서 꽃을 보냈다고 하더라고." 내가 고모한테 한번 가봐야 하는 거 아니냐고 했더니 안 그래도 아빠랑 가기로 했다고 엄마가 말했다.

새벽에 고모 꿈을 꾸었다. 꿈속에서 고모는 지금의 내 나이쯤 되어 보였다. 할아버지 집 뒤뜰에는 감나무에 매달아놓은 그네가 있었다. 할아버지가 고모를 위해 만든 거였다. 꿈속에서 고모와 나는 그네를 탔다. 고모가 무릎을 굽혔다 폈다 몇 번을 하니 이내 속도가 붙었다. 고모의 동작에 맞춰 나도 무릎을 굽혔다 폈다 했다. 이내 몸이 공중으로 떠올랐다. 점점 더 높이. 나는 무서워서 눈을 감았다. 꿈속에서 눈을 감자 또다른 꿈이 펼쳐졌다. 빈 운동장에 앉아서 쭈쭈바를 먹는 고등학생인 내가 보였다. 쭈쭈바를 다 먹은 다음 나는 쭈쭈바 껍질을 눈에 대고 해를 바라보았다. 그렇게 세상을 보고 나면 멀미가 났고, 멀미를 가라앉히기 위해 심호흡을 크게 하다보면 말도 안 되는 자신감이 생기곤 했다. 그러면 나는 다시 교실로 돌아가 공부를 했다. 꿈속에서는 멀미가 나지 않았다. 하지만 쭈쭈바를 들고 있는 손이 끈적해서 눈을 떴고 그랬더니 다시 그네를 타고 있는 나와 고모가 보였다. 고모가 내게 소리쳤다. "꽉 잡아. 한 바퀴 돈다." 나는 무서워 다시 눈을 감았다. 그러자 꿈에서 깼다.

시계를 보니 새벽 네시 사십분이었다. 잠옷 위에 롱 사파리를 걸쳐 입고 밖으로 나갔다. 오피스텔 단지를 한 바퀴 걷다가 편의점 직원이 카운터에 앉아 졸고 있는 걸 보았다. 그 직원을 깨우고 싶은 마음이 들어 편의점에 들어갔다. 문에서 종소리가 나자 직원이 벌떡 일어났다. 나는 캔맥주를 하나 샀다. 그리고 맥주를 홀짝이며 가로등을 따라 동네를 걸었다. 열다섯 걸음마다 하나씩 가로등이 있었다. "새벽에 동네를 걸어다니면서 맥주를 마셔." 그건 영훈이 내게 알려준 스트레스 해소법이었다. 고시 공부를 하던 시절 영훈은 밤새 공부를 하고 새벽에 동네를 걸어다니며 캔맥주를 한 캔씩 마셨다고 했다. 두 캔도 아니고 딱 한 캔. 새벽 다섯시. 그게 영훈이 맥주를 마신 시간이었다. 그리고 고시원으로 돌아와 오전 아홉시까지 잠을 잤고, 두시까지 학원 강의를 들었고, 점심을 먹은 뒤 한 시간 낮잠을 잤다. 그리고 새벽 다섯시까지 다시 공부를 했다. 고시를 포기하고 회사에 입사한 뒤에도 토요일이면 영훈은 맥주를 마시며 새벽 산책을 했다. 그러면 미운 사람도 좋은 사람도 모두 사라지고 단순한 마음이 된다고 했다. 그럼 나도 사라져? 그 말을 들었을 때 나는 그렇게 묻고 싶었다. 하지만 그 대신 나는 쭈쭈바 껍질로 하늘을 보던 학창시절 이야기를 들려주었다. 그 말을 들은 영훈이 쭈쭈바를 사왔다. 이왕이면 학교 운동장에서 먹자며 영훈이 근처 초등학교로 나를 데리고 갔다. 시소 옆에 있는 벤치에 앉아서 쭈쭈바를 먹으며 영훈은 얼마 전에 태어난 조카 이야기를 했다. 조카를 처음 보러 병원으로 가던 날 영훈은 병원 앞에 있는 이발소를 보았다. 그날 영훈은 태어나서 처음으로 이발소에서 수염을 깎았다. "조카가 내 첫인상을 기억할지 모르잖아." 그 말을 하면서 영훈은 너네 부모님 뵈러 갈 때도 이발소에 갔다 올게, 라고 말했다. "개자식." 나는 다 마신 캔을 우그러뜨렸다. 집으로 돌아와 침대에 누웠다. 오줌이 마려웠지만 다시 일어나지 않았다. 오줌을 참으며 나는 고모가 왜 나를 미워했는지를 생각해보았다. 고모가 나를 안아줄 때마다 나는 그걸 느꼈다. 초등학생 때 나는 『빨간 머리 앤』을 읽고 이런 상상에 종종 빠지곤 했다. 나는 불치병에 걸린다. 죽어가는 내 주위에 온 가족이 모여 있다. 나는 마지막 소원이 있다고 말한다. 그리고 고모에게 간절한 목소리로 묻는다. 왜 나를 미워했어요? 제발 왜 그랬는지 말해줘요. 그 말을 마지막으로 나는 숨을 거둔다. 영원히 대답을 듣지 못한 채로. 그게 얼마나 유치한 상상인지 알면서도 나는 계속 그 장면을 상상했다. 나는 천장을 보면서 연극배우처럼 대사를 중얼거려보았다. "왜 나를 미워했어요?" 왜, 라는 단어에 힘을 주어 다시 한번 말해보았다. 그리고 나를, 이라는 단어에 힘을 주어 더 큰 소리로 말해보았다. 깜빡 잠이 들었다가 다시 눈을 떠보니 오후였다. 퇴사를 한 뒤 평일에 늦잠을 잔 건 처음이었다. 출근을 하지 않아도 일곱시에 일어나려고 노력했다. 토요일이나 일요일에만 늦잠을 잤다. 나는 화장실에 가서 오랫동안 오줌을 누었다. 그리고 엄마한테 메시지를 보냈다. 고모한테 갈 때 나도 따라가겠다고. 곧 엄마한테서 답이 왔다. '내일 갈 건데 너 월차 낼 수 있어?' 나는 월차가 많이 남아 있어 언제든지 쓸 수 있다고 거짓말을 했다. '참, 정균이 차로 갈 거니까 같이 내려와.' 엄마의 메시지를 받고 바로 동생에게 메시지를 보냈다. '내일 엄마한테 가기 전에 나도 픽업 부탁.' 한참 후에 동생한테서 답이 왔다. '열시까지.'

고모네 집에 도착해보니 고모가 없었다. 고모랑 약속한 거 아니냐고 동생이 물었다. 그러자 고모가 전화를 안 받아서 그냥 메시지만 남겼다고 엄마가 대답했다. 약속도 안 하고 나와 동생까지 데리고 온 거냐고 내가 한마디를 했다. "나는 기사야. 엄마가 일당 준다고 했어. 고모 못 만나면 단풍 구경이나 하다 올라가지 뭐." 그렇게 말하고 동생은 대문을 흔들었다. 뭐 훔쳐갈 게 있다고 문을 잠그고 다니냐, 라고 아빠가 옆에서 중얼거렸다. 동생이 나보고 담을 넘으라고 했다. "니가 해." 내가 싫다고 했더니 동생이 자기 배를 가리켰다. "이렇게 살이 쪄서 이제 못해." 동생은 분점이 다섯 개나 있는 칼국숫집의 사위가 되더니 삼 년 만에 이십 킬로그램 넘게 살이 쪘다. 동생은 자기가 목말을 태워줄 테니까 걱정 말라며 담벼락 앞에 서서 무릎을 굽혔다. 나는 동생의 어깨에 올라탔다. 엄마가 내 오른손을 잡았다. 그리고 아빠한테 내 왼손을 잡으라고 말했다. 동생이 하나 둘 셋, 하고는 일어섰다. 무서워서 나도 모르게 두 다리에 힘을 주었다. "숨막혀." 동생이 말했다. "애 힘들다. 빨리 올라가." 엄마가 말해서 나는 부모님 손을 놓고 얼른 담벼락을 잡았다. 담벼락이 무너질 것처럼 흔들렸다. 동생과 부모님이 내 두 다리를 잡고 올려주었다. 다행히 담벼락 안쪽에 커다란 고무통이 있었다. 고무 뚜껑이 덮여 있어서 가운데 말고 가장자리를 밟고 내려왔다.

엄마가 빨랫줄에 걸려 있는 수건으로 평상을 닦았다. 그러자 동생이 평상에 벌러덩 누웠다. 아빠는 마당을 한 바퀴 돌면서 뭐라고 계속 구시렁거렸다. 그러면서 수돗가에 아무렇게나 널려 있는 호스를 정리하고, 빗자루로 담벼락 모퉁이에 난 거미줄도 걷어냈다. 나는 아빠를 보면서 동생이 태어나길 기도하며 달리기를 하던 열 살짜리 남자아이를 생각해보았다. 아빠와 고모는 열 살 차이가 났다. 할머니는 고모를 낳기 전에 두 명의 아이를 잃었다. 고모가 태어나던 날은 가을 운동회가 있었다. 아빠는 그날 뭐든 열심히 했다. 줄다리기를 하다 손바닥이 까졌는데도 응원할 때 열정적으로 박수를 쳤다. 그때마다 건강한 동생이 태어나게 해주세요, 하고 기도를 하며. 달리기라면 늘 꼴찌였던 아빠는 그날 삼등을 해서 노트 한 권을 받았다. 윗니로 아랫입술을 꽉 깨물고 달려서 입술에 피가 났다. 운동회를 마치고 집에 돌아와보니 동생이 태어나 있었다. 그날 저녁 아빠는 상품으로 받은 노트에 일기를 썼다. 아직 이름이 없는 동생을 위해 삼등이라는 이름을 붙여주었다. 두 아이를 백일 전에 잃었던 할아버지는 백일잔치를 크게 한 뒤에야 정숙이라는 이름을 지어 출생신고를 했고, 그러자 아빠는 일기 쓰기를 그만두었다. 내가 운동회 날 달리기에서 꼴찌를 했을 때 아빠는 그 이야기를 들려주었다. 나는 아빠를 따라 마당을 한 바퀴 둘러본 다음 황토방을 열어보았다. 어제까지 불을 땠는지 안에 열기가 남아 있었다. "엄마, 여기서 쉬어요." 내 말에 평상에 앉아 있던 엄마가 무릎을 두드리며 일어났다. 고모는 사십대에 관절염을 앓았는데, 그때 아파트를 팔고 지금 이 집으로 이사를 왔다. 그리고 마당 한쪽에 황토방을 지어 한여름에도 찜질을 했다. 육 년 전에 눈길에 넘어져 다리에 금이 갔던 엄마도 깁스를 푼 다음 고모네서 한 달 정도 요양을 했는데, 갔다 와서는 몸보다는 피부가 더 좋아졌다고 농담을 했다. 아빠가 황토방 아궁이에 장작을 집어넣었다. 그리고 동생한테 라이터가 있느냐고 물었다. "없지. 잠깐만요. 차에 갔다 와볼게요." 그리고 한참 만에 동생이 성냥을 들고 나타났다. 육각형으로 된 커다란 성냥갑이었다. "어디서 났어?" 내가 묻자 동생이 옆집 할머니한테 빌려왔다고 했다. "미자씨?" "응, 내가 미자씨라고 불러주니 감도 하나 주었어. 그거 먹고 왔지." 고모가 처음 이사를 왔을 때 옆집 할머니가 텃세를 부렸다.

고모의 차가 지나가지 못하게 자기 집 대문 앞에 고추를 널어놓기도 했고, 고모네 유선방송 전선이 자기네 집을 지나간다며 잘라서 텔레비전을 못 보게도 했다. 텔레비전 전선을 자른 날 고모는 한바탕 욕을 하기 위해 옆집에 갔다. 대문 옆에는 한자로 적힌 문패가 걸려 있었다. 할머니 이름은 박말자. 하지만 고모는 끝 말 자를 아닐 미 자로 잘못 읽었다. 고모는 심호흡을 한 번 크게 하고 대문을 열었다. 할머니가 마루에 누워 낮잠을 자고 있었다. 잠든 얼굴을 가만히 들여다보았는데 무슨 꿈을 꾸는지 입꼬리를 올리며 웃고 있었다. 웃으며 낮잠을 자다니. 그 얼굴을 보자 고모는 자신은 어떤 표정으로 잠을 자는지 궁금해졌다. 문득 고모는 잠을 자는 할머니 얼굴에 낙서를 하고 싶은 생각이 들었다. 코밑에 커다란 점을 그리는 상상을 했고 그러자 화가 난 기분이 조금 풀렸다. 그래서 잠에서 깬 할머니에게 이렇게 말했다. "미자씨, 나 배고파." 할머니는 고모를 미친년이라고 불렀다. 그렇게 욕을 하면서도 점심을 차려주었다. 강된장이었다. 고모는 밥을 두 그릇 먹었다. 둘째 날은 잔치국수. 셋째 날은 청국장. 그렇게 일주일 동안 점심을 차려준 뒤 할머니가 말했다. 내 이름은 말자라고. 하지만 미자가 훨씬 좋으니 앞으로도 미자라고 불러달라고. 그 이야기를 들려주면서 고모는 말했다. "외로우면 괴팍해지는 거야. 내가 괴팍한 노인이 되거든 니들은 날 보러 오지도 마. 알았지?" 나는 아궁이에 불을 지피는 아빠의 등을 보았다. 누가 먼저 괴팍해질까? 아빠일까? 엄마일까? 그런 생각을 해보는데 동생이 어디서 찾았는지 커다란 부채를 들고 왔다. 그리고 아빠 옆에 앉아 아궁이를 향해 부채질을 했다. 나는 황토방에 들어가 엄마 옆에 누웠다. 이내 등이 따뜻해졌고 깜빡 잠이 들었다.

밖이 소란스러워 눈을 떴는데 엄마가 없었다. 문을 열고 나가보니 엄마와 고모가 평상 위에 상을 차리고 있었다. 동생은 아궁이 앞에 앉아서 여전히 부채질을 하고 있었다. 아궁이에 올려진 가마솥에서 무엇인가가 끓고 있었는데 냄새를 맡아보니 백숙인 듯했다. "일어났어? 차에 가서 김치 좀 가져와." 엄마가 말했다. 동생이 주머니에서 키를 꺼내 대문을 향해 버튼을 눌렀다. "트렁크 열렸어." 대문 밖으로 나갔더니 저 멀리서 아빠가 오고 있었다. 나는 어디 갔다 왔느냐고 물었다. "그냥 동네 한 바퀴." 아빠가 말했다. 트렁크에는 김치통이 두 개 있었다. 아빠와 내가 하나씩 들었다. 하나는 엄마가 담근 파김치였고 다른 하나는 칼국수 가게에서 파는 겉절이였다. 동생이 커다란 쟁반에 닭 한 마리를 담아 상에 올려놓았다. "식으니까 우선 한 마리만." 동생이 말했다. 그리고 장갑을 끼고 능숙하게 닭을 분해했다. 고모가 인삼주 한 병을 들고 왔다. "백숙에 먹는 인삼주는 술이 아니래. 약이래." 그렇게 말하며 고모가 아빠와 엄마에게 술을 따라주었다. 내가 잔을 들자 내 잔에도 채워주었다. 아빠가 조금 망설이다가 고모의 잔에 술을 따랐다. “잠깐만.” 동생이 고모와 엄마의 앞접시에 닭다리를 하나씩 올려놓았다. 아빠의 앞접시에는 허벅지살을, 내 앞접시에는 가슴살을 놓았다. 그리고 큰 소리로 말했다. “이제 건배하셔.” 술을 한 모금 마시자 금방 뱃속이 따뜻해졌다.

고모가 닭다리 하나를 뜯어먹더니 토종닭을 사러 간 이야기를 하기 시작했다. 옆 마을에 토종닭을 키우는 농장이 있어서 거기까지 갔는데 농장 부부가 유치원에 다니는 손자의 재롱잔치를 보러 시내에 나가고 없었다. 잡일을 하는 인부에게 닭 세 마리를 팔라고 했더니 자기는 사료를 주는 일만 하지 닭 잡는 일을 하는 사람이 아니라며 화를 냈다. 그러면서 인부는 고모에게 농장 부부 욕을 했다. 하루 세끼를 김치찌개만 준다는 거였다. 초복에도 백숙을 끓여주지 않았다는 말에 고모도 덩달아 농장 부부의 욕을 했다. 그리고 고모는 시장에 가서 백숙에 넣을 대추와 엄나무와 가시오가피를 샀다. 배가 고파서 꽈배기를 사 먹고, 미자씨에게 줄 바람떡을 사고, 근처 호수에 가서 물수제비를 떴다. 그렇게 시간을 보낸 뒤 다시 농장에 갔더니 주인 부부가 돌아와 있었다. 주인 부부는 고모에게 손자 자랑을 했다. 여섯 살인데 천자문을 외운다는 거였다. “심지어 휴대폰으로 찍은 재롱잔치 영상까지 봤다니까. 자꾸 춤을 틀리더라고. 그래도 귀엽다고 칭찬을 했지. 그래야 좋은 닭을 줄 거 같아서. 그렇게 해서 사온 닭이니 많이 먹어.” 고모의 말을 들어서인지 닭고기 살이 쫀득한 것 같았다.

한 마리를 뚝딱 해치운 다음 동생이 가마솥에서 한 마리를 더 꺼내왔다. 이번에도 동생은 닭다리 하나를 고모 앞접시에 놓았다. 그리고 아빠 앞접시에 다른 닭다리를 올려놓았다. 고모가 닭다리를 들고 그 위에 겉절이를 올려 먹었다. 고모가 먹는 걸 보고 동생이 말했다. "맛있지? 고모가 먹고 싶다면 언제든지 보내줄게." 동생의 말에 고모가 그럼 아끼지 말아야겠다, 라고 말하며 겉절이를 안주 삼아 인삼주를 마셨다. 아빠가 고모의 빈 잔에 술을 따라주면서 말했다. "이게 마지막 잔이다." 그 말에 고모가 인삼주 병을 가리켰다. "오늘 보고 또 언제 본다고. 저거 다 마셔야지." 고모는 오래간만에 오빠랑 술 마실 생각에 미자씨네 창고에서 인삼주를 훔쳐왔다고 했다. "다 마셔 증거를 없애버려야 해." 고모 말에 의하면 미자씨 창고에는 담금주가 수십 병이 있다고 했다. 남편이 술을 좋아해서 담근 건데 그 남편이 간암으로 죽은 후 미자씨는 창고 쪽으로는 발걸음도 하지 않는다고. "삼십 년이나 묵은 술들이라 맛이 기가 막혀. 그래서 내가 몰래 훔쳐다 마셔." 그 말에 아빠가 앞에 놓은 술을 마시고 또 따라서 한 잔을 더 마셨다. "그럼 내가 다 마실게. 넌 그만 마셔." 아빠의 말에 엄마도 한마디를 보탰다. "그래 고모. 암환자가 술이라니." 그 말에 고모가 아빠의 얼굴을 빤히 바라보았다. 그리고 고개를 숙여 앞접시에 놓인 닭다리를 보면서 이렇게 중얼거렸다. "그래서 나만 닭다리를 두 개 준 거구나." 고모의 어깨가 들썩였다. "고모, 우는 거야?" 동생이 물었다. 고모가 고개를 저었다. "그럼 웃어?" 또다시 동생이 물었다. 동생의 말에 고모가 참았던 웃음을 터뜨렸다. 그리고 정말 미친년처럼 낄낄거리며 웃기 시작했다. 두 손으로 배를 잡고 몸을 좌우로 흔들면서 웃었다. "그거 거짓말이야. 다들 속았지." 그 말에 아빠가 미친년이라고 소리를 질렀다. 그리고 상을 엎으려 했고, 동생이 재빠르게 아빠의 두 팔을 잡아 진정시켰고, 엄마는 고모의 등을 때리며 무슨 그런 거짓말을 하느냐며 울었다. 고모가 등짝을 맞을 때마다 미안해, 미안해, 하고 말했지만 전혀 미안한 목소리가 아니었다.

아빠가 벌게진 얼굴을 손바닥으로 문질렀다. 그리고 한숨을 크게 쉬었다. "그럼 꽃다발은 왜 보낸 거야?" 아빠의 말에 고모가 지난주에 들은 라디오 사연을 들려주었다. 그날 고모는 마을 사람들의 돈을 가지고 도망간 계주를 찾아 나섰다. 고모는 계원은 아니었지만 아들이 아파서 수술을 해야 한다는 계주의 말에 속아 천만 원을 빌려주었다가 받지 못했다. 누군가 고속도로 휴게소에서 알감자를 파는 계주를 봤다고 했다. 그래서 가봤더니 계주와 닮은 사람이었다. 자매라고 해도 믿을 만큼 닮아서 고모도 착각을 할 뻔했다. 알감자를 파는 여자의 가슴에는 김연화라고 적힌 이름표가 붙어 있었다. 그 이름표를 보고도 고모는 심영자씨 아니냐고 물어보았다. 여자가 지난 일 년 동안 자기를 보고 그 이름이 아니냐고 물어본 사람이 다섯 명이나 된다고 말했다. "나랑 똑같이 생긴 사람 보거든 내가 전화해줄게요." 그래서 고모는 알감자를 만 원어치 산 다음 전화번호를 남겼다. 집으로 돌아오는 길에 고모는 라디오를 들었다. 차가 오래되어 라디오 채널은 하나밖에 나오지 않았다. 고모는 좋아하지 않는 배우가 진행하는 프로그램이라 들을지 말지 망설였다. 하지만 전날 잠을 설쳐 졸음운전을 할지 모른다는 생각이 들어서 라디오에서 노래가 나올 때마다 따라 불렀다. 그러다 여섯 살 때 전철에서 엄마를 잃어버렸다가 어떤 아주머니의 도움으로 찾았다는 남자의 사연을 들었다. 1995년 겨울이었다. 크리스마스를 며칠 앞둔 날로 기억하고 있다고 사연자가 말했다. 인천으로 가는 1호선이었다. 그때는 어딜 가는지 몰랐지만 나중에 알고 보니 아버지가 따로 살림을 차렸다는 소문을 듣고 그 집을 찾아가는 길이었다. "저는 졸고 있었어요. 아마 어머니도 졸았던 것 같아요. 부평역이었는데 문이 닫히기 전에 어머니가 깬 거예요. 그리고 화들짝 놀라서 그냥 밖으로 뛰어나간 거죠. 아들이 있다는 것도 잊고서요." 내리자마자 사태를 파악한 아이의 엄마가 멀어지는 전철을 따라 달렸다. "그 모습을 본 어떤 아주머니가 자는 저를 깨워 다음 역에서 같이 내렸고 그리고 엄마를 찾아주셨어요." 그러면서 사연자는 그때 그 아주머니를 다시 한번 만나고 싶다고 말했다. 세상에! 사연을 듣다 고모는 너무 놀라 고속도로 한가운데서 브레이크를 밟을 뻔했다. 사연 속 아주머니는 자기였다. 하지만 사연자가 기억하는 게 이야기의 전부는 아니었다. "인천에 용하다는 점쟁이가 있어 거길 찾아가는 길이었어." 고모는 점쟁이한테 부적을 받아 바람을 피우는 남편의 속옷에 넣어둘 생각이었다. 그날 전철에서 고모는 넋이 나간 얼굴로 앉아 있는 여자를 유심히 바라보았다. 사연자의 말과 달리 여자는 졸고 있지 않았다. 그 여자가 자고 있는 아이를 깨우지 않고 문이 닫히기도 전에 뛰어나갔을 때 고모는 상황을 파악했다. "그 여자가 일부러 아이를 놓고 내린 거였어." 고모는 자고 있는 아이를 깨워 다음 역에서 내렸다. 그리고 신고를 하지 않고 아이와 역 벤치에 앉았다. "한 시간만 기다렸다 애엄마가 찾아오지 않으면 내가 그 아이를 키우려 했거든." 고모는 아이의 엄마가 오지 않기를 간절히 바랐다. "그때 그 아이를 엄마한테 건네주며 내가 귓속말로 속삭였지. 나쁜 년이라고. 그리고 집으로 돌아가 오늘을 잊고 살라고 했어." 그날 고모는 점쟁이한테 가지 않았다. 집으로 돌아오면서 고모는 평생 먹고살 만큼의 위자료를 받아내겠다고 굳은 결심을 했다. "그 사연을 보낸 사람이 라디오에서 이렇게 얘기했어. 그때 그 아주머니가 우는 자기를 안고 이렇게 말해주었대. 걱정 마라. 걱정 마라. 그 말이 아직까지 마음속에 남아 있대. 힘들 때마다 그 말을 생각했대." 고모의 말을 다 들은 뒤 아빠가 다시 한번 물었다. "그건 그렇고 그래서 왜 꽃다발을 보냈냐고." 그러자 고모가 소리를 질렀다. "그 아이가 잘 자랐다잖아! 축하해줘야지."

동생이 닭고기가 식었다며 아궁이에 장작 서너 개를 더 집어넣었다. 그리고 그 앞에 앉아 부채질을 했다. "조금만 기다려. 싸우지들 말고요." 아빠는 고모 이야기가 말도 안 된다고 했다. 충청도에 살고 있는 고모가 점을 보러 인천까지 가려고 했을 리가 없다고. "그래. 거짓말이다, 거짓말." 고모가 인삼주를 마시고 말했다. "올봄에 인터넷으로 내 이름을 검색해보니 나랑 이름이 같은 아이가 왕따를 당한다는 글을 올렸더라고. 그 아이가 올린 글을 읽다보니 어린 시절이 생각나서. 그래서 오빠한테 뭘 자꾸 보냈어." 고모의 말에 아빠가 또 고개를 저었다. "왕따라니. 니가 인기가 얼마나 많았는데. 술빵 장수네 아들도 너 아니면 죽는다고 난리를 피웠었고." 고모는 방송국 공채 탤런트 시험을 볼 정도로 예뻤다. 할아버지 집 창고에는 고모가 쓰던 책상이 있었는데 그 서랍 안에 수백 통의 연애편지가 들어 있었다. 어린 시절, 설날이나 추석이면 나는 창고에 처박혀서 그 편지들을 몰래 읽곤 했다. "그럼 이 이야기는 어때?" 그러면서 고모가 또다른 이야기를 했다. 고모에게는 삼십 년 지기 친구가 있었다. 그 친구가 이혼을 하고 혼자 아들을 키웠는데, 아들이 군대를 가면서 엄마가 외로울까봐 앵무새를 선물했다. 앵무새는 잔소리가 심했다. 밥 먹어라, 청소해라, 씻어라, 일찍 자라. "심지어 양말 뒤집지 마, 그런 말도 했다니까." 그렇게 잔소리가 많은 앵무새가 하루는 이렇게 말하더라는 거였다. 병원 가. 병원 가. 그래서 병원을 가봤더니 유방암이었다. "수술을 했는데도 육 개월밖에 못 살았어. 장례식을 마치고 집에 오는데 그냥 오빠 생각이 나더라고." 이번에는 아빠가 믿는 눈치였다. 동생이 다시 닭 한 마리를 상에 올려놓았다. 동생이 닭다리 하나를 뜯어 내게 건넸다. 그리고 남은 다리를 들고 한입 베어 물었다. "고모는 이제 안 줄래." 동생이 말했다. 아빠가 닭 날개를 집어서 고모 앞접시에 놓았다. "내 동생이니 내가 줄게." 고모가 다시 한번 인삼주를 마셨다. 엄마가 고모의 빈 잔에 술을 채워주었다. "오빠, 나도 앵무새 하나 사줘." 아빠가 알았다고, 당장 한 마리 사주겠다고 했다. "오빠도, 순진도 하지. 그걸 믿고." 그러면서 고모가 또 웃었다. 그 말에 엄마도 웃었다. 두 분이 하도 기분좋게 웃어서 나는 고모가 계속 계속 거짓말을 해주길 바랐다.

고모가 이번에는 진짜라며 다시 이야기를 시작했다. "올봄에 시에서 축제를 했어. 인구가 자꾸 줄어드니까 아기 키우기 좋은 도시라는 홍보 행사를 한 거지." 반장이 마을별로 참석 인원수를 맞춰야 한다고, 와달라고 하도 부탁을 해서 고모는 할 수 없이 갔다. 축제의 시작은 풍선 날리기였다. '낳으세요. 우리가 키워드립니다'라는 플래카드가 달린 애드벌룬이 올라갔다. 그리고 그 뒤를 이어 수천 개의 풍선이 날아올랐다. 고모는 말도 안 되는 플래카드 문구를 보고 눈을 감았다. 점심으로 잔치국수나 한 그릇 얻어먹고 몰래 빠져나갈 생각을 하면서. 그때 누군가가 어, 하고 소리를 질렀다. 눈을 떠보니 애드벌룬 줄에 누군가가 매달려 있었다. "아이였어. 발목이 끈에 묶인 채 거꾸로 매달려 있더라고." 그 아이를 보자 고모는 잊고 있던 기억이 떠올랐다. 고모가 네 살 때 연날리기 대회를 구경 갔다가 연줄에 다리가 묶여 하늘로 날았던 적이 있었다. 용 모양을 한 대형 연이었는데, 삼 년 연속 연날리기 대회에서 대상을 받은 사람의 작품이었다. "하늘을 날았던 그때 나는 죽은 내 자매들을 만났어. 그 아기들이 내게 윙크를 했지." 어릴 적 기억이라 고모는 그게 꿈이라고 생각하며 살았다. "그런데 애드벌룬에 묶여 하늘을 날고 있는 아이를 보자 알게 되었어. 그게 사실이었다는 걸. 몸이 붕 떠올랐던 그 순간이 생생하게 느껴졌거든. 그래서 그날 장터에서 팔던 떡을 사서 오빠한테 보낸 거야. 유일하게 살아 있는 혈육이 오빠뿐이라서." 애드벌룬에 매달린 아이는 무사히 구출되었다. 알고 보니 아이는 전날 풍선에 매달려 하늘을 나는 인물이 등장하는 만화영화를 보았고 그래서 행사장에 몰래 들어가 애드벌룬 줄에 자기 다리를 묶어둔 거였다. 고모의 이야기를 들은 아빠는 고개를 흔들었다. "어떻게 연줄에 발이 묶일 수가 있어. 그게 말이 되냐고." 엄마가 아빠의 잔에 술을 한 잔 따라주면서 말했다. "어쨌든 아이도 무사하고 고모도 무사하잖아. 이제 그만 투덜대. 그리고 정균아, 죽도 좀 한 사발 퍼와라." 동생이 자기만 시킨다고 투덜대면서 죽을 퍼왔다. 아빠와 엄마와 고모가 죽그릇에 얼굴을 묻고는 동시에 후후후 하며 입바람을 불었다.

"고모, 그런 거짓말이라면 나도 얼마든지 할 수 있어." 동생이 말을 시작하려 하자 갑자기 바람이 불었다. 빨랫줄에 걸려 있던 수건이 바닥으로 떨어졌다. 내가 일어나 주우려고 하자 고모가 그냥 두라고 했다. 이야기나 빨리 들어보자며. "내가 교통사고 났을 때 사흘이나 의식을 잃었던 거 알죠? 사실 그때 나는 유령이 되었어." 동생은 산소호흡기를 끼고 누워 있는 자신을 사흘이나 바라보았다. 처음에는 몸속으로 들어가려고 애를 썼는데, 그럴수록 몸이 자꾸 가벼워지면서 위로 떠올랐다. "자꾸자꾸 가벼워지더니 나중에는 응급실 천장에 달라붙었다니까. 그때 같이 천장에 붙어 있던 아저씨가 있었는데, 그 아저씨가 내게 이런 말을 해줬어. 행복했던 일을 떠올리면 영혼이 무거워져서 다시 육체 속으로 들어갈 수 있을 거라고." 그래서 동생은 행복했던 일을 떠올려보았다. 자고 있던 엄마의 발톱에 낙서를 했던 것. 그 생각을 하자 몸이 조금 아래로 내려가는 것 같았다. "하지만 쉽지는 않았어요. 응급실에서는 사람들이 자꾸 죽었고 죽는 사람들을 보면 다시 몸이 위로 올라갔거든." 동생은 계속 계속 생각했다. 행복했던 일들을. 하지만 그런 일은 많지 않았다. 그러다 눈사람 뱃속에 빠진 이를 넣어두었던 날이 떠올랐다. 눈이 다 녹은 다음 그 이를 찾아 미끄럼틀 아래 묻어두었던 일을 추억하자 기분이 좋아졌고 마침내 몸속으로 들어갈 수 있었다고 동생은 말했다. “깨어난 뒤 생각했어요. 어떤 일이 있어도 재미있게 살아야겠다. 그래서 내가 공부를 안 한 거야.” 동생의 말을 진지하게 듣던 엄마가 마지막 말에 어이가 없다는 듯 한숨을 쉬었다. 동생의 말을 듣자 나는 사고 후 동생이 왜 그렇게 달라졌는지 알 것만 같았다. 하지만 믿고 싶지 않아서 그게 말이 되느냐고 되물었다. “그러면 천장에 있던 아저씨는 왜 육체 속으로 안 들어갔는데?” 내 말에 동생이 바로 대답을 했다. “나도 그게 이상해. 그 아저씨는 답을 알면서 왜 그랬을까?” 의식을 찾고 병실로 옮겨진 동생은 그게 궁금해서 잠을 이룰 수가 없을 정도였다. 못 돌아간 걸까? 안 돌아간 걸까? “지금도 종종 그 아저씨를 생각해. 유령이었는데도 입냄새가 났어. 그래서 내가 자주 이를 닦는 거야.” 마지막 말을 하면서 동생은 웃었다. 동생이 결혼 전 여자친구를 집에 데려왔을 때 나는 물었다. 내 동생이 어디가 좋으냐고. 그랬더니 웃을 때 보이는 하얀 이가 좋다고 대답을 했다. 웃는 동생을 보니 그 말이 생각났다. 사고 이후 동생은 좀 달라졌다. 무슨 일이든 자기가 쓸 수 있는 힘의 반도 쓴지 않았다. 그런데도 늘 일이 쉽게 풀렸다. 나는 그게 억울했다. 동생이 내 것을 빼앗아간 적도 없는데 나는 동생을 볼 때마다 억울한 감정이 들었다.

동생의 이야기를 들은 뒤 아빠가 엄마한테 말했다. “다들 거짓말을 하나씩 하는 분위기니 당신도 해봐.” 그러자 엄마가 마침 기다렸다는 듯이 말을 이었다. "그럼 말해볼까? 당신한테 떠준 그 목도리 기억나?" 아빠가 고개를 끄덕였다. 그 목도리라면 나도 안다. 아빠와 엄마가 똑같은 목도리를 하고 회전목마에 앉아서 찍은 사진이 앨범 속에 있기 때문이었다. "사실 그 목도리는 당신을 위해 뜬 게 아니야." 엄마는 아빠를 만나기 전에 일 년 넘게 사귄 남지친구가 있었다. 철도대학을 나와 부기관사로 일하던 사람이었다. 엄마는 그즈음 태어난 조카를 보러 지방에 사는 큰이모네에 갔다가 돌아오는 길에 그 남자를 만났다. 표가 없어서 무궁화호 입석표를 샀는데, 그때 부기관사가 엄마에게 방송실 문을 열어주면서 거기 앉아서 가라고 한 게 인연이 되었다. 부기관사는 제복 가슴에 달린 명찰을 보여주며 승무원들이 물어보거든 자기 이름을 대라고 했다. "그날 방송실에 찾아온 승무원들마다 물어봤어. 애인이냐고. 그때마다 대답했지. 아니요, 동생이에요. 그러다 마지막에 너무 귀찮아서 그냥 애인이라고 해버렸어." 그렇게 해서 엄마는 부기관사와 사귀게 되었다. 사귄 지 일 년이 지났을 때 남자가 점을 보러 가자고 했다. "남자의 어머니가 내 생년월일을 가지고 오라고 했나봐. 그래서 남자의 어머니한테 말하기 전에 궁합이 좋은지 아닌지 미리 보러 간 거지. 그런데 점쟁이가 그러더라고. 금슬은 좋지만 자식 운은 없을 거라고." 3대 독자였던 남자는 점쟁이에게 새로운 생년월일을 하나만 지어달라고 부탁했다. 금슬도 좋고 자식 복도 많고 재물 복도 많은 사주로. "그런데 그 가짜 생일날 남자의 어머니가 회사로 찾아온 거야. 생일 떡을 해가지고." 그날 엄마는 그 떡을 먹고 체해 응급실까지 실려갔다. 근처에서 버스가 전복되어 응급실은 사람들로 넘쳐났다. 엄마는 응급실 복도에 앉아서 주사를 맞았다. 응급실에서 들려오는 신음소리를 들으며 엄마는 결심했다. 진짜 생일을 찾아오리라고. "다음날 핼쑥해진 얼굴로 출근을 했더니 책상에 박카스가 한 병 있더라고. 니 아빠가 놓고 간 거였어." 박카스를 먹은 뒤 엄마는 아빠가 달리 보이기 시작했다. 그래서 엄마는 크리스마스이브에 남자친구에게 선물하려고 떠놓았던 커플 목도리 중 하나를 아빠에게 선물했다. "사실 그전에는 엄청 싫어했어. 코털이 항상 밖으로 삐져나와 있었거든. 뭐, 믿거나 말거나." 엄마가 말을 마치자 아빠가 의미심장한 미소를 지었다. 내가 아빠한테 할말이 있으면 하라고 했더니 아빠가 평화를 위해 입을 다물겠다고 말했다. "뭐, 어때. 거짓말인데." 엄마가 잔을 들어 아빠에게 건배를 하자고 했다. 아빠는 건배를 하지 않고 혼자 마셨다. "사실 그 박카스 말이야. 당신한테 준 게 아니야." 아빠는 엄마 옆자리의 직원을 짝사랑했다. 아빠는 엄마가 체해서 조퇴를 한 것도 모르고 있었다. 하지만 옆자리의 직원이 코피를 흘린 것은 알았다. 그 직원에게만 박카스를 줄 수가 없어서 아빠는 부서 사람들 모두에게 박카스를 돌렸다. 거래처에서 보내줬다고 거짓말을 하면서. "그때 당신만 자리를 비워서, 그래서 당신 것만 다음날까지 책상에 있었던 거야." 그 말을 하고 이번에는 아빠가 잔을 들어 엄마에게 건배를 권했다. 엄마는 아빠의 건배를 받아주지 않았다.

인삼주를 다 마셨다. 고모가 미자씨네에 가서 한 병을 더 훔쳐오겠다고 하자 아빠가 그만 마시자고 했다. "딱 한 잔만 더 하고 남은 건 이따 집에 갈 때 가지고 가." 고모의 말에 아빠가 그럼 두 병을 훔쳐오라고 했다. 창고에 술이 얼마나 있는지 궁금해서 나는 고모한테 따라가겠다고 말했다. 고모가 집에 들어가 그릇들을 가지고 나왔다. 닭죽과 겉절이와 파김치를 담은 다음 내게 그걸 들고 따라오라고 했다. 미자씨네에 가보니 아무도 없었다. 나는 부엌에 들어가 가지고 온 음식들을 식탁 위에 두었다. 그리고 식탁 위에 있는 땅콩을 한 주먹 집어먹었다. 창고는 자물쇠가 채워져 있었다. 고모가 내게 자물쇠를 열어보라고 했다. "내가 도둑이야? 열쇠를 딸 수 있게." 내 말에 고모가 자물쇠를 자세히 보라고 대답했다. 자물쇠를 보니 비밀번호가 적힌 스티커가 붙어 있었다. 문을 열고 들어가자 선반이 벽에 빙 둘러져 있었고 선반마다 술병이 놓여 있었다. "대단한데." "응, 대단하지." 고모가 한 병, 내가 한 병을 고르기로 했다. 애벌레 같은 걸로 담근 술도 보였다. "으." 내가 그걸 보고 소리를 지르자 고모가 벌레가 아니라 초석잠이라는 약초라고 했다. 약초라고 하니 좀 달리 보여서 나는 그걸 골랐다. 술병을 안고 밖으로 나가려는데 고모가 검지손가락을 입에 대고는 조용히 하라는 시늉을 했다. 밖에서 무슨 소리가 들렸다. 고모가 창고 문을 살짝 열고 밖을 내다보았다. 나도 고모 뒤에 서서 밖을 보았다. 미자씨가 노래를 흥얼거리며 마당을 서성이고 있었다. "엄마가 섬 그늘에 굴 따러 가면." 나는 숨죽여 미자씨의 노래를 들었다. 노래를 다 부른 다음 미자씨가 집안으로 들어갔다. 미자씨가 들어간 것을 확인한 다음 고모도 〈섬집 아기〉를 불렀다. 나는 술병을 안고 고모가 부르는 동요를 들었다. "그런데 고모, 섬 그늘이 뭐야?" 창고를 나오면서 나는 고모에게 물었다. 그 말에 고모가 내가 어릴 때 똑같은 질문을 했다고 했다. 고모가 나를 업고 그 노래를 불러주었을 때 등뒤에서 어린 내가 그렇게 물었다고. "그때 내가 말해줬어. 기억해봐." 고모가 말했다. "그런데 고모, 왜 나를 미워했어?" 나는 용기를 내어 고모에게 물었다. 고모가 대문 앞에 서더니 뒤돌아 내 얼굴을 들여다보았다. "미워하지 않았어. 그런데 좋아하지도 않았지." 이혼을 하기 전 고모는 너무 많은 사람들을 미워했다. 미워하다 미워하다 고모는 결국에는 자신을 미워하게 되었다. "어릴 때부터 넌 똑똑하고 빈틈이 없었잖아. 그래서 유독 너한테 마음을 숨기는 게 어려웠어. 미안해." 고모가 사과를 했다. 내가 태어났을 때 나보고 모두 고모를 똑 닮았다고 했다. "고모, 월차 낸 김에 여기서 며칠 지낼까? 매일 술이나 훔쳐먹으면서." 내 말에 고모가 좋지, 하고 말했다. 나는 고모가 대문을 열고 집안으로 들어가는 것을 보았다. 고모의 뒷모습을 보면서 생각했다. 고모가 똑똑하고 빈틈없다고 말한 그 조카가 얼마나 웃기는 짓을 저질렀는지 아냐고. 결혼을 하기 한 달 전까지도 영훈은 내게 거짓말을 했다. 그래서 나는 영훈의 신혼집 현관에 욕을 써놓았다. 절대 지워지지 않는 펜으로. 그래도 분이 풀리지 않아 도어록을 본드로 발라버렸다. 마당에 들어와보니 그사이 평상은 치워져 있었다. 황토방 안에서 엄마의 웃음소리가 들렸다. 고모가 황토방에 들어가면서 나 빼고 재미있는 이야기 하지 마, 하고 소리쳤다. 내가 따라 들어가자 아빠가 말했다. "우리 가족은 오늘을 만우절로 정했어. 해마다 오늘 거짓말을 해야 해." 만우절이라는 말을 듣자 나는 만우절을 위해 사 년 동안 타이어를 산 정상으로 날랐다는 사람이 생각났다. 알래스카의 어느 산이었는데 화산 폭발이 일어난 줄 알고 경찰이 가보니 타이어가 타고 있었다. 눈 위에 만우절이라는 낙서가 그려져 있었고. 거짓말이라면 그 정도는 되어야지. 사 년 동안 타이어 칠십 개를 날랐다는 남자를 생각하자 도어록을 본드로 붙여버린 일은 아무것도 아닌 것처럼 느껴졌다. 그래서 나는 가족들에게 그 일을 이야기하기 시작했다.

작가의 말

어느 작가마다 꼬리표가 있겠지만 내 경우에는 위로라는 단어가 꼬리표처럼 따라오곤 했다. 그 말이 싫었던 시기가 있었다. 내 글이 뭐라고 독자에게 위로를 줄 수 있단 말인가. 나는 타인의 삶에 영향을 주는 사람이 되고 싶지 않았다. 위로를 준다는 말이 무서워 나는 부러 냉소적으로 생각해보려 했다. 소설이란 그렇게 쓸모가 있는 장르가 아니라고. 하지만 그렇게 생각하면서도, 마음 한 켠에서는 그 생각이 틀렸다는 것을 나는 잘 알고 있었다.

이 책에 실린 소설들을 쓰는 동안 나는 사람들 마음에 뚫린 구멍을 들여다보았다. 빨려들어가면 다시는 나올 수 없을 것 같은 구멍들이었다.

그럼에도 불구하고,

그들에게 구멍을 빠져나올 수 있는 용기를 주고 싶었다.

그들이 덜 외로울 수 있도록 돕고 싶었다.

그들에게 괜찮다고 말하고 싶었다.

그들에게 다정해지고 싶었다.

소설은 독자의 삶과 만난 후에야 비로소 완성된다는 것을 이제 나는 조심스럽게 인정한다. 그러니 내 소설도 누군가의 삶과 멋지게 조우하길. 우연히 스쳐가는 동안 서로 위로를 받길. 정말 그렇게 되면 작가로서 더할 나위 없이 행복할 것이다.

2021년 여름

윤성희

| 수록 작품 발표 지면 |

여름방학 …… 문장 웹진 2016년 8월호

여섯 번의 깁스 …… 『릿터』 2017년 4/5월호

남은 기억 …… 『현대문학』 2019년 7월호

어느 밤 …… 『문학동네』 2018년 겨울호

어제 꾼 꿈 …… 『나의 할머니에게』(다산책방, 2020)

네모난 기억 …… 『악스트』 2020년 9/10월호

눈꺼풀 …… 『눈꺼풀』(창비, 2020)

아무도 미워하지 않는 밤 …… 『한국문학』 2018년 하반기호(발표 당시 제목은 '어두운 생각들')

블랙홀 …… 『창비』 2020년 여름호

스위치 …… 『현대문학』 2016년 3월호

날마다 만우절 …… 『자음과모음』 2020년 겨울호

문학동네 소설집
날마다 만우절

1판 1쇄 2021년 7월 7일
1판 9쇄 2023년 6월 16일

지은이 윤성희
책임편집 김내리 | 편집 이상술
디자인 최윤미 최미영 | 저작권 박지영 형소진 최은진 오서영
마케팅 정민호 김도윤 한민아 이민경 안남영 김수현 왕지경 황승현 김혜원
브랜딩 함유지 함근아 고보미 박민재 김희숙 정승민
제작 강신은 김동욱 임현식 | 제작처 영신사

펴낸곳 (주)문학동네 | 펴낸이 김소영
출판등록 1993년 10월 22일 제2003-000045호
주소 10881 경기도 파주시 회동길 210
전자우편 editor@munhak.com | 대표전화 031) 955-8888 | 팩스 031) 955-8855
문의전화 031) 955-2696(마케팅) 031) 955-8864(편집)
문학동네카페 http://cafe.naver.com/mhdn
인스타그램 @munhakdongne | 트위터 @munhakdongne
북클럽문학동네 http://bookclubmunhak.com

ISBN 978-89-546-8069-1 03810